évasion

Malte

En bref

- **Situation** : à 93 km sud de la Sicile, 290 km est de Tunis et 1 700 km sud de Paris (2 h 30 d'avion), archipel constitué de 3 îles habitées (Malte, Gozo, Comino) et 2 îlots (Cominotto et Filfla).
- **Superficie** : 316 km², dont Malte 246 km² (27 km de long sur 16 de large), Gozo 67,4 km² (16 km de long sur 8 de large) et Comino 2,6 km.
- **Climat** : chaud et sec. 7 °C à 17 °C en hiver ; jusqu'à 33 °C l'été.
- **Capitale** : La Valette.
- **Monnaie** : la livre maltaise (£M). 1 £M = 2,30 €.
- **Population** : 400 000 hab. Densité : 1 265 hab. au km², avec 95 % en zone urbaine. Importante diaspora en Australie, Amérique du Nord et Grande-Bretagne.
- **Religion** : catholique à plus de 95 % et pratiquée à env. 85 % ; minorités de protestants, musulmans et juifs.
- **Langues** : maltais et anglais sont les langues officielles ; italien couramment pratiqué.
- **Régime politique** : République parlementaire depuis 1974, membre de l'Union européenne depuis 2004.
- **Chef de l'État** : Guido de Marco (Parti nationaliste, NP), président de la République depuis avril 1999, et Lawrence Gonzi (NP), Premier ministre depuis mars 2004. ●

HACHETTE

Ce guide a été établi par **Catherine Garnier**, diplômée d'histoire de l'art et ancienne élève de l'école du Louvre.

L'auteur tient tout particulièrement à remercier Emmanuel qui l'a initiée aux secrets des remparts de La Valette, Italo qui lui a dévoilé le meilleur de la cuisine de Gozo, les habitués du King's Own Band Club pour les longues conversations sur Malte, l'Europe et le bipartisme, et Victor qui lui a fait partager sa passion pour les chevaux.

Direction : Cécile Boyer-Runge. **Direction éditoriale** : Armelle de Moucheron. **Responsable de collection** : Élisabeth Sheva. **Édition** : Sophia Mejdoub. **Lecture-correction** : Isabelle Sauvage. **Informatique éditoriale** : Lionel Barth. **Documentation** : Sylvie Gabriel. **Maquette intérieure et mise en pages PAO** : Catherine Riand. **Cartographie** : Cyrille Suss, Aurélie Huot. **Fabrication** : Nathalie Lautout, Caroline Artémon, Maud Dall'Agnola. **Couverture** conçue et réalisée par François Supiot.

Avec la collaboration de Valérie Bonche, Laetitia Ramberti et Jean Tiffon.

Les photos de Pawel Wysocki/Hémisphères Images sont issues d'un reportage spécialement réalisé pour ce guide.
Photo de couverture : St Julian's, petit port au nord de La Valette © Pawel Wysocki/Hémisphères Images.

Régie de publicité : Hachette Tourisme, 43, quai de Grenelle, 75905 Paris Cedex 15. Contact : Valérie Habert ☎ 01.43.92.32.52. *Le contenu des annonces publicitaires insérées dans ce guide n'engage en rien la responsabilité de l'éditeur.*

Conformément à une jurisprudence constante (Toulouse, 14-01-1887), les erreurs ou omissions involontaires qui auraient pu subsister dans ce guide, malgré nos soins et les contrôles de l'équipe de rédaction, ne sauraient engager la responsabilité de l'éditeur.

Pour nous écrire :
Hachette Tourisme, 43, quai de Grenelle, 75905 Paris Cedex 15
< **evasion@hachette-livre.fr** >

© **Hachette Livre** (Hachette Tourisme), **2005**.
Tous droits de traduction, de reproduction et d'adaptation réservés pour tous les pays.

Malte

évasion

HACHETTE

© Office du tourisme de Malte

Envie de partir ?

Et si vous alliez prendre un thé, un high tea *à l'anglaise, sur les remparts d'une ville sortie du Moyen Âge européen et qui répond au doux nom arabe de Mdina ? Vous seriez au cœur de Malte et le vent vous apporterait les senteurs de fenouil et de thym de la garrigue méditerranéenne. Au nord, par grand beau, vous verriez la silhouette de l'Etna émerger de la Sicile voisine, au-delà des falaises de Gozo. Au sud, vous devineriez les côtes tunisiennes. À l'est, vous verriez la mer se dessiner derrière des églises baroques à coupole. À l'ouest, vous la verriez aussi. Malte est minuscule. Alentour, partout affleurerait la blondeur du calcaire. Il pousse, sur cette île, plus de pierres que d'arbres.*

De ces pierres, les premiers habitants de l'archipel ont fait les premiers temples du monde, dressant vers le ciel des monolithes qui défient toujours le temps. Dans ses rades profondes, tous les navigateurs de la Méditerranée sont venus jeter l'ancre, depuis les Phéniciens jusqu'aux Britanniques. Malte aurait pu avoir la destinée rude mais sereine d'un archipel de ravitaillement sur la route de Gibraltar à Suez. L'histoire en a voulu autrement. Pour le prix d'un faucon, Charles Quint la remit aux chevaliers de l'ordre de Saint-Jean. Le fracas du Grand Siège entrepris par la flotte de Soliman le Magnifique infléchit son destin. Sous la férule de l'ordre de Saint-Jean devenu l'ordre de Malte, l'île victorieuse des Ottomans devint la sentinelle de l'Europe, ses chevaliers son bras armé en mer. Ils furent riches, immensément, et parèrent trois siècles durant leur domaine de Malte de ce qui se faisait de mieux en ce monde, des ors de la Contre-Réforme romaine à l'élégance du baroque français de Versailles.

Et, finalement, vous ne sauriez plus très bien où classer cet archipel, entre ses chants de messe en latin où le prêtre invoque Dieu sous le nom d'Alla, ses criques propices au farniente *de bord de mer, ses fresques historiques qui convoquent l'Europe entière, sa vie gouvernée par le bipartisme à l'anglaise et, aux heures chaudes, la sieste à l'italienne. Vous seriez dépaysé, vraiment. Et ce serait là la magie du cocktail maltais.*

sommaire

découvrir

© Office du tourisme de Malte

itinéraires

© Office du tourisme de Malte/Sadoine

itinéraires

Mdina-Rabat et le cœur de Malte

itinéraires

La côte sud-ouest

Le Sud-Est

© Pawel Wysocki/Hémisphères Images

itinéraires

Le Nord

Gozo et Comino

© Office du tourisme de Malte

pratique

organiser son voyage

les clés d'un bon séjour

repères

© Office du tourisme de Malte/Sadoine

table des encadrés

cartes

© Pawel Wysocki/Hémisphères Images

découvrir

© Sylvain Grardadam

L'archipel confetti

© Office du tourisme de Malte

À Malte, la mer n'est jamais loin. Sur le versant ouest, on apprivoise les cultures entre des murets de pierres.

À mi-chemin de la route méditerranéenne qui relie le canal de Suez à Gibraltar, l'archipel maltais est à peine un point sur la carte de la grande bleue. 316 kilomètres carrés. Deux fois rien. Il ne faut qu'une heure en voiture pour traverser Malte, la plus grande des îles habitées, dans sa diagonale. Même au cœur des terres, il suffit aux Maltais de monter sur le toit-terrasse de leur maison pour apercevoir la mer, par-delà les collines en terrasses et la garrigue aux senteurs de thym. Entré dans l'Europe au printemps 2004, Malte dame le pion au Luxembourg : il est de loin le plus petit État de l'Union.

Pages précédentes :
le passé foisonnant de Malte revient chaque année dans les costumes endossés à l'occasion des défilés de fête.

Une des plus fortes densités du monde

L'aéroport international de Luqa est à la charnière de deux univers : à l'ouest, une campagne méditerranéenne épargnée par l'âge industriel ; à l'est, une conurbation qui couvre près du quart nord-est du pays, engloutissant la capitale. C'est elle qui fait grimper la densité de population dans l'archipel à 1 265 hab. au km^2, une des plus fortes du monde après Singapour et Macao. Histoires d'îles. Mais la comparaison avec les métropoles asiatiques s'arrête ici. La *skyline* maltaise est dépourvue de tours – à l'unique exception de celle d'une chaîne hôtelière internationale qui pointe le ciel au-dessus de la baie de St Julian's. Ce qui tient lieu de ville aux 95 % d'urbains, c'est **un**

géologie

Un feuilleté de calcaires

Malte et Gozo sont blondes comme le miel, tout entières façonnées dans le calcaire doré qui s'est constitué, il y a plus de 20 millions d'années, lors de la sédimentation marine.

Riche en fossiles marins, le **calcaire corallien inférieur** sert de soubassement aux falaises de Dingli à Malte *(p. 136)* et de Dwerja à Gozo *(p. 169)*. Cette couche très dure, exploitée pour le terrassement et la construction, est recouverte à son tour par les strates de **calcaire à globigérines**, une pierre blonde et tendre qui s'est formée il y a 21 millions d'années et ressemble à du tuffeau. Elle affleure sur les pentes douces de l'est de Malte et du centre de Gozo. Des **argiles** se sont déposées dessus voici 16 millions d'années. À l'ouest et au sud-ouest, elles sont recouvertes par le **calcaire corallien supérieur**, une roche aux nuances gris-vert ou bleu-vert, formée il y a 6 millions d'années. C'est elle qui coiffe les sommets aplatis des collines où se perchent les villages de Gozo.

Outre la **faille** qui suit les Victoria Lines *(p. 124)* de Malte ou celle qui borde le plateau de Ta' Cenc *(p. 171)* à Gozo, on croise des exemples d'érosion karstique, due à l'action dissolvante des eaux de pluie, il y a 1 million d'années. Elles sont à l'origine de la plupart des grottes et zones d'effondrement, comme celle qui a dessiné la mer intérieure de Dwerja *(p. 169)* à Gozo. Il est probable que, voici 1 million d'années, l'archipel maltais était un isthme reliant l'Afrique à la Sicile, une passerelle de calcaire qu'empruntèrent les éléphants et rhinocéros dont on a retrouvé les ossements à Ghar Dalam *(p. 150)*. ●

conglomérat de bourgs et de villages, de petits immeubles et de maisons à bow-window, poussés avec une vitalité anarchique et débordante, autour d'un élégant palais du XVIIe s. ou des volutes d'une église baroque. Le contraste avec **La Valette**, la cité bien ordonnée des chevaliers de Malte *(p. 57)*, est saisissant. Et si les Maltais sont fiers de ce passé, ils désertent cette capitale, décidément pas à l'image de leur mode de vie, l'abandonnant à sa fonction de centre administratif. Elle comptait à elle seule plus de 15 000 hab. dans les années 1980, elle n'en abrite plus que 7 200 aujourd'hui. Le soir, après la sortie des bureaux, et le dimanche, quand les administrations sont fermées, La Valette n'est plus habitée que par un silence tel qu'on entend le clapotis des vagues monter de son port.

Vivre sur une terre minuscule

Scène vue à Marsa : de retour du champ de courses voisin, un jockey dételle son cheval du sulky et le rentre … au garage. Quelques maisons plus loin, un autre cheval passe le nez à la fenêtre d'un étage. Faute de place. Pour les mêmes raisons, il est rare de voir un Maltais monter à cheval : où faire courir sa monture sur une terre où les rares espaces laissés par les escarpements pierreux sont utilisés pour les cultures ? Pas d'alternative autre que la route et l'attelage. Même scénario à Gozo : l'île est réputée pour ses fromages de brebis et pourtant, rares sont les troupeaux à l'horizon, car les moutons sont élevés dans les courettes à l'arrière des maisons. Faute de place encore. À Malte, on entasse avec résignation, sans rêver pour autant d'aller poldériser quelques arpents de

Caractéristiques du paysage maltais, où il pousse plus de pierres que d'arbres, les murs de pierres séchées permettent de prévenir les sols de l'érosion.

terre sur la mer. D'ailleurs, la côte est trop rocheuse, les falaises trop hautes ; le garage illustre cette stratégie de l'entassement. De l'érosion calcaire *(encadré p. 13)*, Maltais et Gozitains ont hérité une étonnante collection de grottes qu'occupèrent leurs ancêtres il y a 7 000 ans. Il y en a partout, même au pied des falaises sur lesquelles fut édifiée la citadelle de La Valette. Et toutes sont converties en garages où l'on remise les bateaux, les autos, les troupeaux. Les 400 000 Maltais – leur population a triplé entre 1850 et 1960 – gagnent, avec une obstination confondante, dans le sous-sol des îles l'espace qu'elles leur refusent en surface.

Pays de pierre n'est pas désert

Sur le versant ouest de l'île de Malte, et la totalité de celle de Gozo, rien n'a changé depuis des siècles. Construits pour retenir la mince couche de terre, des milliers de kilomètres de **murets de pierres sèches** tissent un réseau pour des fermes isolées. Rien n'arrête les bourrasques des vents d'hiver que les haies vives de figuiers de Barbarie, ou les canisses de roseau qui cantonnent les cultures. Pas un arbre pour protéger du soleil de l'été. Il y a longtemps que la forêt a disparu, mangée par les troupeaux, la construction des bateaux, les besoins de l'agriculture et le climat sec et chaud.

Pourtant, dans cette garrigue méditerranéenne, la **diversité de la flore** est incomparable. Aux premières chaleurs de juin, l'air embaume des ombelles de fenouil et des buissons de thym et de lavande, les talus se couvrent des fleurs nacrées du caprier et des rameaux corail du ricin. Sans compter çà et là quelques bosquets cultivés des emblèmes de la Méditerranée : l'olivier, le caroubier, le figuier, le chêne vert et l'amandier. Au pas des portes grimpent des bignones, des jacarandas et des bougainvillées hauts comme des arbres. Le long des routes courent les taches lumineuses des lauriers-roses *(oleander)*. Avec les premières pluies d'automne fleurissent marguerites, soucis, boutons d'or et bruyères. Le printemps est le temps des coquelicots, des trèfles mauves et des iris sauvages.

Cette flore se satisfait du climat, se contente d'une fissure rocheuse. Pour l'**agriculture**, c'est autre chose. Si 40 % des terres sont cultivées – en pommes de terre et oignons pour la majorité –, c'est au prix d'un rendement négligeable et qui ne couvre que 20 % des besoins alimentaires. Les terrains exigus s'accrochent partout où il y a un peu de la mince couche fertile qui recouvre le calcaire. En hiver, des orages capricieux alimentent des cours d'eau temporaires et remplissent de précieux réservoirs. Mais l'eau reste rare. Et c'est au prix de patients travaux d'irrigation qu'on approvisionne les marchés en oranges et citrons en hiver, tomates, poivrons, aubergines, figues et melons en été. Le travail de la terre ici est bien plus du jardinage que de l'agriculture.

Des fermes en mer

La situation de la **pêche** à Malte est tout aussi artisanale que l'agriculture et ne couvre que la moitié des besoins locaux. Effectuée à bord de petits bateaux et de barques, elle assure une production annuelle inférieure à 1 000 t, soit 2 kg par habitant. Pourtant, il y a bel et bien du poisson à la table maltaise, et pas forcément à des prix prohibitifs. Car Malte, dans les années 1990, a été un des tout premiers pays méditerranéens à se lancer dans le ***Fish Farming***, ou élevage

© Pawel Wysocki/Hémisphères Images

Au printemps, la rude garrigue maltaise se pare du jaune des tritomas.

La dernière *girna*

Ces cabanes en pierres sèches, semblables aux bories de Provence, ont presque disparu du paysage rural. Elles servaient jadis à stoquer les foins et à remiser les outils. À l'abandon, celles qui demeurent ne sont que ruines. La *girna* a pourtant été choisie pour emblème de l'archipel : un magnifique exemplaire se dresse sur la route à la sortie de l'aéroport de Luqa.

Le salut par le bio

Avec des exploitations qui ne dépassent pas 2 ha en moyenne, des méthodes de labour rudimentaires et les maigres quantités d'eau tirées à l'aide d'éoliennes, l'agriculture ne fournit que 3 % des emplois et moins de 4 % du PNB. Malgré le soin apporté à l'entretien des champs et des vergers, les ressources alimentaires demeurent inférieures aux besoins, et la balance agricole de l'île connaît souvent un lourd déficit. Depuis 2 ou 3 ans cependant, et sur le modèle de l'Italie, l'État encourage, grâce notamment à des avantages fiscaux, le développement de produits fins et bio, comme la tomate séchée, l'huile d'olive et le vin.

Des maltaises de Tunisie

Qui ne connaît les maltaises, dont on tire un doux jus d'orange ? Celles que l'on vend sur les marchés de France ne viennent pourtant pas de Malte mais de Tunisie, où les Maltais en ont développé la culture extensive au XVIIIe s.

Randonnées

Au printemps, Malte et surtout Gozo se couvrent de fleurs. C'est la meilleure époque pour les marcheurs et les herboristes amateurs.

Sur les randonnées, voir aussi p. 201. ●

© Pawel Wysocki/Hémisphères Images

La pêche reste très artisanale.

en fermes marines, donnant un nouveau souffle à son industrie de pêche. Très productive, cette technique d'élevage dans des cages en pleine mer a permis de faire baisser le prix de certains poissons. Las, de nos jours la concurrence est rude dans le domaine, et se double d'une surproduction de certaines espèces d'élevage comme la daurade et le bar. De plus, en 10 ans, les fermes d'élevage ont laissé des traces sur l'environnement, surtout depuis le début de la production de thon, plus intéressant économiquement, mais plus polluant. Enfin certaines espèces, capturées en mer pour être mises en cage, se trouvent menacées, disparaissant sans avoir eu le temps de se reproduire. Ce, malgré le contrôle vigilant de l'institut du fort Saint-Lucien de Marsaxlokk *(p. 150)*.

L'eau, rare ou chère

La rareté de l'eau n'est pas le seul problème des agriculteurs. Elle est une réalité pour tout le monde. Depuis des décennies, Malte s'est lancée dans une course à l'eau douce pour pallier la faiblesse des précipitations et le manque de lacs ou de sources permanentes. En 1986, les habitants d'un faubourg de La Valette étaient même descen-

Du vin, mais pas pur Malte

On trouve du vin de Malte, ou du moins du vin fait à Malte – mais à des prix prohibitifs. Les vignobles sont tous petits, le coût du terrain empêche de les agrandir et les producteurs n'ont d'autre choix que d'importer du raisin d'Italie et de le mélanger au Ghirgentina (raisin blanc) ou au Gellewza (raisin noir), les deux variétés locales. Les principaux cépages vinifiés sont le cabernet-sauvignon, le cabernet franc, le petit verdot, le merlot et le syrah.

Il existe une quinzaine de caves viticoles, réparties à Malte et Gozo, dont la production s'échelonne entre un petit millier et un gros million de bouteilles par an. Trois d'entre elles sont ouvertes aux visiteurs et proposent des dégustations :

Marsovin, à Marsa ☎ 21.82.49.20, < www.marsovin.com.mt >.

Emmanuel Delicata, à Paola ☎ 21.82.51.99, < www.delicata.com >.

Meridiana, à Ta Qali ☎ 21.41.35.50. ●

© Sylvain Grandadam

Du vin de Malte ? Un savant dosage avec du raisin importé d'Italie.

dus dans la rue pour réclamer de l'eau et, pour la première fois depuis les chevaliers de l'Ordre, les autorités furent contraintes d'importer de l'eau douce de Sicile par tanker. Durant cette même décennie, Malte s'est aussi décidée à exploiter sa seule ressource d'eau potentielle : la mer. Pour la rendre potable, il a fallu investir dans de coûteuses usines de **désalinisation**. La principale se trouve à Pembroke. Les turbines, actionnées à l'énergie électrique, pompent l'eau, filtrée à haute pression par des microfibres contenues dans de gros tubes d'acier. Le résultat est étonnant : le goût de sel est à peine perceptible. Pour éviter les contaminations de bactéries durant son transport à travers le réseau, l'eau du robinet est fortement chlorée. Aujourd'hui, les quatre usines de désalinisation de **Malta Water Service** produisent 50 000 m^3 quotidiens aux Maltais, et Malte a diminué ses achats d'eau en Italie. L'eau est désalinisée mais la facture reste salée : il en coûte en moyenne trois fois plus par mètre cube que dans les régions les plus chères de France. ●

oiseaux

Quand passent les cigognes

Outre les espèces d'oiseaux locales, protégées dans les réserves de Ghadira *(p. 156)* et Filfla *(encadré p. 140)*, l'archipel se trouve sur les routes de quelque 350 migrateurs. Les chasser est depuis longtemps un sport national dans les campagnes. Cette pratique fit l'objet d'un débat épineux à la veille de l'entrée de Malte dans l'Union européenne. Les 15 000 à 20 000 chasseurs maltais étaient peu enclins à voter oui, les volatiles ne passant au-dessus de l'île qu'aux seules périodes où Bruxelles interdisait de tirer sur eux. Pour apprivoiser le lobby des chasseurs et obtenir leur vote, La Valette a inscrit l'aménagement d'une législation favorable à la chasse à la longue liste annexe de son protocole d'adhésion à l'UE *(voir p. 32)*. ●

Les poissons à la carte

Malgré les eaux limpides qui encerclent l'archipel, les Maltais ne mangent guère de poisson *(hut)* que le vendredi, comme le veut la tradition catholique. Le fin du fin est la ***lampuka*** ou coriphène, de la famille de la daurade. Sa chair blanche farcit la *torta tal-lampuki*, une tourte croustillante où le poisson est cuit accommodé d'épinards, choux-fleurs, câpres, raisins secs, œuf durs et fines herbes. Une variante consiste à faire revenir la *lampuka* à l'huile d'olive, puis à la cuire au four avec une sauce au vin, parfumée de tomates, oignons et câpres. Mais attention, passé septembre, ces plats sont préparés avec de la *lampuka* congelée, car elle n'est pêchée qu'à l'automne. En fonction des saisons, vous trouverez à la carte des restaurants d'autres poissons de la Méditerranée (en maltais, anglais, français) :

Accola	*amberjack*	sériole
Cerna	*grouper*	mérou
Dentici	*dantex*	dente
Fanfru	*pilot fish*	poisson pilote
Gambhi	*prawn*	gambas
Kahli	*saddled bream*	oblade
Kubrita	*little tunny*	bonite
Pagell	*red bream*	pageot
Pixxispad	*swordfish*	espadon
Qarnita	*octopus*	pieuvre
San Pietru	*John Dory*	saint-pierre
Sargu	*white bream*	sar
Sicca	*cuttlefish*	seiche
Skorfna	*rock fish*	rascasse

Un grand village

© Philippe Renault/Hémisphères Images

Il y a forcément au moins deux cafés dans chaque village : un pour les travaillistes, un pour les nationalistes. Les touristes sont bienvenus dans les deux.

Malte est une sorte d'**État-village**, un endroit où les passants se saluent dans les rues, où tout le monde connaît tout le monde. Du reste, en dehors de quelques enseignes de supérettes, de papeteries, de drugstores de village ou de salons de coiffure, le commerce ici n'a pas pignon sur rue. On achète son pain, son fromage ou ses légumes chez ceux qui fabriquent ou cultivent, et tiennent commerce au rez-de-chaussée de leur maison voire dans leur appartement. On sait ce que chacun fait, nul besoin de réclame. Ce sentiment de familiarité, d'être entre soi, est d'autant plus fort que l'archipel a connu des siècles d'occupations étrangères successives – sans remonter à la Méditerranée grecque et romaine, il y eut les Arabes, le voisin sicilien, les chevaliers de l'Ordre, français en majorité, les Britanniques enfin. Vis-à-vis des étrangers, il se manifeste par une réserve qui, loin d'être une défiance, est juste une attente. Pour peu que l'on témoigne de l'intérêt à une culture et à un pays dont ils sont, avec raison, très fiers, les Maltais tombent le masque de la froideur pour une exubérance toute méditerranéenne. Il n'est pas rare que, sollicité par une toute petite question, le gardien d'un musée devienne intarissable sur les collections dont il a la charge, déroulant avec volubilité la très riche histoire de Malte au temps des chevaliers.

Le sentiment d'appartenance à la terre est un autre facteur important de cohésion. Il s'est naturellement forgé face aux nombreux occupants ; il a augmenté avec l'**émigration**, à partir du XVIIIe s., vers les rivages voisins de l'Algérie, de la Tunisie ou de l'Italie, puis vers des contrées plus lointaines, notamment l'Australie, le Canada, les États-Unis ou l'Angleterre, à l'époque de la domination britannique. À Gozo, bien plus pauvre que Malte, des villages entiers se sont vidés de leurs habitants. Si aujourd'hui la proportion annuelle des émigrants a fortement baissé, les Maltais vivant hors de leur pays restent une majorité. Cette diaspora entretient avec sa terre d'origine un profond lien affectif, qui s'exprime lors des nombreuses fêtes du calendrier *(voir p. 25 et p. 195)*, occasions de retrouvailles entre les enfants prodigues et ceux restés au pays, et à travers les donations somptuaires, destinées à la paroisse du village ancestral, des expatriés qui ont réussi.

Entre héritage arabe et latinité

Assister à une messe dans la cathédrale de La Valette offre un raccourci saisissant de l'identité maltaise. Sous les ors d'un des plus beaux témoignages de l'architecture baroque européenne, la cérémonie est célébrée avec toute la pompe de l'église catholique et romaine, tandis que l'évêque s'adresse à Dieu sous le nom d'Alla.

Malte ne fut sous la domination des Arabes du Maghreb que deux siècles, du IXe au XIe s., avant de faire son entrée dans l'Europe médiévale et chrétienne, au sein du royaume normand de Sicile. Mais une partie de la population demeura musulmane, au moins jusqu'au XIIIe s.

Malgré une **influence européenne** grandissante et qui s'accrut encore avec la présence de l'Ordre, l'héritage arabe resta chevillé à la culture maltaise et contribue de nos jours à son identité particulière. Si les femmes ont abandonné leur grand voile noir ou *faldetta*, le paysage porte partout les traces de ses apports. C'est aux Arabes que Malte doit le développement de la culture des agrumes et du coton, grâce à de nouvelles méthodes d'irrigation et à la construction de kilomètres de murets de pierres séchées pour prévenir l'érosion des sols. Quant aux villes et villages, ils dessinent l'étonnant mariage d'une casbah maghrébine, avec leurs maisons blanches et cubiques aux toits-terrasses, et d'une paroisse sicilienne, coiffée du dôme de son église baroque.

Le rouge et le blanc

Le **drapeau maltais**, deux bandes verticales de couleur blanche et rouge, frappé de la George Cross, est réputé être l'un des plus vieux au monde. La légende veut qu'en s'emparant de l'île en 1090, Roger Ier, comte de Sicile, ait déchiré son étendard rouge pour le donner aux Maltais, en récompense de leur aide contre les Arabes. Les îliens l'adoptèrent en y ajoutant une pièce blanche. La George Cross, remise au peuple maltais en 1942 pour sa bravoure durant la guerre, fut ajoutée lorsque l'archipel devint indépendant, en septembre 1964. ●

© Office du tourisme de Malte

Croix blanche sur fond rouge. Ce n'est pas le drapeau de Malte, mais celui de l'Ordre.

© Pawel Wysocki/Hémisphères Images

Les traces de la présence britannique sont encore nombreuses dans l'archipel, et pas seulement en vitrine : l'anglais est l'une des deux langues officielles de la République.

Malte en deux, voire trois langues

Pour qui n'est pas Maltais, la langue traditionnellement parlée dans l'archipel est un beau casse-tête. Grammaticalement, c'est de l'**arabe maghrébin**, langue à laquelle elle doit aussi la majorité de son vocabulaire, le reste étant constitué d'**italien de Sicile**. Le tout est incrusté de nombreux vocables anglais, et même de quelques mots de français, passé à la moulinette phonétique maltaise et écrit avec l'alphabet latin *(voir p. 218)*. Pour le non-maltophone, le problème ne date pas d'hier. Bien qu'un décret de Charles Quint eût stipulé, en **1530**, que les fonctionnaires chargés de l'administration communale seraient tenus de comprendre le maltais, il ne fut guère appliqué, tant les difficultés des chevaliers à assimiler cette langue polymorphe étaient grandes. Les tout premiers traités de grammaire, assez élémentaires au demeurant, ne furent rédigés qu'en 1750. Désormais, le *malti* est langue officielle de l'Union européenne, ce qui implique la traduction de tous les textes réglemenaires en maltais.

Pour autant, on s'exprime à Malte avec autant d'aisance en **anglais**, quand ce n'est pas en **italien**, que tout le monde connaît pour regarder assidûment les émissions du voisin à la télévision. Même si l'archipel a coupé le cordon ombilical avec un siècle et demi de souveraineté anglaise le **21 septembre 1964** à minuit, la place de l'anglais, parlé seulement par 2 400 personnes en tant que langue maternelle, est considérable sur le plan socio-politique, car il demeure l'une des deux langues officielles de la République : l'article 5 de la Constitution précise que le maltais est la langue nationale, et que le maltais et l'anglais constituent les deux langues officielles de l'État. Bien que les débats au Parlement ne se déroulent plus qu'en maltais, les lois sont adoptées et promulguées dans les deux langues.

La **littérature maltaise** a souffert d'une longue absence d'alphabet normalisé. Elle s'est rattrapée depuis l'adoption du maltais, en 1934, comme langue officielle aux côtés de l'anglais. Une presse qui accueille et encourage les œuvres maltaises, des professeurs acquis à l'enseignement de la langue vernaculaire et des ouvrages linguistiques de plus en plus précis favorisent l'apparition de nombreux auteurs de talent.

Le yoyo du bipartisme

On ne s'étonnera pas, dans cet État-village, de voir le **café** jouer le rôle de pilier de la vie sociale. La télévision équipe la plupart des foyers maltais, mais on préfère se retrouver au comptoir pour commenter l'actualité ou les grandes manifestations sportives et s'adonner aux jeux de hasard, comme la loterie hebdomadaire, autre passion partagée. Il est un domaine en revanche qui divise profondément la société maltaise : la **politique**. Dans chaque bourg, il y a au moins deux cafés dans lesquels on se regroupe par affinités : celui des travaillistes et, à deux pas, celui des nationalistes.

Le **bipartisme** est en effet un autre aspect du legs britannique avec lequel on ne plaisante pas à Malte : on est de gauche ou de droite, souvent par tradition familiale. On en oublierait presque l'existence des Verts : le Parti écologiste plafonne à 3 % et n'a jamais siégé au Parlement. Depuis l'indépendance, l'opposition entre les deux grands partis a donné à la politique des allures de yoyo, le choix de l'un entraînant forcément l'opposition de l'autre. Profondément ancré dans la tradition socialiste, le **Malta Labour Party**, dont le leader actuel est Alfred Santz, a gouverné le pays pendant près de quinze ans. Depuis 1998, le pouvoir est aux chrétiens-démocrates du **Nationalist Party**, d'inspiration libérale, emmenés par Eddie Fenech Adami. D'une courte tête : la majorité *nazzjonalista* occupe 35 sièges de la Chambre des députés contre 34 pour l'opposition *laburista*.

« Jesus loves Malte »

C'est ce qu'affirment des autocollants, apposés sur les pare-brise de quelques voitures, parfois des autobus. Rares sont les maisons qui n'ont pas, à côté de leur sonnette ou de leur numéro, une plaque en céramique représentant le Christ s'ouvrant la poitrine pour tendre son cœur, ou une petite Madone qu'éclaire un lumignon. Malte affiche dans cette **piété populaire**

nationalisme

Le *malti* en quête de lettres

Le trilinguisme de fait agit d'étrange manière dans le cadre des premières revendications nationalistes à la fin du XIXe s., alors que l'archipel était sous domination britannique depuis près d'un siècle. Il prit le tour, en 1880, d'une **querelle linguistique** : quelle langue adopter pour Malte indépendante, l'**anglais**, revendiqué par le comte Gerald Strickland, leader du Parti constitutionnel, ou l'**italien**, prôné par Fortunato Mizzi, fondateur du Parti démocratique et nationaliste ? Contre toute attente, du maltais il ne fut pas question. Il s'agissait d'un simple état de fait : parlé depuis des siècles, le *malti* ne s'écrivait guère. Les premières tentatives de normaliser son écriture commençaient tout juste avec les travaux de Mikiel Anton Vassalli, considéré depuis comme « le père de la langue maltaise ». Le débat se poursuivit, et se durcit même, entre pro-anglais et pro-italien jusqu'au début du XXe s. L'anglais l'emporta finalement en devenant la langue administrative officielle en 1921. Elle ne fut rejointe que 13 ans plus tard par le maltais, doté d'un alphabet phonétique et étymologique par l'Association des écrivains maltais depuis 1924. ●

© Laurence Mouton

Tout va bien : Jésus est à bord.

partout visible ce qui fait son unité avec la langue : sa foi une, catholique, apostolique et romaine. 8 habitants sur 10 vont à la messe chaque dimanche dans un archipel qui, dit-on, compterait autant d'églises qu'il y a de jours dans l'année. Dressant leur dôme partout à l'horizon, elles sont l'orgueil de chaque paroisse, soutenues chacune par leur fanfare ou *kazin*.

Sautant allègrement les deux siècles d'occupation arabe, les Maltais revendiquent une très ancienne christianisation de leurs îles qui remonterait au séjour de **saint Paul** en l'an 60 *(voir p. 122)*. Il est vrai qu'avec l'arrivée de l'ordre militaire et hospitalier de **Saint-Jean de Jérusalem** *(voir p. 36)*, Malte est devenue le porte-drapeau de la défense de l'Europe chrétienne

Un cocktail anglo-méditerranéen

Les traces très visibles de l'héritage anglais dans le quotidien des Maltais ajoutent encore au caractère composite de leur société. Sur le parvis des paroisses baroques, les cabines téléphoniques sont à petits carreaux. Elles sont rouges, comme les boîtes aux lettres de leurs homologues britanniques. Au comptoir des bistrots, on commande plus volontiers une pinte de bière qu'un ballon de vin, un thé – en sachet – qu'un café. Auprès des vendeurs ambulants des bords de plage, on se ravitaille aussi bien en pizza qu'en *fish and chips* et autres *beef-burgers*. Sur les rayonnages des supérettes de village, les tomates séchées voisinent avec le *corned-beef*, les sauces tomate avec les *chutneys* et la Worcester.

Le métissage « anglo-méditerranéen » atteint son apogée sur les routes, où l'on croise des véhicules témoins, à leur manière, du passé récent de l'archipel : quelques Mini 1000 et Morris 1100, ou encore des autobus jaune et blanc Leyland ou Bedfordon, voisinent avec des Lada, Skoda, Ford Fiesta et autres Seat Ibiza.

Sea, sun & english

En 2002, **55 000 personnes** sont venues apprendre ou perfectionner leur anglais à Malte, auprès d'une de ses 35 écoles de langue agréées. Permettant d'améliorer son anglais tout en profitant du soleil et des charmes touristiques de Malte, cette activité est en plein essor depuis quelques années. La formule est d'autant plus attractive qu'elle coûte moitié moins cher qu'un séjour à Londres. Évidemment, les Maltais parlent parfois la langue de Shakespeare avec un drôle d'accent, d'où la mise au point d'une

contre les infidèles. Lors de la domination anglaise, l'Église fut facteur d'unité nationale. Après l'indépendance, elle en est venue à jouer le rôle de troisième larron sur la scène politique. Elle s'est d'abord trouvée en opposition avec la majorité *laburista* en professant que voter travailliste était un acte impie, puis dans le milieu des années 1980, quand le Malta Labour Party décida de récupérer les propriétés de l'Église pour les donner à l'État. Une véritable révolution dans un pays où celles-ci représentaient alors la moitié du territoire ! Ce gros différend n'a pas empêché les travaillistes, lorsqu'ils se sont opposés à l'Europe prônée par les nationalistes en 2002, de brandir le catholicisme comme la cheville ouvrière de l'identité maltaise !

Aujourd'hui, à l'instar de l'Irlande et de la Pologne, autres nations-frontières de l'Union européenne, l'**institution catholique** demeure, par le dynamisme de son clergé et les relations qu'il entretient avec la population, un acteur incontournable de la vie maltaise. Cependant son influence sur la nouvelle génération régresse. Les femmes se rendent en Sicile pour pratiquer l'avortement que condamne l'Église. Quant au divorce, officiellement interdit, il est un secret de polichinelle que les politiciens des deux bords jugent, en privé, cette législation anachronique. ●

© Office du tourisme de Malte

Une statue-reliquaire : un hublot y joue le rôle de monstrance, dévoilant la relique en situation anatomique.

charte de qualité, baptisée **Feltom**, pour garantir le sérieux des formations locales. Pas moins de 42 opérateurs ou intermédiaires basés en France offrent ainsi différentes formes de séjour linguistique sur l'île *(p. 191)*.

Rigueur à l'église

Profondément catholiques, les Maltais sont pointilleux sur les règles à respecter lors de la visite de leurs églises. En particulier quand arrivent les estivants, enthousiastes mais pas toujours capables d'établir une différence entre tenue de plage et respect des lieux saints. Ni le short ni le débardeur ne sont de mise. Dans les lieux de pèlerinage comme Ta' Pinu à Gozo, on fournit d'ailleurs des châles pour que les messieurs comme les dames voilent des épaules trop découvertes.

Esprit de clocher

De dôme, devrait-on écrire car, depuis la fin du XVIIe s. et à de très rares exceptions près, des coupoles baroques à l'italienne coiffent les paroisses des villages de Malte et Gozo. Toutes trahissent une volonté de rivaliser dans le toujours plus beau, toujours plus grand, toujours plus haut. Un chapitre sur lequel le petit archipel aime à se mesurer au reste du monde : le dôme de Mosta *(p. 129)* passe pour être le 4e du monde par son diamètre. Quant à celui de Xewkija à Gozo *(p. 171)*, il serait le 3e plus haut du monde.

Le temps du diable et du Bon Dieu

Comme si les rivalités de clocher ne suffisaient pas, les églises maltaises ornent souvent leurs clochers de deux horloges. L'une donne l'heure tandis les aiguilles de l'autre sont figées sur un temps factice pour tromper le diable. ●

© Ellipsanime/Gebeka Films

Corto Maltese le beau marin est le personnage qui cristallise le mieux Malte et ses mystères (dessin extrait du film d'animation *Corto Maltese, la cour secrète des arcanes*, réalisé par Pascal Morelli en 2001).

Corto le Maltais

Il est né un 10 juillet de la fin des années 1880. Sa mère est une gitane de Séville, son père un marin britannique de Cornouailles. Tous deux se sont rencontrés à Gibraltar. Corto grandit dans le Barrio de la Juderia de Cordoue, avant d'être embarqué pour Malte en compagnie d'un rabbin cabbaliste. Il y découvre les mégalithes des premiers bâtisseurs de Malte, que l'on est alors en train d'exhumer. Dans le port de La Valette, il écoute les récits de marins qui écument le monde entier. Un jour, il embarque à son tour sur une goélette qui fait d'abord route vers Gibraltar, avant de rebrousser chemin pour gagner l'Asie par le canal de Suez...

Tel est le début, reconstitué, des aventures de **Corto Maltese**, dont le vrai père est le dessinateur italien Hugo Pratt (1927-1995). Son œuvre, dominée par la puissance du graphisme noir et blanc, est l'un des plus beaux hommages au creuset de Malte, à la croisée des mondes du tournant du siècle, où Corto se lie, au hasard des mers, avec des héros et des femmes de bande dessinée, ou des personnages historiques, comme Raspoutine, Rimbaud, Jack London et Lawrence d'Arabie.

Le retour du faucon maltais

En 1930, Dashiell Hammett, un maître du roman noir américain, publie *Le Faucon de Malte*, intrigue policière où le faucon envoyé par Villiers de l'Isle-Adam à Charles Quint devient un animal d'or massif, incrusté de pierres précieuses. Intercepté par Barberousse, l'oiseau transite au cours des siècles entre diverses mains, avant d'être recherché par un certain Gutman, homme sans scrupule, prêt à tout pour se l'approprier. Las, ce dernier s'aperçoit en fin de compte que le trésor n'est en réalité qu'une vulgaire statue de plomb. Le cinéma s'empare de l'intrigue avec ***Le Faucon maltais***, de Roy del Ruth, en 1931, et ***Satan Met a Lady***, un plaisant policier de William Dieterle, en 1936. Mais c'est la version de John Huston, tournée en 1941, avec Humphrey Bogart dans le rôle du détective Sam Spade, qui apporte à l'oiseau des chevaliers une célébrité mondiale. Séduit par le mystère qui se dégage du roman de Hammett, Huston achève son film sur la célèbre réplique de Bogart considérant le faucon : « C'est l'étoffe dont sont tissés les rêves ». En 1975, ***The Blackbird*** de David Giler revisite une fois encore la légende née de l'imagination de Dashiell Hammett. ●

Malte en liesse

© Jean Malburet

Ballons et confettis : le rouge est mis pour les festi.

Le calendrier des fêtes est à l'image de Malte : les grandes commémorations catholiques de Pâques et Noël soudent l'archipel dans les mêmes manifestations de piété, tandis qu'une kyrielle de célébrations paroissiales exacerbe l'esprit de clocher de chaque village qui compose, en l'honneur de son saint patron, les plus belles illuminations, la plus longue procession, la plus grande fanfare et le plus réussi des feux d'artifice. De quoi, pour le visiteur, en avoir plein les yeux !

Festi, fêtes patronales

De juin à septembre, c'est le temps des *festi*, le grand tournoi des **fêtes patronales** entre les quelque 150 villes et villages de Malte, dédiées à la Vierge et aux saints et saintes du calendrier catholique. Elles remontent à la domination des différents souverains de Sicile au Moyen Âge *(voir p. 210)*. Patronnant généreusement les fêtes des paroisses où ils avaient leur résidence, les chevaliers de l'ordre de Malte donnèrent le ton de la surenchère. Aujourd'hui incontournables, les processions n'apparurent qu'au début du XVIIIe s. Les meilleurs artisans de l'archipel furent mis à contribution pour exécuter les effigies des saints patrons, qui ne sortent de l'église que le jour de la *festa* pour être transportées avec toute la pompe requise. Les plus spectaculaires se déroulent à Gozo.

Annuel, l'événement est pour chaque paroisse le point d'orgue de la vie sociale et l'occasion pour nombre d'émigrés maltais de retrouver, le temps d'une fête, leur village natal et leurs traditions. La réussite de la *festa* repose sur des mois de préparation ; elle est entièrement fondée sur le bénévolat et le financement par des kermesses et vide-greniers. Le **feu d'artifice final** engloutit une grosse partie de la collecte, mais il y a aussi les saints de plâtre couleur bonbon – et les oriflammes, les bannières, les T-shirts à leur effigie – qui balisent les rues du village et les ampoules multicolores qui ornent l'église et son parvis.

Temps de recueillement et de réunion, la *festa* obéit à un calendrier précis. Elle est fixée au dimanche qui suit le jour consacré au saint patron de la paroisse, mais les festivités démarrent dès la soirée du mardi qui précède. Chaque soir, vers 21 h 30, les familles, toutes sur leur trente et un, se retrouvent pour bavarder et grignoter sur les parvis jusqu'aux petites heures de l'aube. Rythmées par l'appel des cloches de l'église, les vêpres et les messes se déroulent avec des hymnes particuliers chantés par des chœurs en l'honneur du saint. Les vêpres de la veille de la *festa* achevées, débutent les manifestations les plus attendues : le défilé des fanfares paroissiales et, plus tard, vers 22 h, le feu d'artifice. Les fanfares convergent vers le parvis où est dressée une estrade, sur laquelle les rejoignent les choristes pour entonner à l'unisson des hymnes en l'honneur du saint. Le jour de la fête proprement dite, une importante messe solennelle est donnée dans la matinée, vers 9 h. La journée est ensuite relativement calme jusqu'aux vêpres de début de soirée. La statue du saint patron est alors portée à bout de bras dans les rues, sous les accompagnements des fanfares et dans une pluie de confettis.

Folies du carnaval

Les chevaliers de l'Ordre offrirent aux Maltais leur premier carnaval en 1535 ; la grande parade atteignit le paroxysme qu'on lui connaît de nos jours au milieu du XVIIIe s. Partout fêté le 2e dimanche de février (7 dimanches avant Pâques), il a plus d'éclat à La Valette avec la **grande parade des chars**. À Gozo, où costumes et chars sont confectionnés par les villageois, il est plus traditionnel, et particulièrement

© Laurence Mouton

Saint Jean-Baptiste, Xewkija le fête chaque année en juin.

Encore des drapeaux

Bleu et blanc pour la Vierge, jaune et blanc pour le pape, rouge et blanc pour Malte, parfois aux couleurs des États-Unis ou de l'Australie, terres de diaspora, les drapeaux pavoisent entièrement les villages à l'occasion des *festi*.

Bouquet final

La plus grosse part du budget de la *festa* est engloutie par le feu d'artifice qui la clôt. On l'appelle ici ***îgiggifogu,*** déformation de l'italien « *îgiochii di fuoco* », littéralement « les jeux de feux ». Le premier fut tiré en 1738 par les habitants

À Pâques, les Maltais revivent la Passion du Christ en processions solennelles.

spectaculaire à Xaghra, Sannat et Nadur. À Malte, Paceville, principal centre de la vie nocturne maltaise, accueille jusque tard dans la nuit les derniers participants qui viennent s'entasser dans les clubs et les bars, toujours revêtus de leurs costumes délirants.

Passion partagée à Pâques

Célébrant la Passion, la mort et la résurrection du Christ, les fêtes de Pâques revêtent un caractère solennel. Le **vendredi** précédant le Vendredi Saint, la statue de la Vierge est promenée dans les rues de La Valette de Birkirkara, une ville située à 7 km à l'est de La Valette. Esprit d'émulation oblige, chaque village possède depuis ses artificiers et concocte dans le plus grand secret son propre spectacle pyrotechnique. Les feux d'artifice maltais comptent aujourd'hui parmi les plus étonnants d'Europe.

Football passion

Le football donne à la population de l'île des occasions supplémentaires de manifester son goût pour la fête et les défilés dans les rues. En cas de victoire d'une des différentes équipes maltaises, c'est forcément l'hystérie collective. En 2001, lors de la victoire du **Valletta Football Club**, on a vu des jeunes gens repeindre leur voiture aux couleurs du club et en découper la carrosserie pour transformer le tout en voiture décapotable peu discrète.

Malte aux courses

L'archipel a beau être équipé d'hippodromes à Malte et Gozo, c'est sur la route que les Maltais aiment faire courir leurs équipages à l'occasion des fêtes de leur calendrier, comme on le faisait au Moyen Âge. À la Saint-Jean-Baptiste, les chevaux galopent sous le soleil de juin à Xewkija *(p. 171)*. Il fait si chaud que spectateurs et jockeys sont en short et débardeur, parfois pieds nus – on est loin du Derby anglais ! Choyés et bichonnés pendant des semaines, les champions courent sur la route nationale par rafales de 5, 6. Les paris vont bon train. Une rumeur précède l'arrivée que salue une clameur. Puis la foule se redisperse en petits groupes auprès de la buvette, du camion des trophées et de l'ombre des oliviers. ●

et de bien d'autres villes et villages. Le **Jeudi Saint**, les gens se rendent à l'église. Quelques-unes reconstituent la Cène sur le maître-autel, à l'aide de pains frais, cruches de vin et pâtisseries. **Vendredi Saint** est **Il-Gimgha l-Kbira**, « le vendredi le plus important de l'année », et jour de deuil : lieux publics, mais aussi lieux de distraction (cinémas, théâtres), sont fermés. En début de soirée, débutent des processions de statues, grandeur nature, représentant les scènes de la Passion, portées sur des palanquins. Quelques participants en costume composent des tableaux vivants. Le **dimanche de Pâques** est jour de réjouissances, où l'on transporte la statue du Christ pour célébrer la Résurrection (les plus impressionnantes ont lieu à Vittoriosa, *p. 90*). C'est le moment des visites familiales et des pique-niques à la campagne autour des pâtisseries aux amandes ou *figolla*. La **Saint-Grégoire** (San Grigor), le mercredi suivant, prolonge les fêtes de Pâques. Elle marque la fin de la peste bubonique qui décima 11 000 personnes en 1675-1676. La procession part de l'église Saint-Grégoire de Zejtun *(p. 149)*.

Lumières de l'Imnarja

Même si elle correspond, à l'échelle nationale, à la fête des saints Pierre et Paul, les 28 et 29 juin, l'**Imnarja** – cocktail *malti* pour l'italien *luminara*, « illumination » – est d'origine païenne : elle marquait jadis la fin des premières moissons. Elle est célébrée en plusieurs villages, mais c'est dans les **Buskett Gardens** *(p. 134)*, près de Rabat, qu'elle garde tout son sens : on y organise une grande foire agricole, occasion de déguster de larges portions de *fenkata*, le civet de lapin local, accompagnées de rasades de vin du cru. Elle fait l'objet de tournois du chant *l-ghana*, une ballade sicilienne qui sonne les passions d'amour sur les rythmes orientaux d'une musique arabe. Ailleurs, les festivités s'accompagnent de courses de chevaux que récompensent des bannières brodées ou *palji* (Siggiewi, Gozo), dont l'origine remonte à l'époque des chevaliers de l'Ordre.

Crèches de Noël

Noël est fêté à Malte dans la grande tradition catholique avec, selon les paroisses, chants, chorales d'enfants et processions commémorant la fuite à Bethléem. Dès le début de l'Avent, l'intérieur des églises est tendu de velours pourpre et les maîtres-autels ornés des fleurs de l'hiver. Le clou de la fête, ce sont les ***presepju***, les expositions publiques de la crèche que l'on vient admirer, et que tous les foyers ne manquent pas de reconstituer. ●

Le faucon maltais a deux têtes

© Sylvain Grandadam

Touche finale sur la coque d'un navire réparé. Mais pourquoi en arabe ?

Exactement au centre de la Méditerranée, Malte vit entre deux mondes. Dans l'histoire, l'archipel fut la tête de pont de la Méditerranée occidentale et chrétienne – Gibraltar est à 1 826 km à l'ouest –, face à la Méditerranée orientale et ottomane – la côte libanaise est à 1 940 km à l'est. Située à 93 km au sud de la Sicile et à 288 km à l'est de Tunis, elle est pour l'Europe une **passerelle vers le Maghreb**. Ce rôle de poste avancé face à l'Afrique du Nord et au Proche-Orient – partagé avec la partie grecque de Chypre, autre nouveau membre de l'Union – est un atout de poids pour le petit archipel à l'heure où les Maltais ont tranché en faveur des attaches historiques qui les relient au Vieux Continent. Au temps de l'ordre de Malte, l'archipel n'était-il pas une Europe miniature, avec ses chevaliers venus de France, d'Aragon, de Castille, d'Italie, d'Allemagne ou de Provence ?

Mais le choix fut loin d'être facile. Le **oui ou non à l'Europe** a été un enjeu puissant entre le parti travailliste, accroché au non, et le parti nationaliste, partisan du oui. Ces va-et-vient politiques reflètent les hésitations des Maltais face à un choix qui s'est posé plusieurs fois dans leur histoire : s'ancrer à l'Europe ou rester des insulaires, en conservant une politique méditerranéenne et neutraliste. Bien au-delà du débat politique, cette valse hésitation puisait aussi ses racines dans la peur de voir l'**identité maltaise** et ses particularismes noyés dans un ensemble de 450 millions d'habitants dominé par de grands États, et dans celle de

© Sylvain Grandadam

Destination Tripoli pour le bateau remis à flot.

voir un équilibre économique fragile rompu par la libre circulation des hommes et des biens à l'intérieur du réseau européen. Une inquiétude existentielle en somme, que traduisent ces propos du romancier Oliver Friggieri, recueillis par Marc Epstein pour *L'Express* en novembre 2002 : « Nous autres, Maltais, nous avons longtemps habité un village. Et voilà que nous découvrons les mœurs de la grande ville. Sommes-nous prêts à cela ? Nous étions insulaires, et remplis de certitudes. À présent, comme dirait Sartre, nous devons "choisir de choisir". Et c'est cette liberté qui nous donne le vertige. »

L'encombrant ami libyen et le généreux ami italien

Avant de dire oui au parti nationaliste et à sa politique européenne, Malte fut socialiste et son leader **Dom Mintoff** cultiva le rapprochement non seulement avec Moscou et Pékin, mais aussi avec la rive arabe de la Méditerranée. Tandis que l'Europe jetait l'embargo sur la Libye, Malte la rouge entretenait avec **Tripoli** des liaisons jugées dangereuses par ses partenaires occidentaux. Notamment l'Italie voisine avec laquelle La Valette entretient toujours une relation privilégiée, qui se traduit depuis 1980 par une aide financière importante.

Contribuant à l'isolement international de Malte, sa diplomatie arabe répondait au pragmatisme au moins autant qu'à l'idéologie : la Libye est un État pétrolier. Il fut un temps la principale source d'investissements à Malte, qui devint, avec l'embargo, la plaque tournante des intérêts libyens. Grâce à sa proximité géographique et à des affinités linguistiques, Tripoli demeure un **partenaire incontournable** aujourd'hui. Même si les nationalistes « européens » ont pris quelque peu leurs distances, Malte se hisse au 13e rang des importations libyennes et au 13e rang de leurs exportations en hydrocarbures. Les trois quarts du pétrole maltais sont ainsi fournis à bon prix, et les Libyens continuent à considérer l'île comme leur supermarché le plus proche et leur lieu de villégiature préféré.

Une vocation pour les services

Dépourvue de ressources, Malte compense son manque de matières premières par le développement des services, qui pèsent de **70 % sur l'économie** aujourd'hui. L'histoire est pour beaucoup dans cette vocation. Transformée en **base navale** de l'Occident chrétien sous l'ordre militaire et hospitalier de Saint-Jean, à partir du XVIe s., elle conserve cette fonction au sein de l'empire colonial britannique et jusqu'à la dernière guerre, en concentrant la résistance des forces alliées en Méditerranée. À l'inverse du reste du monde méditerranéen, l'agriculture et la pêche n'ont jamais été que des secteurs annexes, quand le gros de l'activité économique était généré par la présence de la flotte. Lorsqu'en 1979 la base navale britannique quitta Malte, l'archipel perdit les 60 millions de livres annuels versés par la Couronne et dut s'engager dans la nécessaire restructuration des arsenaux militaires en chantiers navals civils. Aujourd'hui, ils assurent la construction, la réparation et la maintenance pour de nombreux pays, tandis que les services sont dispersés dans un tissu très dynamique de petites et moyennes entreprises, dont les activités sont directement en liaison avec les bateaux : armement, assurance, fret, entretien et réparation.

Autre poids lourd de cette économie de services, le **tourisme**, développé à partir des années 1960, est la première source d'emplois du pays. Après une période de stagnation durant les décennies 1980-1990, il redémarre en flèche avec des **taux de fréquentation record depuis 2000** *(voir p. 33)*. Gageons que ce succès mérité permettra à Malte de reprendre en main un secteur qui commençait à échapper à son contrôle. Le taux de remplissage ne suivait plus la prolifération anarchique d'hôtels suscitée par la manne touristique. Du coup, les tour-opérateurs étrangers ont tiré

Europe

Tantôt non, tantôt oui

Malte a balancé durant 10 ans entre l'Europe et l'isolement, entre « la menace contre l'identité nationale maltaise » brandie par les travaillistes, et l'accès au paradis économique promis par la droite. Les premiers, au pouvoir en 1996, ont gelé la demande d'adhésion déposée par les conservateurs en juillet 1990. Une nouvelle alternance du pouvoir a relancé l'ouverture des négociations en 2000. En octobre 2002, le rapport de la Commission européenne concernant les progrès réalisés sur la voie de l'adhésion constate que l'île respecte les critères politiques d'adhésion et a fait preuve d'une détermination sans faille pour se conformer aux exigences économiques d'entrée dans l'Union européenne ; 47 % de la population s'y déclare alors favorable. Lors du référendum consultatif du 8 mars 2003, le oui à l'Europe enregistre un progrès, avec 53,55 % des voix. Enfin, lors des élections législatives convoquées le 12 avril 2004, les Maltais sont 52 % à se prononcer en faveur de l'adhésion. Un résultat peu spectaculaire quand, parmi les nouveaux entrants, la moyenne était de 60 à 70 %. Mais très représentatif : 82 % des Maltais se sont mobilisés pour aller voter, quand les autres pays enregistraient un taux moyen de participation de 60 %. Car à Malte, la question était aussi de nature politique et, quand il s'agit d'exprimer son adhésion au parti de gauche ou à celui de droite, tout le monde est aux urnes. ●

les prix vers le bas, asphyxiant l'industrie hôtelière locale.

Dépendant d'une énergie importée à 100 %, le secteur secondaire reflète lui aussi la carence en matières premières. Conserveries, brasseries, entreprises de vinification et ateliers textiles, l'éventail des activités maltaises est entièrement tourné vers les **industries de transformation**. Encourageant l'implantation de sociétés étrangères par le biais d'avantages fiscaux, la création d'un centre financier *off shore* en 1989 a attiré des entreprises des secteurs du meuble, du papier, des textiles synthétiques, des produits chimiques et pharmaceutiques...

L'Europe, oui, mais à la carte

Avec 33 % des exportations et 60 % des importations, l'Union européenne est le **principal partenaire commercial** de l'île. L'essentiel des exportations maltaises est constitué de produits textiles, fabriqués, à l'aide de capitaux européens, dans des usines louées à des prix symboliques. SGS-Thomson, filiale du fabricant de composants italo-français, est le premier exportateur à Malte et le premier employeur privé. Côté Union, l'adhésion de Malte, et celle simultanée de Chypre, font de l'Union européenne la première puissance maritime du monde en **tonnage de bateaux lourds**. L'argument a pesé de tout son poids dans les négociations entre Malte et Bruxelles. Elles ont consisté pour l'archipel à sérieusement revoir sa copie économique vers la transparence, pour l'Europe à accorder aux Maltais de nombreuses concessions afin de pallier leur manque d'enthousiasme, assorties d'un chèque de 194 millions d'euros sur deux ans, au titre des fonds structurels. Ainsi, Malte profitera-t-elle jusqu'en 2009-2010 de quelque 80 « arrangements spéciaux » qui vont de la chasse aux oiseaux migrateurs *(encadré p. 17)* à la limitation de l'achat de propriétés dans l'île par des étrangers, ou à la fermeture des frontières aux travailleurs européens jusqu'en 2008. Le protocole au traité d'adhésion confirme également le droit du pays à légiférer de façon souveraine dans les domaines du divorce, de la neutralité et de l'avortement.

© Office du tourisme de Malte

La plage toute l'année à prix doux disent les brochures de voyage. Bon à savoir : il n'y a que trois vraies plages de sable pour tout l'archipel.

© Office du tourisme de Malte

L'intégration à l'Union pourra-t-elle relayer l'activité générée par les chantiers navals ? Quel sera leur destin, quand les subventions prendront fin en 2008 ?

La nouvelle donne économique

En bonne élève de l'Europe, Malte veut faire oublier qu'elle a jadis fait de l'opacité le secret de sa réussite avec les **comptes bancaires *off-shore***, toujours plus ou moins accusés de faciliter le blanchiment d'argent, et les navires-poubelles battant pavillon maltais. Une nouvelle île apparaît qui rêve de devenir le Singapour de la Méditerranée. Tournant radicalement le dos au dirigisme absolu de l'ère socialiste et à

Destination Malte

Chaque été, la question de l'eau est brûlante, ainsi que celle de l'énergie basée à 100 % sur le pétrole importé. Car chaque été, la population de l'archipel augmente de plusieurs centaines de milliers de vacanciers, attirés par une destination offrant une combinaison idéale entre la culture et la plage. En 2003, ils étaient 1 125 000 : 3 fois et demi la population maltaise ! Les Britanniques viennent en tête (460 000 en 2003), suivis des Allemands (126 000), des Italiens (94 000) et des Français (76 000).

Révisions navales

Pour entrer dans l'Europe, Malte a dû réduire sa flotte polluée par les **pavillons de complaisance**. Depuis le naufrage sur les côtes bretonnes de l'*Erika*, pétrolier battant pavillon maltais, la Commission de Bruxelles tient dans sa ligne de mire la question de ces immatriculations. Pour sauver un pavillon qui représente la 4e flotte marchande du monde, la bataille a été rude pour La Valette. Malte a fait preuve de bonne volonté dès 2001 en le supprimant pour les bateaux âgés de plus de 25 ans. L'autorité maritime de l'île argue d'une multiplication « par dix » du nombre des inspecteurs, parle de « radiations drastiques », de « mises aux normes » et promet de soumettre ses bateaux aux contrôles de sociétés de classification agréées par les instances européennes. Reste qu'avec une **flotte de 30 millions de tonnes**, Malte occupe encore la 22e place de la liste noire des navires hors normes. La manne des sociétés-écrans et des certificats d'enregistrement a cessé d'être la plus juteuse industrie de services de l'île, mais elle continue de faire la fortune des avocats. ●

cinéma

Le monde tourne à Malte

En tournant à Malte ***Sinbad le marin*** en 1947, Richard Wallace inaugure une formule qui fait florès un peu plus d'une décennie plus tard. À partir du milieu des années 1960 en effet, l'archipel se loue aux producteurs de films. « Décors naturels, climat idéal, langue anglaise : Malte offre tous les ingrédients d'un succès », affirme Oliver Mallia, commissaire du film maltais, qui parcourt les festivals du monde entier pour vendre ce lieu de tournage idéal aux spots commerciaux, feuilletons et films à gros budget. ***Casino royale***, pastiche farfelu de film d'espionnage réalisé par John Huston en 1967, a ouvert le bal, suivi de ***Orca***, variante des *Dents de la mer* de Michael Anderson (1977) et ***Midnight Express*** d'Alan Parker (1978), où le fort Saint-Elme devient l'enfer d'une prison turque pour Billy Hayes, arrêté pour avoir tenté d'exporter de la drogue. En 1979, Robert Altman décide de reconstituer entièrement un petit port américain sur les rives d'Anchor Bay pour y tourner son ***Popeye***, avec Robin Williams *(p. 156)*. Avec ***Pirates*** de Roman Polanski (1986) s'amorce une tendance aux superproductions et au cinéma d'aventures, confirmée avec ***Christophe Colomb : la découverte*** de John Glen (1992), ***Monte-Cristo***, un téléfilm produit par TF1 en 1998 avec Gérard Depardieu, dans lequel le port de Marseille est reconstitué à La Valette, et ***Gladiator*** de Ridley Scott (2000), où le fort Rinella sert d'arène romaine. Citons encore ***Astérix et Obélix : mission Cléopâtre*** d'Alain Chabat (2001). Dernier en date de ces films à gros budget : ***Troie***, une coproduction anglo-maltaise de Wolfgang Petersen de 180 millions de dollars, tournée avec Brad Pitt en 2003. Là, c'est le fort Ricasoli *(p. 94)* qui a prêté son cadre à la reconstitution de la cité de *L'Iliade*. ●

Prudents Maltais

Longtemps demeurée prospère malgré l'absence de ressources naturelles, et après avoir enregistré plusieurs années de croissance dynamique (4,1 % en 1999, 6,4 % en 2000), l'économie maltaise traverse depuis 2001 une passe difficile. Face à la récession, les Maltais se montrent pragmatiques. Peu sollicités par les occasions de consommation, ils détiennent le record mondial de l'**épargne** et travaillent comme quatre. Employés encore à près de 50 % dans le secteur public – malgré d'alléchantes primes au transfert, instaurées par Fenech Adami –, ils doublent régulièrement leur salaire mensuel minimum grâce à un **second emploi** et parviennent ainsi à un revenu moyen, plus qu'honorable, de 260 livres maltaises (600 euros) par personne et par mois. Quatre fois plus qu'en Tunisie. Plutôt mieux qu'en Grèce et comparable au Portugal. ●

© Catherine Bourzat

sa production manufacturière de masse, l'époque est plus que jamais à faire de l'archipel une plate-forme d'éclatement pour les services dans les domaines maritime, financier et commercial.

Créée à la fin des années 1980 à l'entrée de la baie de Marsaxlokk, la **zone franche de Kalafrana** est devenue une source de revenus non négligeable pour le pays. Sa spécialité est le *transshipment*: 24 h/24, on y transborde les marchandises de porte-conteneurs venus du monde entier vers de nouvelles destinations. Les armateurs peuvent les suivre seconde par seconde par ordinateur. Pas de taxe – les marchandises restent sous douane –, seuls les services sont payants. Si plusieurs pays européens ont craint que ce « paradis fiscal » proche de la Sicile ne voie transiter des « narco-dollars », les garanties présentées par les autorités et la qualité des services ont très rapidement propulsé le *Malta Freeport* au 11e rang mondial comme l'un des plus importants de la Méditerranée.

Autre fleuron de la nouvelle économie, le **centre financier d'Attard**, carapace de verre et d'acier érigée au centre de l'île. Forte de son industrie électronique (ST Microelecronics, le fabricant franco-italien de composants, est le premier employeur de l'île), la communauté des affaires rêve d'un second centre, celui des hautes technologies de l'Europe du Sud. Bill Gates, patron de Microsoft, n'a-t-il pas rencontré en Suisse Austin Gatt, le ministre des Technologies de l'information et des investissements ? À la clé : un projet visant à faire de Malte un centre de développement des logiciels. ●

Quand l'Ordre régnait à Malte

© Olivier Martel/Hoa Qui

Chassé de Malte en 1798 par Bonaparte, l'Ordre n'y est revenu que dans les années 1990. Il compte aujourd'hui 15 000 chevaliers, dont 60 à Malte.

À l'aube du XVIe s., **Soliman le Magnifique**, déjà maître de la Syrie, de l'Égypte et de la majeure partie de la Méditerranée orientale, menace l'empire de Charles Quint, roi d'Espagne et de Sicile. Aux franges sud-est de l'Europe chrétienne, seule résiste **Rhodes**. Elle est le bastion des chevaliers hospitaliers de Saint-Jean de Jérusalem, un ordre de moines-soldats fondé au temps des Croisades. Mais en 1522, après un siège de six mois, Rhodes tombe à son tour aux mains des Ottomans. La Sicile et l'Italie sont dangereusement exposées et Malte apparaît comme l'ultime rempart de l'Occident chrétien pour contrer la poussée ottomane. Or, l'archipel est menacé par des raids musulmans de plus en plus durs, à l'instar de celui de 1526 qui permet aux Barbaresques de s'emparer de 400 captifs après avoir pillé et brûlé le village de Mosta *(p. 129)*. C'est aux **chevaliers de l'ordre de Saint-Jean**, en quête d'un nouvel asile, que **Charles Quint** choisit de confier sa défense. En 1530, il leur cède l'archipel en contrepartie d'un tribut symbolique : chaque année à la Toussaint, le grand maître de l'Ordre devra remettre au souverain « un faucon chaperonné de soie, portant sonnettes d'or et bagué de vervelle aux armes impériales ». C'est ainsi que l'Ordre prend pied à Malte. Le moins que l'on puisse dire est que les chevaliers sont peu enthousiastes à l'idée de s'installer sur ce rocher désertique, peuplé de quelques pauvres et d'un petit nombre de familles nobles vivant dans **Mdina**, une « cité ancienne et désertée» *(p. 112)*. De son côté, la noblesse de Mdina n'est pas spécialement heureuse d'accueillir les chevaliers. Elle accepte le grand maître comme chef suprême de l'archipel, mais à condition que l'Ordre limite son autorité à Birgu (Vittoriosa, *p. 90*) et à sa zone portuaire, laissant Mdina aux mains des nobles maltais. L'accord arrange les chevaliers: ils ont besoin d'une rade pour leur flotte. L'ordre de Rhodes devient l'ordre de Malte et demeurera sur l'île jusqu'à sa prise par Bonaparte, en 1798.

Mises en ordre en Terre sainte

Futurs chevaliers de Malte, les hospitaliers de Saint-Jean de Jérusalem sont issus de l'esprit des Croisades. À la suite de la prise de Jérusalem en 1099 par les croisés francs, plusieurs groupes religieux se constituent autour d'hospices financés par les bourgeois et les nobles, destinés à recevoir les pèlerins qui se rendent en Terre sainte (hostellerie) et à soigner ceux qui tombent malades (hospital). Fondé au XIe s. par des marchands italiens d'Amalfi, l'hospice de Saint-Jean de Jérusalem est consacré ordre religieux par bulle papale en **1113** et sa direction est confiée au moine français Gérard Tenque, premier de la lignée des grands maîtres. Naîtront encore, dans le courant du XIIe s., les frères de la Milice du Temple, dits les templiers, et les chevaliers teutoniques.

L'Ordre souverain, de Jérusalem à Rhodes

Hospitaliers de Saint-Jean, templiers, chevaliers teutoniques, tous sont des ordres religieux mais aussi militaires: l'expansion arabe en Orient développe la vocation de défendre la foi chrétienne contre les infidèles. Les armées maures chassent les hospitaliers de Jérusalem en 1187, puis de Saint-Jean d'Acre en 1221. Ils se replient à Chypre en 1291, puis à Rhodes en 1306.

À Rhodes, l'ordre met en place l'organisation qu'il conservera à Malte. Ses membres se répartissent en trois classes: les **chevaliers de justice**, issus des plus nobles familles catholiques d'Europe, forment le corps d'élite des combattants à cheval; les **servants d'armes**, des roturiers, sont combattants ou infirmiers; les **clercs**, enfin, font office de chapelains et sont attachés aux églises et aux hôpitaux de l'Ordre. Au sommet de cette organisation se

histoire

Le charme discret d'une vieille noblesse

À côté des chevaliers de l'Ordre, qui étaient tous des étrangers, Malte comptait une noblesse locale, dont l'origine remontait à la domination des Normands de Sicile *(p. 210)*. Les plus vénérables d'entre elles – la maison catalane des Inguanez *(p. 116)*, la baronie de Bucana, instaurée en 1350, et celle de Djar il-Bniet, qui remonte à 1695 – exercèrent de manière quasi héréditaire le gouvernement de Mdina. Fortes de ces vieux quartiers de noblesse, elles regardaient avec dédain les chevaliers de l'Ordre, tous plus ou moins cadets de famille. Les chevaliers le leur rendaient bien. Elles existent toujours, s'entourant d'une discrétion d'autant plus grande que leurs titres nobiliaires ne sont plus reconnus par l'État depuis 1976. Membre de l'Ordre, le 9e marquis de Piro, qui vit aujourd'hui dans la Casa Rocca Piccola de La Valette *(p. 72)*, réconcilie le vieil antagonisme entre noblesse et chevaliers. Arrivée en Malte en même temps que ces derniers, sa famille fut anoblie d'un marquisat par Philippe V d'Espagne en 1717. ●

trouve le **grand maître**, élu à vie par les chevaliers de justice. Frappant monnaie à ses armes et entretenant un corps diplomatique auprès des souverains d'Europe, il est l'égal d'un monarque : l'Ordre est un État souverain qui possède sa propre armée et sa marine de guerre, concède des prêts à faible taux d'intérêt et ouvre des banques.

Les chevaliers de Rhodes puisent leurs ressources dans leurs domaines ou commanderies, groupés en bailliages et en grands prieurés et présents dans toute la Chrétienté. L'ensemble est organisé en « **langues** », qui sont celles des contrées où se recrutent les chevaliers. Placées sous l'autorité d'un pilier, elles sont sept – Provence, Auvergne, France, Aragon, Italie, Allemagne et Angleterre – puis huit, lorsqu'en 1492 la Castille et le Portugal quittent l'Aragon pour former un groupe à part. Les huit langues de l'Ordre se font chacune édifier à Rhodes un couvent-forteresse ou « auberge ». Le pilier de la langue de Provence est, avec le titre de grand commandeur, le bras droit du grand maître : il désigne avec lui les chefs de guerre, a la haute main sur le « commun trésor », les magasins et arsenaux, l'artillerie.

L'étoffe des héros

En prenant possession de Malte, les chevaliers s'engagent également à défendre Tripoli. L'île est le verrou de la stratégie de Charles Quint en Méditerranée. Élu grand maître de l'Ordre en 1557, **Jean Parisot de La Valette** est décrit par ses pairs comme un chevalier pieux, sage, intelligent et un militaire exceptionnel. Il décide d'accélérer les travaux défensifs. La menace ottomane est plus redoutable que jamais. En 1551, Tripoli tombe aux mains des Barbaresques. L'armada chrétienne essuit la défaite à Alger en 1560 ; le sultan Soliman accumule les armements à Istanbul ; son corsaire, le Grec Dragut Reïs, rassemble des galères à Tripoli, et Hassan, à Alger.

Le **18 mai 1565**, 138 vaisseaux turcs sont en vue du fort Saint-Elme. Ils s'apprêtent à débarquer plus de 30 000 combattants. En face, et malgré ses nombreux appels à l'aide, l'Ordre n'aligne que 9 000 hommes

La croix de Malte

Peut-être phénicienne, la **croix blanche à huit pointes** est à l'origine un ancien emblème des chrétiens d'Orient. Les hospitaliers de Saint-Jean de Jérusalem la font apposer sur leur manteau noir. Quand ils prennent possession de Malte, elle vient frapper l'étendard rouge que l'île a hérité des Normands de Sicile. On a dit par la suite que la croix de Malte symbolisait les huit béatitudes évoquées par le Christ dans son sermon sur la montagne, mais aussi les huit « langues », ou provinces, de l'Ordre.

Le goût des titres

Les « **chevaliers de justice** » relèvent de la fine fleur de la noblesse européenne. Mais selon sa « langue » d'origine, on est plus ou moins noble : il faut 16 quartiers de noblesse à un Allemand, quand seulement 8 sont nécessaires à un Français. Les roturiers ne peuvent espérer plus que d'être simples **servants d'armes** ; on leur forge une petite noblesse cependant, en adoubant « **chevaliers de grâce** » les plus valeureux d'entre eux. Au XVIIe s., passé le temps des combats, il ne s'agit plus là que de distinctions honorifiques.

Le legs du Temple

Au début du XIVe s., Philippe le Bel entame une campagne de persécutions contre les **templiers**, dont la richesse est la plus fabuleuse de toute la Chrétienté. Les procès aboutissent à la suppression de l'ordre en 1311 par le pape Clément V, à l'exécution du grand maître Jacques de Molay et à la confiscation de tous les biens des templiers. Ceux-ci sont transmis aux hospitaliers de Saint-Jean par la **bulle papale du 2 mai 1312**, après que le roi de France, sous prétexte de dettes, en eut tiré le plus d'argent possible. ●

histoire

Le sacrifice de Saint-Elme

C'est dans ce fort, dont le système de défense n'a pu être terminé à temps, que les chevaliers vont livrer leur combat le plus héroïque lors du **Grand Siège** de 1565. Les batteries turques installées sur le mont Sciberras pilonnent rapidement l'intérieur du fort. Durant plus d'un mois, les 60 chevaliers, appuyés par quelques centaines d'hommes affamés et, parfois, le maigre renfort d'hommes venus à la nage ou dans des barques de fortune, combattent au corps à corps pour repousser les assaillants. Le 19 juin, la situation est désespérée et La Valette écrit au pape : « Il m'a semblé que je ne devais taire à vous la faveur que notre Religion a jusqu'ici reçue en sa défense du fort Saint-Elme, lequel ayant été plus furieusement battu qu'aucune autre forteresse dont jamais on ait ouï parler et jusque avoir souffert 13 000 coups de canons en 20 jours... » Avant l'assaut final, les chevaliers se donnent un dernier baiser de paix et détruisent les objets sacrés de la chapelle pour ne pas les laisser aux mains des infidèles. Le 23 juin, l'étendard vert de Soliman le Magnifique flotte sur Saint-Elme. Les corps crucifiés des assiégés sont jetés à la mer pour venger la mort du corsaire Dragut, tombé au combat. La riposte des chevaliers est tout aussi brutale : La Valette fait décapiter les prisonniers turcs et expédier les têtes à coups de canon dans les lignes ennemies. ●

et 512 chevaliers. Saint-Elme tombe aux mains des Turcs à l'issue d'une résistance acharnée *(encadré ci-dessus)*. En juillet, chevaliers et Maltais subissent l'assaut général à Birgu. Le Grand Siège dure tout l'été, jusqu'à l'arrivée des renforts – 8 500 hommes et 250 chevaliers – en septembre. Vaincues, les troupes ottomanes se replient. L'Occident chrétien célèbre la victoire : il a enfin repris son pouvoir en Méditerranée. Pour Malte et les chevaliers, c'est la reconnaissance. L'archipel devient le porte-drapeau de la nouvelle croisade entre la Chrétienté et l'Islam ottoman. Six ans après le Grand Siège, les galères de l'Ordre sont de la **bataille de Lépante**. Le 7 octobre 1571, la flotte turque est anéantie.

Les maîtres de la « course » en mer

Après Lépante, il est deux Méditerranées : celle du nord-ouest, que domine l'Espagne, celle du sud-est, réservée à la Porte et à ses vassaux. Ceci sur terre, car sur mer la puissance navale turque reste considérable. La **piraterie**, jusqu'au XVIIIe s., est avant tout un commerce fructueux où rivalisent Barbaresques et corsaires maltais, sans compter les puissances européennes qui entrent dans le Corso, la « course » en mer, pour en tirer bénéfice. Assortie de razzias à l'intérieur des terres, la course est la fidèle compagne du **commerce**, qui permet aux chevaliers de Saint-Jean de compléter les revenus de leurs domaines en Europe : les prises assurent non seulement des biens, mais aussi des captifs, pour ravitailler la chiourme et la main d'œuvre.

Bien avant l'arrivée des chevaliers, les Maltais se sont rodés à l'exercice de la razzia, débarquant périodiquement dans l'île de Djerba, sur les côtes tunisiennes (1388, 1432), tandis que les Arabes font des rafles à Malte (1412, 1422, 1423), imités par les Ottomans qui, en 1551, déporte à Tripoli la totalité de la population de Gozo. Galères et chébecs, les vaisseaux de l'Ordre sont redoutés des navires turcs et barbaresques, qu'ils chassent et confisquent, gardant les équipages pour garnir les rangs de rames de leurs galères. À ce jeu, où il est à la fois le gendarme et le voleur, l'Ordre est si fort que la jeune République américaine songe en 1794 à le charger d'assurer la sécurité de ses navires en Méditerranée, moyennant des possessions en Amérique. Ainsi, jusqu'en 1798, le petit État souverain des îles de Malte rend-il les plus grands services à la Chrétienté, en étant la terreur des pirates musulmans.

L'acte de naissance de l'humanitaire

L'Ordre ne relègue pas sa vocation et fait construire un hôpital à Birgu *(p. 90)*, puis à La Valette *(p. 86)*. En décembre **1783**, arrive une terrible nouvelle : « un tremblement de terre a causé les plus terribles ravages en Calabre et en Sicile, Reggio et Messine ont été entièrement détruites », raconte le chevalier de Boisgelin. Le grand maître Emmanuel de Rohan-Polduc organise des secours. Fébrilement, on réunit les vivres. Les tentes, les couvertures s'entassent. À l'hôpital, les chirurgiens préparent trousses d'urgence et médicaments. Les galères ne naviguent pas l'hiver : on se précipite pour les mettre en état, organiser les premiers soins sur place et ramener à Malte les blessés les plus graves. « Toute la nuit, le maître et l'esclave, l'officier et le subalterne travaillèrent à l'envi, et le lendemain elles étaient prêtes à mettre la voile... On y embarqua les chirurgiens les plus habiles de l'Ordre, 20 grandes caisses de médicaments, 200 lits complets et un grand nombre de tentes. » Dans les jours suivants, d'autres convois se relaient. Secoué par le séisme, l'Ordre effectue sa première mission hospitalière hors de l'île.

La folie des grands arts

À la fin du XVIe s., l'ordre de Malte est puissant et riche, enrichi encore par ses expéditions en mer contre les infidèles. Tandis que schismatisent les chevaliers protestants – une branche qui existe toujours sous le nom d'ordre de Saint-Jean –, Malte se pare des ors du **baroque** de la

La régate de Notre-Dame de la Victoire

Chaque **8 septembre**, jour de la Nativité de la Vierge, La Valette, Marsa, Kalkala, Cospicua, Vittoriosa et Senglea, les cinq cités portuaires de Grand Harbour célèbrent la victoire de **Jean Parisot de La Valette** sur Soliman le Magnifique. Les baraques à frites investissent les lieux et la bière coule à flots. Sur les remparts voisinent panneaux publicitaires et étendards aux couleurs des saints patrons de chaque cité, qu'arborent aussi les supporters sur leurs T-shirts et leurs visages barbouillés. Les forts Saint-Elme, Saint-Ange et la Gjardjola de Senglea servent de tribunes pour la circonstance. L'affrontement a lieu à la rame et il est acharné entre les champions qui manœuvrent debout.

Sur les remparts, des milliers de spectateurs attendent cinq courses... et cinq résultats, distillés au fil d'un interminable après-midi, pour connaître enfin le grand vainqueur de l'épreuve, salué en entonnant des alléluias. Si Senglea fut plusieurs fois victorieuse, La Valette n'a jamais gagné les régates. ●

© Olivier Martel/Hoa Qui
Jean Parisot de La Valette.

Contre-Réforme, engageant les meilleurs architectes de l'époque pour édifier les églises, les bâtiments civils et les auberges des langues.

Collaborateur de Michel-Ange sur le chantier de Saint-Pierre de Rome, **Francesco Laparelli** ouvre le bal des artistes invités par les grands maîtres, bientôt relayé par son élève maltais, **Girolamu Cassar**. Un nouveau style naît, mariant l'austérité de rigueur des moines-soldats et les fastes du baroque. L'église conventuelle de l'Ordre (aujourd'hui **co-cathédrale Saint-Jean**, *p. 63*) illustre cette double exigence : son extérieur sévère convient à une église de ville fortifiée, tandis que l'éblouissante richesse de l'intérieur obéit aux tendances de l'art nouveau.

Malte baroque puise son inspiration en Italie et en Espagne. Conçue à l'origine comme une cité sainte pour moines-soldats, La Valette devient peu à peu la cour flamboyante de mécènes princiers. La compétition s'instaure entre les différentes langues de l'Ordre ; les chevaliers veulent construire toujours plus grand, toujours plus beau.

Au XVIIIe s., la menace turque est passée. Et avec elle, l'idéal de la croisade. La vie de cour l'emporte sur les faits d'armes. La mode est au théâtre, aux plaisirs de la table, à la musique : le grand maître **Antonio Manoel de Vilhena** (1722-1736) donne le ton d'un art de vivre à la française que bien des cours d'Europe pourraient lui envier.

D'ailleurs, avec deux tiers des chevaliers recrutés dans ses familles nobles à l'époque, la France contrôle l'ordre de Malte. Les Maltais, eux, se lassent de cette pompe qui pèse sur leurs taxes sans plus aucune contrepartie. Quand se présentent les 300 navires français de Bonaparte devant La Valette, le **9 juin 1798**, le maître Ferdinand de Hompesch capitule, après une résistance très symbolique. L'histoire de Malte continue sans l'Ordre qui, privé de ses droits de propriété et de souveraineté, se fixe à Rome en 1834.

••• *Pour en savoir plus sur les grands maîtres et leurs artistes, voir p. 215.* ●

Les collections de l'Ordre

La politique de mécénat poursuivie par l'Ordre durant trois siècles dépasse largement les limites de l'archipel. Les grands maîtres commandent et achètent à l'étranger, tout au long du XVIIe s., des œuvres prestigieuses propres à accréditer leur réputation d'érudits et d'hommes de goût. On peut ainsi découvrir aujourd'hui dans les palais, les églises ou les musées de Malte des dessins et des peintures de Dürer, Rembrandt, Tintoret, Piranèse, Van Dyck, Van Loo et Goya. ●

© Office du tourisme de Malte

Quand Le Caravage vient à Malte en juin 1607, le grand maître Alof de Wignacourt en fait son peintre. Il a réalisé à Malte des chefs-d'œuvre dont cette prodigieuse Décollation de saint Jean-Baptiste.

Que rapporter de Malte ?

© OT de Malte/Sadoine

À Malte, gardez toujours l'œil sur les boutiques de village.

Le mécénat au temps de l'ordre de Malte a favorisé l'éclosion d'un artisanat d'art dans de nombreux domaines. Il est aujourd'hui relayé par le tourisme, qui a permis le maintien des formes d'expression traditionnelles de la campagne maltaise, telles que le tricot, la poterie et la dentelle. On trouvera ces productions dans les boutiques de souvenirs des sites touristiques. Dotée de deux centres d'exposition d'artisanat (p. 176 et 180), *Gozo offre un large choix. On pourra s'y faire l'œil à la diversité des réalisations en visitant ses musées du Folklore à Gharb* (p. 169) *et Victoria* (p. 164).

Artisanat d'art

Nombreuses à La Valette *(p. 103)*, les **bijouteries** proposent des breloques, des croix de Malte, des colliers, des chaînes et des médailles en or et en argent. La plupart sont travaillés en filigrane. Les prix sont fonction du titrage, qui varie entre 9 et 18 carats.

Si la céramique ne brille pas par son originalité, la **verrerie** présente de belles compositions de couleurs. On pourra apprécier le travail des souffleurs de verre dans leur atelier de Gharb, à Gozo *(p. 176)*. Depuis 1983, les Maltais travaillent également le **cristal** ; ces réalisations sont vendues dans les boutiques de Mdina en particulier.

Artisanat traditionnel

La fabrication de **dentelle** remonte au XVIIe s. Les motifs – dont l'incontournable croix de Malte – sont exécutés aux fuseaux. Maltaises et Gozitaines tricotent également des **lainages**, qui rappellent ceux que confectionnent leurs consœurs irlandaises. Pull-

Côté santons, tranches de vie et caricatures.

© Sylvain Grandadam

© Sylvain Grandadam

Les dentellières travaillent toujours aux fuseaux et font danser la croix de Malte sur les jours.

overs, vestes et écharpes sont souvent blancs ou écrus, en pure laine de belle qualité, mais ne suivent pas toujours les dernières tendances de la mode. La laine est aussi utilisée pour le tissage de tapis aux tons crème.

Au registre de la **vannerie**, on trouvera de belles nasses de pêche et des stores tressés, les *hasira*, que l'on accroche aux portes et aux fenêtres pour se protéger du soleil en été. On pourra acquérir enfin de ces beaux **heurtoirs de portes** en bronze, en forme d'atlantes ou de dauphins, qui ornent toutes les maisons maltaises.

Antiquités

On cultive à Malte le très anglo-saxon goût de la chine. D'autant que la prospérité de l'île au cours de son histoire lui a légué un beau patrimoine de meubles et d'objets, enrichi encore par les antiquaires qui achètent en Italie du Sud pour augmenter leurs stocks. Ils tiennent boutique à La Valette, mais aussi à Mdina, Attard, Birkirkara et Victoria (Rabat) à Gozo, et proposent mobilier, tableaux et horloges des XVIIIe et XIXe s. En revanche, vous ne pourrez pas ramener de meubles de la grande époque de l'ébénisterie maltaise, ils sont interdits à l'exportation. Vous pourrez toutefois les admirer ou lire le *Guide to Maltese Furniture, 1700-1900*, Joseph Galea-Naudi et Denise Micaleff, Orbit Ltd.

Produits fins

Le miel de thym de Gozo, les tomates séchées au soleil, les olives noires, les figues fraîches, les câpres au vinaigre, les fromages de chèvre au poivre, les nougats et les vins fins..., les saveurs à rapporter prolongeront le séjour. On les trouve dans les boutiques de spécialités de la citadelle et de Victoria, à Gozo *(p. 180)*, au marché couvert de La Valette *(p. 73)*, ou, tout simplement, dans les épiceries et supérettes de village. Les boutiques de l'aéroport international de Malte proposent également une sélection de produits d'alimentation et de vins. ●

Les heurtoirs, sur l'archipel, sont frappants.

© Office du tourisme de Malte

Menu pur Malte

Dominée par les pizzas et les pâtes à la mode italienne, envahie par le fast-food à la mode internationale, la cuisine maltaise est rustique et sans chichis et se déniche à certaines tables de village. D'influence sicilienne pour la majorité des plats, elle emprunte au Maghreb le miel, les amandes et les dattes quand arrive le dessert (voir aussi la carte des poissons p. 17).

À toute heure, le plaisir de goûter du fromage avec un verre de vin *(voir p. 16)*.

Antipasti et entrées

Un repas maltais commence souvent par une soupe (*sopop*). Variante locale du minestrone italien, la ***minestra*** associe légumes frais et secs, accompagnés d'une solide tranche de pain croustillant. Le ***kusksu*** se cuisine avec fèves fraîches et oignons et se sert avec du fromage de chèvre frais. L'***aljotta*** est une soupe de poissons, épaissie avec du riz et assaisonnée de tomates, de marjolaine fraîche et de beaucoup d'ail. La ***soppa tal-Armla***, ou « soupe de la veuve », est très substantielle : de gros dés de légumes sont revenus à l'huile d'olive, puis mouillés et servis avec des œufs pochés et du fromage frais, fondu dans la soupe chaude.

Pasta et plats

Les pâtes sont la base de l'alimentation de bien des familles. On farcit le ravioli local, ou ***ravjul***, avec de la ricotta et du persil frais, ou bien de la viande hachée, le tout nappé d'une sauce tomate parfumée au basilic et de fromage rapé. La ***timpana*** constitue un repas à part entière : ce sont des macaronis cuits au four, farcis de bœuf haché ou parfois d'œufs durs et couverts d'une croûte de pâte feuilletée.

Nombreux sont les plats de résistance composés sur le mode du **ragoût mijoté**, une cuisson lente héritée de l'usage des fours en pierre traditionnels ou *kenur*. À Gozo, la coutume est encore de porter son rôti du dimanche à cuire au four de la boulangerie *(encadré p. 181)*. Nombreux sont ainsi les plats de viande, à base de bœuf ou de poulet. Mais c'est le **lapin** (***fenek***) qui constitue le plat national, rôti puis mijoté dans du vin rouge pendant plusieurs heures. Sa sauce accompagne une portion de spaghettis, servie en entrée. Ce menu au lapin, ou *fenkata*, est pour les Maltais le repas des retrouvailles, en famille ou entre amis. Autre plat incontournable : les paupiettes de bœuf (***bragjoli***), farcies d'œufs, de fromage, de bacon et de fines herbes et mijotées dans une sauce au vin rouge.

Après la pluie, on va à la chasse aux escargots, pour en faire du ***bebbux***, en trempant les gastéropodes cuisinés dans un condiment d'huile d'olive, d'herbes, d'ail et de piment. Pour changer de l'invariable accompagnement de frites et de salade, on tentera la ***kapunata***, version maltaise de la ratatouille faite de tomates, de câpres, d'aubergines et de poivrons verts, délicieuse avec du poisson grillé.

© Jean-Daniel Sudres /Hoa Qui

Fromage et dessert

Gozo est réputée pour ses ***gbejniet***, de petits fromages ronds, de brebis ou de chèvre. Ils sont vendus frais, ou conservés dans l'huile ou le vinaigre. La variante poivrée se marie idéalement avec des crackers *(galletti)* et un verre de vin rouge.

Au dessert, on se régalera, selon les saisons, de ***qaghaq tal-ghasel***, de petites couronnes au miel fourrées à la figue, de nougats, ***qubbajt***, durs ou mous, au caramel noir ou à la pâte d'amande, de ***kwarezimal***, des biscuits aux amandes douces et au miel, confectionnés sans œuf ni matière grasse pour respecter le carême, ou de ***figolla*** de Pâques, des gâteaux secs fourrés de pâte d'amande douce, découpés en forme de personnages et décorés d'un glaçage multicolore. Pour accompagner le café, on grignote de la ***helwa tat-tork***, un mélange doux et sucré d'amandes pilées et entières.

© Laurence Mouton

Sur le pouce

Le ***hobza***, le croustillant pain maltais, et la ***ftira***, sa variante en couronne, fournissent la base du ***hobz biz-zejt***, un pain bagnat maltais frotté de pulpe de tomate, garni de câpres, d'oignons, de thon et de menthe, quelquefois de pois chiches, et arrosé d'huile d'olive. Chaque bistro de village a sa propre recette.

Les ***pastizzi***, des feuilletés à déguster chauds, farcis à la ricotta fraîche ou à la purée de pois, sont le casse-croûte populaire de tous les îliens. Les ***imqaret*** sont de délicieuses pâtes frites, parfumées à l'anis et fourrées de dates, servies chaudes par des marchands ambulants, qui proposent aussi des ***kannoli***, des cylindres de pâte croustillante enrobant un mélange de ricotta fraîche et sucrée, de morceaux de chocolat et de fruits confits. ●

Toute l'année, les saveurs de la mer *(voir p. 17)*. Et, sauf le dimanche où les fours sont arrêtés, le bon pain croustillant *(voir encadré p. 181)*.

Les premiers temples du monde

Entre le Ve et le IIe millénaire av. J.-C., l'Europe se couvre de milliers de mégalithes. À côté des menhirs et des dolmens dont les témoignages les plus spectaculaires subsistent dans le Nord, le pourtour de la Méditerranée développe des monuments d'une grande originalité : navetas *des Baléares, tombes des Géants de Sardaigne et* tholos *crétoises. L'archipel maltais n'échappe pas au mouvement, mais s'en distingue à la fois par la précocité de ses premières constructions – l'ensemble de Ggantija* (p. 172) *est vieux de 5500 ans, soit 1000 ans avant les alignements de Stonehenge –, la haute technicité de leur réalisation – Ggantija, encore, est antérieur de 1100 ans aux pyramides égyptiennes – et leur caractère rituel sans équivoque. Les périodes qui suivent, connues sous les noms de Hal Saflieni* (p. 146) *et Tarxien* (p. 147), *confirment cet élan bâtisseur jusqu'en 2500 av. J.-C.*

Des constructions cyclopéennes et pensées

Élevés avec des **blocs gigantesques** – le plus grand, sur le site de Hagar Qim *(p. 139)*, atteint 7 m de haut, pour un poids de 20 t –, ces structures surprennent par la régularité de leur dispositif. Une **vaste cour extérieure** précède la façade, légèrement concave et généralement tournée vers le sud sud-est. Elle donne sur une ou plusieurs cours en enfilade, sur lesquelles ouvrent **trois pièces en abside**, conférant à l'ensemble un étonnant plan « tréflé ». Il évoque celui des sépultures collectives, creusées dans la roche à la même époque. La découverte de maquettes d'édifices sur certains sites laisse à penser que ces constructions étaient planifiées. Toutes ouvrent sur le ciel, mais il est probable qu'elles étaient couvertes, de branchages et d'argile sans doute, peut-être de voûtes à encorbellement sur les petits espaces, comme le suggère le fruit accusé de certains murs.

Des maçonneries bien appareillées

Les blocs étaient taillés avant le transport, puis roulés sur des boulets et dressés à l'aide de pieux pour faire levier – plusieurs conservent les encoches ménagées à cet effet. Les Égyptiens utiliseront des techniques très similaires pour construire les pyramides, mais avec des outils métalliques quand les bâtisseurs maltais ne disposaient que de pierres, d'os et de bois de cerf.

Le recours au **calcaire à globigérines** *(encadré p. 13)*, une pierre tendre et facile à travailler, a permis des prouesses. Les blocs

Dans les temples ont été retrouvées des figurines humaines. Presque toutes sont des femmes, vêtues d'une jupe frangée.

© Office du tourisme de Malte

Ci-dessous : taillé dans la roche, cet orifice rectangulaire communique avec une pièce où tient un homme à peine. Pour les archéologues, c'était peut-être là qu'était rendu l'oracle.

© Pawel Wysocki/Hémisphères Images

© Pawel Wysocki/Hémisphères Images

© Sylvain Grandadam

étaient taillés pour s'ajuster parfaitement, comme les **orthostates**, ou dalles posées de champ, composant les façades, et les **trilithes**, ou ensemble d'un linteau posé sur deux piédroits, formant les porches. Des ouvertures impeccablement rectangulaires étaient pratiquées dans la pierre pour faire office de passage.

Le sens des rites

Le soin infini apporté à la construction traduit l'importance d'édifices que de nombreuses évidences de rituels vouent à un culte dont on ignore tout. Les ossements d'animaux, trouvés en quantité, trahissent des **sacrifices**, peut-être exécutés sur les dalles rectangulaires perforées de Skorba, Ggantija et Tarxien. Les temples de Tarxien, Mnajdra et Hagar Qim sont dotés de parois, percées d'orifices rectangulaires communiquant avec une petite pièce, que l'on a baptisées **« passages d'oracle »** tout en ignorant ce qui pouvait passer à travers. À Tarxien et Ggantija, des vasques ont été rougies par le feu. Partout, il y des **autels**, qui peuvent être une table en pierre ou un piédestal orné de sculptures. Certains murs sont décorés de spirales, de phallus et d'animaux taillés en relief. La plupart de ces « temples » ont aussi livré une **statuaire**, où dominent des figures féminines aux formes généreuses

La fin des bâtisseurs

La civilisation des bâtisseurs de temples s'évanouit brusquement vers 2500 av. J.-C. Sur ce mystère, les spéculations vont bon train. Nul doute que les réalisations architecturales colossales ont mobilisé de manière excessive l'énergie et les moyens, peut-être au détriment de l'agriculture, entraînant un affaiblissement progressif des petites communautés humaines d'alors. Il est probable aussi que l'abattage intensif des arbres pour le bois d'œuvre est responsable d'une première déforestation massive, provoquant à son tour l'érosion des terres de culture. Restent encore les hypothèses de la sècheresse, de l'épidémie ou de l'invasion étrangère. Mais aucun squelette retrouvé ne permet de donner suite à ces théories. Le mystère est d'autant plus épais qu'il n'existe aucune trace de continuité au sein de la culture qui succède. Les temples abandonnés ne font l'objet d'aucune réoccupation, même partielle, comme privés de sens après avoir été le théâtre de rituels de plus en plus élaborés pendant près d'un millénaire. ●

Ce qu'on mesure à voir de tels mégalithes dressés, c'est combien ces constructions ont mobilisé l'énergie des communautés humaines.

Page ci-contre, en bas : exemple d'une architecture où les matériaux sont taillés pour s'assembler parfaitement.

Ci-dessous : on appelle aujourd'hui autel ce type de pilier, sans certitude. Seule son ornementation délicate le distingue des pierres levées pour construire les temples.

© Pawel Wysocki/Hémisphères Images

itinéraires

© Jean Malburet

Que voir ?

La Valette★★★ et ses environs

Carte « Que voir ? »
en rabat avant de couverture

Ne seraient les touches discrètes des jardins aménagés sur ses remparts, à l'époque où l'archipel était sous domination britannique, **La Valette★★★** *(p. 57)* surgit à la proue de l'île de Malte, telle qu'elle fut, durant trois siècles, conçue par et pour les chevaliers de l'Ordre. Postée sur le mont Sciberras, elle est citadelle, verrouillant un arsenal de murailles et de forts *(voir p. 83)* dressés sur la mer jusqu'à ♥ **Vittoriosa★★** *(p. 90)*, première capitale en l'île de l'ordre de Malte. Protégeant de ses remparts le **palais des Grands Maîtres★★★** *(p. 69)*, les auberges régionales des chevaliers, leur **cathédrale★★★** dédiée à saint Jean *(p. 63)*, et l'**hôpital★★** *(p. 86)* où ils perpétuaient leur vocation d'hospitaliers, elle est ville-couvent. Elle est cité d'art aussi, parée par l'ordre mécène des ors et des jeux d'ombre et de lumière du baroque italien, ou de l'ordre rythmique du baroque à la française jusque dans son faubourg de **Floriana★** *(p. 88)*. La Valette est encore ville-musée aujourd'hui, héritière des tableaux de maîtres collectionnés par l'Ordre (**musée des Beaux-Arts★★★**, *p. 78*), et dépositaire d'un prodigieux patrimoine archéologique, laissé par les hommes qui dressèrent des mégalithes dans l'archipel autour de 3000 av. J.-C. (**musée national d'Archéologie★★**, *p. 79*). Au N-O de la citadelle, **Sliema★** et **St Julian's★** *(p. 98)* s'échappent de la grande muraille de l'Ordre et, quittant le cours de l'histoire, s'étirent en marinas de plaisance le long d'une tranquille promenade de bord de mer.

© Pawel Wysocki/Hémisphères Images

© Office du tourisme de Malte

Mdina-Rabat et le cœur de Malte★★

Au cœur des terres maltaises, **Mdina★★★** *(p. 112)*, l'autre citadelle de Malte, et **Rabat★★★**, son faubourg, remontent aux âges d'avant l'ordre de Malte. Murée dans le silence de ses remparts et de ses rues étroites interdites aux voitures, Mdina est la ville de l'aristocratie médiévale, que couronne le

© Pawel Wysocki/Hémisphères Images

Pages précédentes :
Dwejra Bay, sur la côte ouest de Gozo.

© Pawel Wysocki/Hémisphères Images

© Pawel Wysocki/Hémisphères Images

© Pawel Wysocki/Hémisphères Images

dôme baroque de la **cathédrale Saint-Paul**★★ *(p. 117)*. Son ♥ **musée**★★★ *(p. 118)* plonge dans le Moyen Âge, celui de Rabat, bâti sur une **villa romaine**★★ *(p. 119)*, explore l'Antiquité et le passé arabe. Bâtie sur le réseau des **catacombes Saint-Paul**★ *(p. 120)* et ♥ **Sainte-Agathe**★★ *(p. 121)*, une nécropole funéraire chrétienne remontant aux IVe-Ve s., Rabat porte d'autres stigmates des premiers temps du christianisme à Malte, comme la **grotte de Saint-Paul** *(p. 120)*, logée sous son église. On croise ailleurs le souvenir de Paul de Tarse à ♥ **San Pawl Milqi**★ *(p. 125)*, non loin du joli hameau de ♥ **Wardija**★ *(p. 126)*, et dans le port de pêche de **St Paul's Bay**★ *(p. 126)*, près duquel son navire se serait échoué. D'autres chemins au départ de Mdina-Rabat sillonnent la garrigue à lapins de **Mgarr**★ *(p. 127)*, parcourent les vestiges mégalithiques de **Ta' Hagrat**★ et **Skorba** *(p. 128)* et plongent vers la mer sur la plage de **Ghajn Tuffieha**★ *(p. 126)* et la crique de **Gnejna Bay**★ *(p. 128)*. La route qui ramène du cœur de Malte au littoral oriental passe au pied de la **Rotunda**★ de **Mosta**★★ *(p. 129)*, une église de village qui toise avec orgueil la campagne de ses 61 m de haut, et traverse **Naxxar**★★ *(p. 129)* et son **Palazzo Parisio**★★★ rococo.

La ♥ côte sud-ouest★★★

Au-delà de l'oasis et de l'ombre des **Buskett Gardens**★★ *(p. 134)*, qui s'étendent aux portes de Rabat, s'échappe un paysage de pierres et de broussailles qui va jusqu'à l'abrupt spectaculaire des **falaises de Dingli**★★ *(p. 135)*. À **Clapham Junction**★ *(p. 135)*, le calcaire est marqué, comme en plusieurs sites de l'île, de « sillons de charrue » inexpliqués. Ici commence le Malte des bourgades rurales de **Siggiewi**★★ *(p. 137)*, **Zebbug**★ *(p. 138)* et **Zurrieq**★ *(p. 142)*, aux belles maisons construites dans le calcaire maltais, dont l'écomusée ♥ **Limestone Heritage**★★ *(p. 138)* relate l'exploitation. Au hameau de ♥ **Hal Milieri**★★ *(p. 142)*, une galerie de saints byzantins veille sur une chapelle solitaire. À **Wied iz-Zurrieq**★ *(p. 142)*, un bras de mer a rongé les falaises pour aller reposer entre les parois de **Blue Grotto**★. Face à l'île Filfla *(p. 140)*, des hommes ont dressé, 3000 ans av. J.-C., à ♥ **Hagar Qim**★★★ et **Mnajdra**★★★ *(p. 139)*, des temples formidables qui regardent toujours la mer.

Le Sud-Est★★

Juste en contrebas des anciens docks de **Vittoriosa★★** *(p. 90)* et de **Zabbar★★** *(p. 148)*, où s'achève la grande muraille de l'Ordre, l'hypogée de **Hal Saflieni★★★** *(p. 146)* fut creusé au temps où les hommes couchaient leurs morts dans des sépultures souterraines. Non loin de là, **Tarxien★★** *(p. 147)* est un ensemble de trois temples mégalithiques. De ce côté-ci de Malte, point de campagne, sauf dans l'arrière-pays de **Marsaskala** *(p. 149)*, où Saint-Grégoire de **Zejtun★** *(p. 149)* scrute la mer, dans celui du port de **Marsaxlokk★** *(p. 150)*, à **Ghar Dalam★** où dort un cimetière d'éléphants du Pléistocène *(p. 150)*, et au-dessus de la plage de **Birzebbuga★** *(p. 151)*, où fut dressé, à **Borg in-Nadur★**, l'un des derniers temples néolithiques.

© Office du tourisme de Malte

Le Nord

Sur la route qui conduit au port des ferries de Gozo, Malte est tour à tour garrigue sur le promontoire de **Selmun★★** *(p. 156)*, vénérant la Madone à **Mellieha★** *(p. 156)*, résolument balnéaire à **Ghadira** *(p. 156)*, cinéma à ♥ **Popeye Village★** *(p. 156)* et lande battue par les vents sur la presqu'île de **Marfa★** *(p. 157)*.

© J. Nicolas

♥Gozzo★★★ et Comino★

À Gozzo, on goûte un peu de Malte en marge du passé des chevaliers de l'Ordre. Bien sûr, l'île a sa **citadelle★★** *(p. 163)*, juchée sur les hauteurs de **Victoria★★** *(p. 162)*, sa **cathédrale★** *(p. 163)*, et son temple mégalithique à ♥ **Ggantija★★★** *(p. 172)*. Mais elle est surtout un Malte de village à ♥ **Gharb★★** *(p. 168)*, ♥ **Xaghra★** *(p. 172)*, **Xewkija★** *(p. 171)*, **Nadur** *(p. 173)* ou ♥ **Qala** *(p. 174)*, avec leurs églises d'orgueil, leurs musées, leurs grottes, pleins de surprises à débusquer. À Gozzo et Comino, la côte méditerranéenne n'est jamais complètement convertie en stations balnéaires, sauf, un peu, à **Marsalforn★** *(p. 167)* et à **Xlendi★** *(p. 170)*. Elle offre le spectacle de ses salines à miroiter le ciel à ♥ **Ghajn Barrani★★** *(p. 168)*, de ses puissantes falaises à **Dwejra★★★** *(p. 169)*, d'un goulet de mer à ♥ **Ta' Cenc★** *(p. 171)*, de criques désertes à ♥ **San Blas Bay★** et **Dahlet Qorrot★** *(p. 174)* et même d'un lagon aux eaux turquoises au pied du rocher de **Cominotto★** *(p. 175)*. ●

© Sylvain Grandadam

Si vous aimez...

© Pawel Wysocki/Hémisphères Images

La grande bleue

L'hiver, vous irez la voir se mettre en colère sur le brise-lames de l'entrée de Grand Harbour à La Valette *(p. 85)*, après les falaises de **Dwejra Bay★★★** *(p. 169)* à Gozo ou de **Dingli★★** *(p. 135)* à Malte, mugir dans la grotte de ♥ **Ahrax Point★★** *(p. 157)*, s'apaiser dans la crique de ♥ **Ghar Lapsi★** *(p. 138)* et mirer le ciel dans les salines de ♥ **Ghajn Barrani★★** *(p. 168)*. L'été, plus que sur les plages surpeuplées de **Golden Bay★***(p. 126)* et **Ghadira** *(p. 156)* à Malte, vous en profiterez à Gozo, sur le sable de **Ramla Bay★★** *(p. 173)*, le banc rocheux qui fait face au **Fungus Rock** *(p. 170)*, les criques rocheuses de ♥ **San Blas Bay★** et **Dahlet Qorrot★** *(p. 174)* et d'autres encore. Toute l'année, vous pourrez **plonger** dans ses eaux *(p. 202)* et découvrir ses reliefs sous-marins, sa faune et ses épaves.

Les graffitis

Tendre, le calcaire à globigérines se prête à tracer des signes. Les plus anciens graffitis remontent à l'âge des temples mégalithiques. Les pierres gravées de spirales, de pampres de plantes et de frises animales ont été déposées au **musée national d'Archéologie★★** de La Valette *(p. 79)*. Beaucoup plus tard, il y eut les prisonniers qui gravèrent leurs espoirs et leurs prières sur les parois de la **prison de l'Inquisition★★★** *(p. 91)* à Vittoriosa ou dans les **cachots★** *(p. 165)* de la citadelle de Victoria. Enfin vinrent les premiers touristes à Malte qui, au XIXe s., inscrivirent leur nom et la date de leur passage sur les plus anciens monuments de l'archipel, comme à l'entrée des ♥ **temples de Ggantija★★★** *(p. 172)*. Il n'est plus permis d'en faire autant aujourd'hui.

Les mystères et les énigmes

Est-ce parce que, pour certains historiens, Malte serait une des sources du mythe de l'Atlandide ? Pleine d'énigmes irrésolues, l'histoire de l'archipel est propice à forger des légendes comme celle du **faucon maltais** *(p. 24)*, tout droit sorti de l'imagination de Dashiell Hammett.

Comment sont arrivés, au Pléistocène, les rhinocéros et les éléphants dont on a retrouvé les ossements à **Ghar Dalam**★ *(p. 150)* ? Pourquoi était-ce des variétés naines ? Les premiers habitants de Malte venaient-ils de Sicile ? Quels étaient les rites célébrés dans les temples mégalithiques ? Et à quoi servaient ces trous forés dans leurs parois que les archéologues appellent « passages d'oracle » et que l'on observe à **Tarxien**★★ *(p. 147)*, à **Mnajdra**★★★ *(p. 140)* et à **Hagar Qim**★★★ *(p. 139)* ? Pourquoi la civilisation des temples s'est-elle évanouie brutalement ? De quels passages attestent les ***cart ruts*** *(p. 135)*, qu'on rencontre en plusieurs sites de l'archipel ? Pourquoi les **lézards de Filfla** *(p. 140)* ont-ils une queue bifide ? Quels étaient les pouvoirs de la plante dont les chevaliers protégeaient jalousement la cueillette sur **Fungus Rock** *(p. 170)* ? Et **Cagliostro** *(p. 75)*, était-il le bâtard du grand maître Pinto et d'une princesse turque ?

Les ors et l'ordre du baroque

Ils sont cachés, derrière un abord austère, à l'intérieur de la **co-cathédrale Saint-Jean**★★★ *(p. 63)* de La Valette, mais paraissent dans l'ordonnancement de la façade de celle de **Mdina**★★ *(p. 117)* et la mise en scène de la place où se dresse la cathédrale de **Victoria (Rabat)**★ *(p. 163)*. À La Valette encore, ils parent le **palais des Grands Maîtres**★★★ *(p. 69)*, animent l'extérieur de l'**auberge de Castille et Léon**★★★ *(p. 75)* et composent le portail de l'**église du Gesù** *(p. 73)* et de **Sainte-Catherine d'Italie**★★ *(p. 74)*. Ils sont à la **porte**★ *(p. 115)* de la citadelle de Mdina et parent la moindre église de village : **Saint-Nicolas**★ *(p. 137)* de Siggiewi, **Notre-Dame-des-Grâces**★★ *(p. 148)* de Zabbar, **Sainte-Catherine**★ *(p. 149)* de Zejtun et **Notre-Dame-de-la-Visitation**★★ de Gharb *(p. 168)* en sont les plus beaux témoignages.

La piété populaire et les églises de village

Au fil des ruelles de **La Valette**★★ *(p. 72)*, et aux heures où ses églises sont ouvertes au culte, vous y verrez les statues qu'on porte en procession les jours de fête du calendrier catholique et toutes sortes de travaux de dévôts, offerts en signe de piété. Dans chaque paroisse de Malte, vous découvrirez d'autres petites merveilles, et des tableaux de grands et petits maîtres. À ♥ **Gozo**★★★ *(p. 161)*, vous dénicherez encore des reliquaires, des statues d'ange, des chemins de croix, des lustres, des pavements de marbre et des tentures de velours. À la **basilique Ta' Pinu**★ de Gharb *(p. 169)*, dans la **grotte de Mellieha**★ *(p. 156)* et sous le **dôme**★ de **Mosta**★★ *(p. 129)*, vous entendrez parler de miracles. Et si vous venez à Malte au temps des fêtes patronales *(p. 25)*, vous aurez des confettis plein les cheveux et, peut-être, un T-shirt à l'effigie de Jésus ou d'un saint.

Les souterrains et les grottes

Vous serez comblé. À Malte, c'est la nature qui a commencé le forage : les eaux de ruissellement ont fait du calcaire un vrai gruyère. Ses œuvres les plus spectaculaires sont la **Blue Grotto**★ de **Wied iz-Zurrieq**★ *(p. 142)*, la caverne de **Ghar Dalam**★ *(p. 150)* et la mer intérieure *(p. 170)* de **Dwejra Bay**★★★. Les hommes ont poursuivi l'ouvrage dès le IVe millénaire av. J.-C., creusant la roche à **Hal Saflieni**★★★ *(p. 146)* pour y coucher leurs morts, comme le firent plus tard les premiers chrétiens de Rabat, qui taillèrent les **catacombes Saint-Paul**★ *(p. 120)* et ♥ **Sainte-Agathe**★★ *(p. 121)*. À La Valette, les passages souterrains complétaient le dispositif de défense des chevaliers, que ce soit celui qui faisait communiquer l'**hôpital**★★ avec le **fort Saint-Elme**★ *(p. 86)*, les **greniers** creusés sous le parvis de Saint-Publius *(p. 89)* à Floriana ou la **Lascaris War Room** *(p. 85)*. ●

© Sylvain Grandadam

© Pawel Wysocki/Hémisphères Images

© Pawel Wysocki/Hémisphères Images

© Pawel Wysocki/Hémisphères Images

À 2h30 d'avion de Paris, Malte peut s'envisager pour un long week-end. Pour organiser un séjour plus long, tout dépend si on jouit de l'autonomie d'un véhicule ou non.

Une voiture est préférable pour visiter Gozo et vous laissera le choix de loger où bon vous semble sur l'île de Malte. Sans voiture, il est plus sage de se baser à La Valette d'où partent tous les bus qui desservent villages et sites.

Un long week-end

Séjour et visite à La Valette s'imposent. Vous trouverez des suggestions de programmes pour 3 ou 4 jours p. 62.

Une semaine

Jour 1. Arrivée à La Valette. **Jour 2**. Visite de la cité des grands maitres. **Jour 3**. Matinée (à condition d'avoir réservé) sur les sites de Hal Saflieni et Tarxien. Après-midi à Vittoriosa. **Jour 4**. Une journée consacrée à Mdina et son faubourg de Rabat, à prolonger à l'ombre des Buskett Gardens et, au coucher du soleil, sur le rebord des falaises de Dingli. **Jour 5**. Direction Gozo, pour monter, le matin, à la citadelle de Victoria, puis longer les salines de Ghajn Barrani, avant d'aller admirer les temples de Ggantija. **Jour 6**. Une matinée à Gozo pour aller marcher dans Gharb, entrer dans la basilique Ta' Pinu et contempler la mer à Dwejra. Sur la route du retour à La Valette, un crochet par Naxxar et Mosta. **Jour 7**. Visite des musées de La Valette et de la Casa Rocca Piccola. **Jour 8**. Voyage de retour.

Deux semaines

Jours 1 à 3. Visite de La Valette. **Jour 4**. Tour des remparts à prolonger avec la visite de Floriana et Vittoriosa. **Jour 5**. La Valette-Marsaxlokk, en passant par les sites préhistoriques de Tarxien et de Hal Saflieni (réservation indispensable) et la grotte de Ghar Dalam. Visite des églises de Zejtun sur le chemin du retour. **Jour 6**. Filez vers le sud-ouest, la côte sauvage de Malte, pour en explorer – pourquoi pas à pied ? – les merveilles, naturelles ou pas. **Jour 7**. Une journée pour marcher et visiter, au fil des ruelles de Mdina et Rabat. **Jour 8**. Partez sur les traces de saint Paul. Au-delà de St Paul's Bay, poursuivre vers la presqu'île de Marfa, en passant par Mellieha. Embarquez sur le ferry du soir pour Gozo. **Jour 9**. Faites provision de tomates séchées et de fromages au marché de Victoria, avant d'aller visiter la citadelle et ses musées. Enfilez les ruelles de la ville basse, descendez au vallon de Lunzjata, puis allez dîner au pied des falaises de Xlendi. **Jour 10**. Allez voir le soleil se lever sur les salines de Ghajn Barrani, puis marchez à Gharb et autour. Admirez le travail des souffleurs de verre de Gharb et des dentellières de San Lawrenz. Regardez le soleil descendre derrière les falaises de Dwejra Bay. **Jour 11**. Visitez les temples de Ggantija et les curiosités de Xaghra, puis l'église de Nadur avant de partir vers les criques de San Blas et Dahlet Qorrot. **Jour 12**. Après la visite de l'église de Xewkija, descendez paresser au bord du goulet de mer de Mgarr ix-Xini. **Jour 13**. La Valette. **Jour 14**. Voyage de retour. ●

La Valette★★★ et ses environs

© Office du tourisme de Malte/Sadoine

Deux jardins se mirent du haut des remparts. Au premier plan, les Upper Barraca Gardens de La Valette. Au-delà du bras de mer de Grand Harbour, les Safe Haven Gardens de la presqu'île de Senglea.

Création des chevaliers de Malte, La Valette, Floriana et les Trois Cités *(voir p. 83 et encadré p. 85)* constituent l'un des plus beaux ensembles fortifiés au monde, une grande muraille couleur miel que sertissent les eaux bleues de la Méditerranée, et que l'Unesco a classée au Patrimoine mondial. Passé le souvenir des galères turques du Grand Siège, elles sont devenues, derrière leurs solides remparts, des cités d'art parées d'ornementations baroques.

Malgré le départ, en 1798, de l'Ordre qui l'avait créée, La Valette est restée la capitale de Malte. On l'oublierait presque à déambuler dans ses rues rectilignes, qui montent et descendent sur le promontoire rocheux, à voir cohabiter une chapelle baroque et le linge pendu aux fenêtres, le palais d'une famille noble et une épicerie de quartier, une statue de pietà en larmes et la buvette de la fanfare locale. Il faut dire que les ministères, tous

sommaire

© Pawel Wysocki/Hémisphères Images

logés ici, se font bien discrets : seule les trahit leur plaque en bronze. Les week-ends, La Valette devient ville-musée ; le soir, elle s'endort quand s'éveillent plus au nord les cités de Sliema et de St Julians, créées, elles, aux temps très pacifiques du tourisme balnéaire.

La citadelle des chevaliers

La Valette est le dernier maillon du dispositif de défense imaginé par les chevaliers pour protéger leur place de Malte *(voir p. 82)*. En 1566, le grand maître français **Jean Parisot de La Valette** a retenu la leçon du Grand Siège : il choisit de bâtir la nouvelle capitale de Malte sur le mont Sciberras, plus élevé que l'ancienne citadelle, Birgu – la présence de deux rades naturelles au sud et au nord lui assurant par ailleurs une grande valeur stratégique. Il ne fallut que cinq ans pour que les fortifications de la nouvelle cité s'élèvent sous la direction de **Francesco Laparelli** (1521-1570), l'architecte militaire du pape Pie IV. Plus de 8 000 hommes, dont de nombreux prisonniers turcs, participent aux travaux gigantesques de la Città Nuova, ainsi nommée pour la distinguer de Mdina *(p. 112)*, l'ancienne cité. Le siège de l'Ordre est un exemple remarquable de ville du XVIe s. créée de toutes pièces. Le nom de La Valette, en l'honneur du grand maître, ne s'imposera toutefois qu'à l'époque de la colonisation britannique, quand les Anglais en feront la capitale de l'archipel.

Durant la seconde moitié du XVIe s., le Maltais **Girolamu Cassar** (1520-1586) poursuit l'œuvre de Laparelli et édifie le palais des Grands Maîtres, l'hôpital et les premières

pratique

● **S'orienter**. La conception en damier de La Valette, avec ses neuf rues dans le sens de la longueur et douze dans le sens de la largeur, permet de s'orienter très facilement. Les plaques de rue des zones touristiques bénéficient d'une double inscription, en maltais et en anglais. Nous communiquons celle-ci le cas échéant. Les autres figurent sous leur nom maltais.

● **Circuler.** Les ruelles sont étroites, la rue principale, **Republic St. BC2**, a été rendue aux piétons, les sens uniques sont nombreux, et se garer est difficile : autant de raisons pour laisser son véhicule à l'entrée de la ville (parking derrière St James' Cavalier **B3**, accès par Castille Square et en contrebas de l'hôtel *Phoenicia* **A3**). **Marcher** est le moyen le plus agréable et le plus approprié pour visiter cette ville peu étendue. Si les trajets sont courts, méfiez-vous de la topographie inégale et qui peut rendre la promenade un peu éprouvante. ●

auberges et églises de La Valette. L'Ordre quitte ses anciens quartiers de Birgu *(p. 90)*.

La cité d'art des grands maîtres

Cité fortifiée et modèle d'urbanisme pour l'époque, la ville peut désormais prétendre au rang de place culturelle européenne. « Une ville de soldats... mais aussi de gentilshommes », comme le note le Premier ministre, Sir Gorg Borg Olivier, en 1966.

Jusqu'à la fin du XVIIIe s., les travaux d'aménagement et d'embellissement se poursuivent, transformant La Valette en un remarquable modèle de **cité baroque**. Mécènes généreux, les chevaliers attirent à La Valette de nombreux artistes européens *(voir p. 41 et 215)*. **Le Caravage** y séjourne, **Mattia Preti** décore de nombreux monuments, l'architecte italien **Cachia** rebâtit l'auberge de Castille et Léon en 1744, et cinquante ans plus tard, un autre architecte italien, **Stefano Ittar**, dessine les plans de la bibliothèque (National Library, *p. 68*), dernier projet des chevaliers. La cité cesse de jouer un rôle militaire majeur, pour devenir un pôle culturel admiré, au même titre que les cours royales européennes. Elle tombe sans combattre aux mains des troupes de Bonaparte en 1798, avant de passer sous le contrôle de la Couronne britannique.

Un arsenal et des jardins anglais

Au XIXe s., La Valette devient une ville-entrepôt. En 1888, le port, doté d'un gigantesque arsenal, accueille plus de 10 000 navires. La ville s'étend en absorbant les villages voisins, et des architectes de Sa Gracieuse Majesté édifient des monuments religieux ou civils. **William Scamp** construit la cathédrale anglicane Saint-Paul sur l'emplacement de l'auberge d'Allemagne et **Edward Middleton Barry** érige l'Opéra royal. Les bastions accueillent des jardins anglais.

Entre 1940 et 1942, la capitale connaît une nouvelle épreuve : les **bombardements** intensifs de l'aviation italienne et allemande. Difficile d'imaginer, en voyant aujourd'hui l'abondance des monuments que compte La Valette, les terribles bombardements qu'elle a subis. 6 500 tonnes de bombes furent pourtant déversées par les avions allemands sur le Grand Harbour au début de l'année 1942. Les populations les plus éprouvées furent celles des Trois Cités (Birgu, Senglea et Bormla) mais les bombardements touchaient aussi les campagnes. En deux mois, Malte reçut deux fois plus de bombes que Londres pendant toute l'année du *Blitz*. Parfaitement restaurés, les édifices endommagés ont retrouvé leur éclat d'antan. ●

A
SLIEMA
B
Fort Manoel
N
Marsamxett Harbour
Auberge d'Aragon
German Curtain
Cathédrale anglicane Saint-Paul
INDEP. SQ.
St Salvatore Bastion
Église des Carmes
Marsamxett St.
West St.
Old Theatre St.
St Andrew's Bastion
MATTIA PRETI SQ.
St George St.
Théâtre Manoel
Great Siege Road
St Michael's Bastion
Melita St.
St Mark St.
Old St John's St.
Mint
St Lucia St.
Bakery
Strait St.
Fossés
Triq L'Ingieri
Musée national des Beaux-Arts
Vassalli
South St.
Valletta Buildings
Old St.
Law Courts
Musée national d'Archéologie (Auberge de Provence)
GREAT SIEGE SQ.
Co-cathédrale St-Jean
Hastings Gardens
Amb. Ordre de Malte
St John's Cavalier
Strait St.
Energy Complex
ST JOHN'S SQUARE
Great Siege Road
Ordnance St.
Republic
St James'
Merchants
Ste-Catherine-d'Italie
La Castellania
Auberge d'Italie
Triq il-Papa Piju V
FREEDOM SQUARE
N.-D.-des-Victoires
City Gate
Palazzo Parisio
Hôtel Phoenicia
Triton's Fountain
St James' Cavalier
Lascaris War Room
Auberge de Castille et Léon
Battery St.
CASTILLE SQUARE
Marché
FLORIANA p. 90
Notre-Dame-de-Liesse
Upper Barraca Gardens
Fossés
Nelson St.
Maglio Gardens
Girolamu Cassar Ave.
War Memorial
Lascaris Wharf
Customs House
Triq St Anna (St Anne St.)
It-Telgha Tal-Kurcifiss
0
100
200 m
1
2
3
4
1
5
7
8
2
3
21
22
23, 40
26
27
28
29
30
31
32
33
34
35
36
37
38
39
41
42

La Valette

C
D
St Elmo Bay
St Gregory's Bastion
Musée de la Guerre
Fort Saint-Elme
English Curtain
St Sebastian St.
French Curtain
Palais Carnero
ST ELMO SQUARE
Palais Archiépiscopal
Triq It-Tramuntana
St Dominic's
Street Old Hospital
St Christopher's
Archbishop St.
St Nicolas's
St Lazare Bastion
25
Republic St.
Casa Rocca Piccola
Malta Experience
Street
Hôpital des chevaliers (Centre de conférences méditerranéen)
St.
PALACE SQUARE
24
Palais des Grands Maîtres
REPUBLIC SQUARE
Musée de l'Armurerie
Biblioteca
Église du Gesù
Mediterranean St.
St Lazarus Curtain
Banca Giuratale
Marché
Saint-Paul-le-Naufragé
Lower Barraca Gardens
Paul's
St Ursula St.
Castille Curtain
East St.
Santa Barbara St.
Wharf
Halles aux poissons
6
Victoria Gate
Barriera
Grand Harbour (Port)
VITTORIOSA (Birgu)
1
2
3
4
Hôtels
1 Bonheur
2 British
3 Castille
4 Grand Harbour
5 Le Méridien Phoenicia
6 Midland Guesthouse
7 Osborne
8 Asti Guesthouse
Restaurants Bars à vins, salons de thé
21 Anglo-Maltese League
22 Castille Wine Vaults
23 Cocopazzo
24 Cordina
25 CSSC Club
26 Diva
27 Giannini
28 Inspirations
29 Inspirations Café
30 King's Own Band Club
31 La Valette Band Club
32 Labyrinth
33 Lantern
34 Papanni's
35 Sasha's
36 The Stable
37 The Theatre
38 Tra Buxu
39 Rubino
40 The Carriage
41 Da Pippo

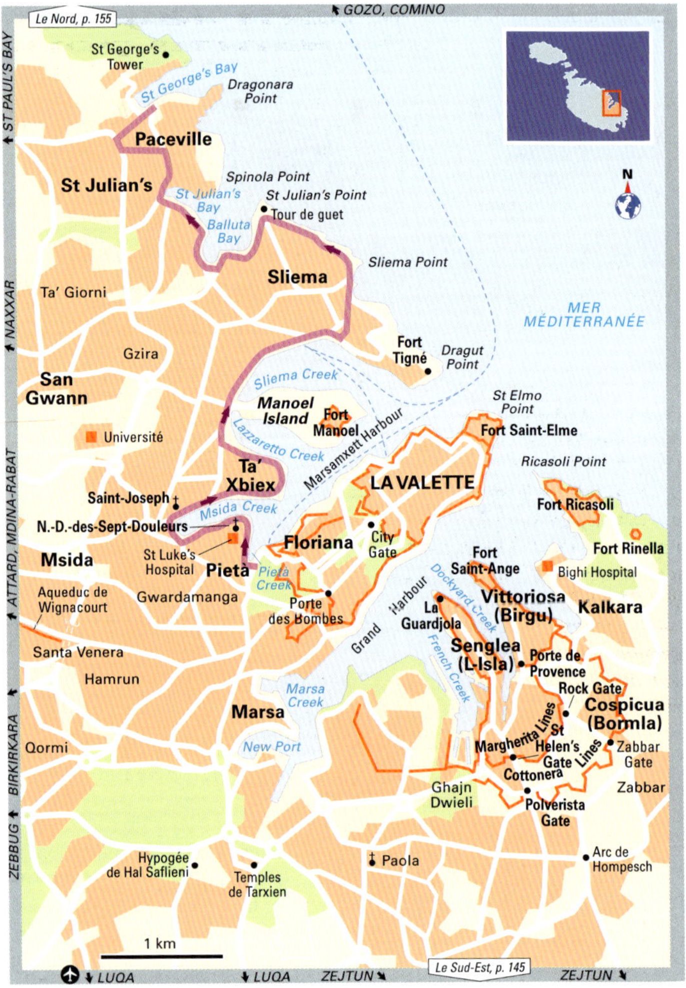

Les environs de La Valette

Programme. La découverte de La Valette est le must du séjour à Malte. **Trois jours** permettent de combiner la visite des édifices construits par l'ordre de Malte *(p. 63)* et des musées *(p. 78)*, avec les promenades au gré des ruelles *(p. 72)* et au fil des remparts *(p. 84)*.

Si vous n'êtes à Malte que le temps d'**un week-end** prolongé, voici comment au mieux organiser vos deux journées. Le **1er jour**, privilégiez la cathédrale de La Valette et son musée *(p. 63)* pour leurs splendeurs baroques, la Casa Rocca Piccola *(p. 72)* pour la petite histoire, la promenade au gré de Merchants Street *(p. 73)* pour ses surprises et le spectacle des remparts depuis les jardins de Upper Barraca *(p. 85)*. Le **2e jour**, rendez-vous à Birgu (Vittoriosa, *p. 90*), première capitale de l'Ordre, à combiner avec une demi-journée de plongée dans la préhistoire sur les sites de Tarxien *(p. 147)* et Hal Saflieni *(p. 146*, réservation indispensable).

La cité des grands maîtres ★★★

© Office du tourisme de Malte

D'or et de lumière, la nef de la co-cathédrale Saint-Jean est un pur joyau d'art baroque.

L'entrée dans la citadelle des chevaliers débute sur une note anachronique. **City Gate A3**, la porte de la ville fortifiée, est une immense arche en marbre de style mussolinien, tout en angles droits et surmontée d'oriflammes. Ce n'est pas un hasard. L'ancienne porte ayant disparu sous les bombes, le monument actuel a été conçu après la Seconde Guerre mondiale par un architecte italien apprécié, en son temps, par le Duce. Dans leur empressement à construire un édifice européen à l'entrée de la ville, les dirigeants maltais ont paré au plus pressé… et choisi un pur exemple d'architecture fasciste. Qu'importe si, quelques années plus tôt, La Valette avait été assiégée par les forces de l'Allemagne nazie ! **Freedom Square B3**, à l'entrée de la ville, porte les stigmates de ces bombardements : les **ruines de l'Opéra royal**, investies par un parking sauvage et une tribu de chats de gouttière. Passé ce mauvais souvenir, débute la visite de La Valette au temps des chevaliers.

> *1/2 journée de visite en intérieur.*

La co-cathédrale Saint-Jean★★★

> **B2** *Accès des visites par Great Siege Sq. Ouv. lun.-ven. 9 h 30-12 h 30 et 13 h 30-16 h 15, sam. 9 h 30-12 h 30. F. dim. et j.f. L'oratoire et le musée f. 30 mn avant la cathédrale. Entrée payante ☎ 21.22.05.36. Durée de la visite : 1 h 30.*

« Notre église principale de la Sainte Religion de Jérusalem » : c'est ainsi que les chevaliers appelaient l'église conventuelle Saint-Jean. Édifiée entre 1573 et 1577 sur les

art

L'injustice de la grâce

En 1662, le peintre **Mattia Preti** (1613-1699) ne cache pas son désir d'être fait chevalier de justice *(voir p. 38)* lorsqu'il accepte d'entreprendre la décoration de l'**église Saint-Jean** dont la sévérité ne correspond plus au goût du jour. Il se lance dans un titanesque travail de cinq ans, déplaçant l'orgue et l'autel, perçant des ouvertures dans les chapelles et peignant la voûte. Pour cette gigantesque fresque illustrant la vie et le martyre de saint Jean-Baptiste, il utilise une peinture à l'huile qu'il applique directement sur les parois de la voûte en déployant tout son génie du trompe-l'œil : les personnages sont réalisés de biais afin de créer une parfaite illusion d'optique. À côté des dix-huit tableaux de la vie du saint, on remarque, dans l'abside, saint Jean-Baptiste présentant l'étendard de l'Ordre devant la Sainte Trinité. Pourtant, malgré cet énorme travail à la gloire de l'Ordre, le peintre n'obtint que le titre, moins prestigieux, de chevalier de grâce ! •

plans de l'architecte maltais **Girolamu Cassar**, cette église dédiée à saint Jean-Baptiste, le patron de l'Ordre, devint au fil des aménagements dont elle fit l'objet jusqu'au milieu du XVIIIe s. l'un des chefs-d'œuvre de l'art baroque. Financée par le grand maître français **Jean L'Evesque de La Cassière** (1572-1581), sa construction devait faire de La Valette le sanctuaire de l'île en remplacement de Birgu *(p. 82)*. Promue cathédrale en 1816 par le pape Pie VII, Saint-Jean partage ce statut avec celle de Mdina *(p. 117)*, d'où son titre inhabituel de « **co-cathédrale** ».

La façade*

De l'extérieur, le bâtiment trapu et austère montre la volonté de Girolamu Cassar de transcrire les principes de rigueur et de sobriété de l'Ordre et de rester fidèle à la vocation militaire de La Valette. Le **balcon** surplombant le portail flanqué de deux colonnes doriques, était utilisé pour annoncer l'élection d'un nouveau grand maître de l'Ordre à la population. La **fenêtre**, quant à elle, fut agrandie lors des travaux effectués par Mattia Preti pour apporter un meilleur éclairage à ses fresques. **Au-dessus du porche**, les armes du pape Grégoire XIII sont entourées de celles de l'Ordre et du grand maître Jean de La Cassière, personnage peu versé dans la diplomatie et qui s'attira les foudres des chevaliers en déplaçant les courtisanes de La Valette dans les endroits les plus isolés de l'archipel.

Un intérieur de splendeur baroque ***

Le contraste avec les somptueuses décorations de l'intérieur est saisissant. **La nef centrale**, longue de 58 m, est entourée de **chapelles latérales** consacrées aux différentes langues de l'Ordre *(p. 66)*. Aujourd'hui reliées entre elles, les chapelles ne communiquaient pas de l'une à l'autre à l'origine et constituaient ainsi des unités coupées de l'église. Au-dessus de la nef centrale, Cassar a opté pour une gigantesque **voûte en berceau**, rejetant les arches transversales, plus traditionnelles. Mattia Preti y a peint, entre 1662 et 1667, les épisodes de la vie de saint Jean-Baptiste. Sculptures, dorures, peintures et marbres colorés, tout contribue à une mise en scène fastueuse et glorieuse de la religion.

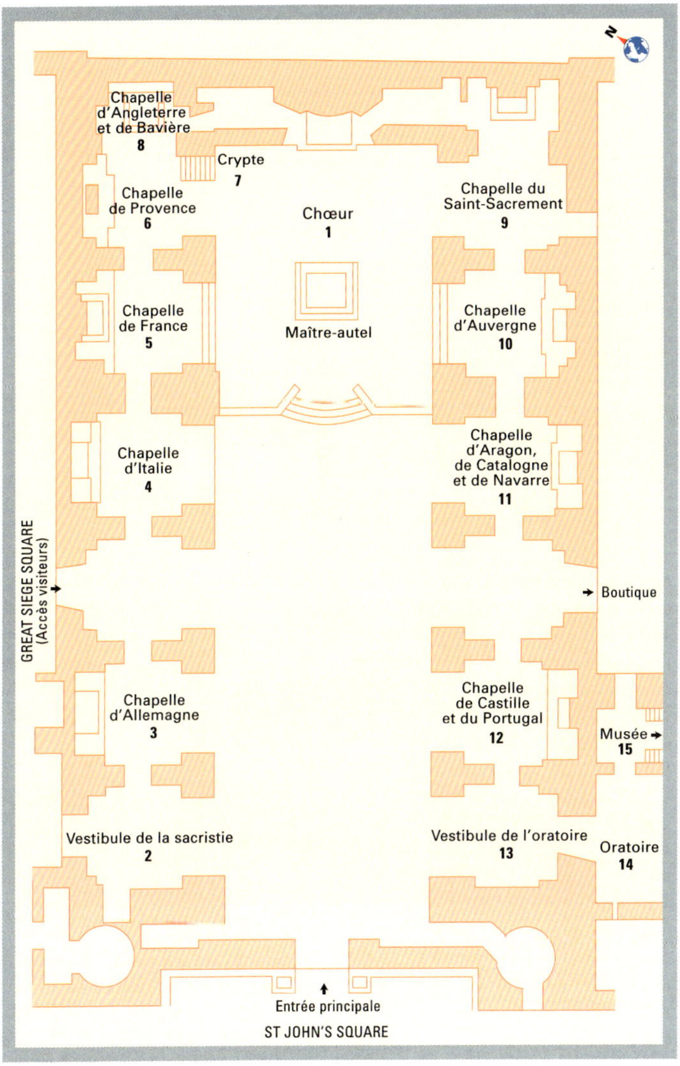

La co-cathédrale Saint-Jean

Les pierres tombales**

Les somptueuses décorations du **pavement** répondent à celles de la voûte. Car la cathédrale est également une vaste nécropole : le sol est pavé de **369 pierres tombales** de marbre polychrome, sous lesquelles reposent les chevaliers. Quant aux grands maîtres, ils gisent dans les sarcophages de la crypte **7** *(f. au public)* ou dans les magnifiques tombeaux de marbre de leurs chapelles respectives. Pour perpétuer la grandeur des chevaliers, parmi lesquels on retrouve les plus grands noms d'Europe, tels que les Visconti, les Grimaldi ou les Rohan, la marquetterie de marbre mêle trophées militaires et allégories religieuses où crânes, ossements et squelettes en marche côtoient des créatures célestes.

© Pawel Wysocki/Hémisphères Images

Dans la chapelle d'Aragon, des allégories de marbre veillent sur le tombeau du grand maître Cottoner.

Les chapelles des langues de l'Ordre**

En entrant par Great Siege Square, on accède d'abord à une première arche, qui s'ouvre sur la **chapelle d'Allemagne 3**. On y voit un tableau de Stefano Erardi, peintre de l'école flamande : *L'Adoration des mages*. Dans le vestibule de la sacristie voisine **2**, une simple dalle porte le nom de Mattia Preti et l'inscription : « Il laisse une œuvre telle qu'elle peut servir de modèle aux générations futures jusqu'à la fin des temps ». Le peintre repose ainsi à l'intérieur du chef-d'œuvre qui couronna sa carrière.

L'itinéraire de visite emprunte ensuite la nef, ce qui ne permet pas, malheureusement, de pénétrer dans les chapelles suivantes : la **chapelle d'Italie 4**, qui possède en guise de peinture d'autel un beau retable de Mattia Preti, *Le Mariage mystique de sainte Catherine* ; la très austère **chapelle de France 5**, qui fit l'objet, au début du XIXe s., d'une restauration visant à faire disparaître toute trace du style baroque primitif ; la **chapelle de Provence 6**, ornée d'une très belle peinture de Mattia Preti dédiée à l'archange saint Michel ; et la **chapelle d'Angleterre et de Bavière 8**, qui fut dépouillée de ses principales pièces par les hommes de Bonaparte.

En passant devant le **chœur 1**, admirez le savant mélange de lapis-lazuli, de marbres précieux et de métal argenté du maître-autel. À l'arrière-plan se dresse *Le Baptême du Christ*, un groupe en marbre sculpté dans un style dramatique d'un élève du Bernin, Giuseppe Mazzuoli (1644-1725), sur le dessin du Maltais Melchiorre Gafà (1636-1667).

Au fond du chœur, un escalier descend vers la **crypte 7**, demeure mortuaire des douze premiers grands maîtres, à l'exception de Didier de Saint-Jaille.

On pénètre ensuite dans la **chapelle d'Aragon, de Catalogne et de Navarre 11**, dédiée à saint Georges. Outre les peintures de Preti, elle abrite les monuments sépulcraux de plusieurs grands maîtres. Les tombeaux de **Nicolas Cottoner** (1663-1680) et de **Ramon Perellos y Roccaful** (1697-1720) sont attribués respectivement à Domenico Guidi et à Giuseppe Mazzuoli, admirateurs du Bernin mais adeptes d'un style baroque plus sobre, proche de celui du sculpteur bolonais Alessandro Algardi (1595-1654).

Il faut admirer de loin la **chapelle d'Auvergne 10** *(f. au public)*. À travers la grille, on aperçoit la Madone de Carafa, une icône byzantine du XIVe s., dont seul le visage peint se dégage au milieu d'une ornementation en argent. Au-delà, la **chapelle du Saint-Sacrement 9** est également fermée.

La **chapelle de Castille et du Portugal 12**, aussi appelée **chapelle Saint-Jacques**, fut décorée par Mattia Preti. Elle renferme le monument funéraire du grand maître Antonio Manoel de Vilhena (1722-1736), conçu dans le plus pur style rococo par Soldano Benzi.

Orné par Antoine de Favray, le **vestibule de l'oratoire 13** conserve une étonnante *Crucifixion* archaïsante, exécutée sur fond d'or par Polidoro Caldara de Caravagio (1490-1535).

L'ORATOIRE

14 Construit par le Français Merry Blondel dans la seconde moitié du XVIIe s., et réservé aux novices, il contient les deux plus célèbres tableaux que l'on puisse voir à Malte : le ***Saint Jérôme***★★ (1607) et ***La Décollation de saint Jean-Baptiste***★★★ (1608), peints par **Le Caravage** (1573-1610). La deuxième composition a été réalisée pour l'oratoire, alors que le peintre effectuait son noviciat auprès de l'Ordre. C'est la seule œuvre qu'il ait jamais signée : sa signature est apposée près de la flaque de sang qui s'écoule de la gorge tranchée du saint. L'intensité dramatique est soulignée par l'éclairage indirect et sélectif, qui est la marque de fabrique du Caravage, mais aussi par le choix très précis du moment de l'action : le bourreau prépare le couteau pour finir de sectionner le col, qu'il vient de trancher à la hache. Le calme des témoins contraste avec la brutalité du drame qui se joue au premier plan.

© Sylvain Grandadam

Un esclave pour atlante d'un tombeau de grand maître.

art

Les tribulations de saint Jérôme

© Office du tourisme de Malte

Saint Jérôme, *par Le Caravage.*

Ce tableau est sans doute la première œuvre réalisée par Le Caravage, après son arrivée à Malte en juillet 1607. Il a connu bien des vicissitudes à l'époque contemporaine. D'abord confisquée par le bouillant leader travailliste, Dom Mintoff, pour faire pression sur les autorités religieuses en 1957, la toile du maître italien disparaît à nouveau en 1984, après avoir été découpée et volée dans le musée de la cathédrale. Plusieurs années plus tard, les voleurs, qui réclamaient 10 millions de francs de rançon, sont arrêtés et le *Saint Jérôme* réintègre la cathédrale. ●

Le musée*

15 Y sont exposés des vêtements cléricaux, des objets d'art et des **tapisseries****. Les plus remarquables (à l'étage) ont été exécutées d'après des cartons de Mattia Preti par l'artiste flamand Judocus de Vos en 1697-1700. Elles représentent les sculptures en trompe l'œil de la Vierge et des saints, réalisées en grisaille, et de grandes compositions allégoriques exaltant les valeurs de la Contre-Réforme. À voir encore, une **tête de Christ en bronze** (au r.-d.-c.). Elle est tout ce qui subsiste d'une statue colossale, commandée par l'Ordre au Bolonais Alessandro Algardi et dressée à l'entrée de Grand Harbour. En 1712, elle fut déplacée sur le parvis d'une nouvelle église, consacrée au Saint Sauveur. L'édifice fut détruit en 1853 et la tête fut alors placée sur la façade de la cathédrale, le corps ayant disparu lors des déménagements.

La National Library ou Biblioteca*

> **C2** *Ouv. t.l.j. 9h-17h. F. Noël, Nouvel An et Ven. Saint. Entrée payante.*

Sa façade à arcades domine Republic Square. Le bâtiment, conçu par l'architecte italien **Stefano Ittar**, fut édifié entre 1786 et 1796. À leur mort, les chevaliers devaient léguer leurs livres, tout comme leurs armes et leurs pièces d'argenterie, à l'Ordre. La bibliothèque s'enrichit ainsi de précieuses donations. Le bailli de Tencin légua par exemple en 1760 de nombreux ouvrages de géographie, de mathématiques et des récits de voyages. La bibliothèque contient actuellement 61 000 livres, 50 incunables, de magnifiques manuscrits enluminés ainsi que les registres de l'université de 1350 à 1818 et plus de 6 000 volumes reliés formant les archives des chevaliers de Saint-Jean depuis l'origine de l'Ordre en Terre sainte. Louis XVI ayant accordé à cette bibliothèque le même privilège de dépôt qu'à la Bibliothèque royale, Bonaparte ordonna sa destruction mais les Maltais parvinrent à abroger cette décision.

Une importante sélection d'archives (des reproductions) allant de 1083 à 1798 est exposée dans la salle principale du 1er étage, dont un acte de donation de terres à Jérusalem (1107), la bulle du pape Pascal II confirmant les privilèges de l'Ordre (1113), l'acte de donation de Malte par l'empereur Charles Quint (1530) ou encore les titres nobiliaires fournis par les futurs chevaliers pour entrer dans l'Ordre. Le buste à l'entrée du bâtiment est celui de Dun Karm (1871-1961), poète et parolier de l'hymne national.

Le palais des Grands Maîtres★★★

> **C2** *Republic St. Ouv. 16 juin-30 sept. lun.-dim. 7 h 45-14 h ; 1er oct.-15 juin lun.-sam. 8 h 15-17 h, dim. 8 h 15-16 h 15. F. lors des sessions présidentielles au Parlement (rens.* ☎ *21.22.12.21 ou 21.24.93.49). Entrée payante. Durée de la visite : 1 h.*

« Le grand maître est plus confortablement et plus agréablement logé que n'importe quel prince en Europe, exception faite, peut-être, des rois de Sardaigne », note au cours du XVIIIe s. le voyageur anglais Patrick Brydone. Après la construction des fortifications, le grand maître **Pietro del Monte** (1568-1572) décide en effet de faire bâtir à La Valette une demeure reflétant le prestige des plus hauts dignitaires de l'Ordre. En 1571, il demande donc à Girolamu Cassar de transformer la modeste maison en bois de son neveu, Eustachio, pour en faire un palais digne du grand maître. L'austérité du palais initial de Cassar fut révisée sur le mode baroque, en vigueur dans les siècles qui suivirent, et à la mode des palais italiens : le rez-de-chaussée logeait écuries, cuisines et communs ; l'étage noble abritait appartements et salons officiels. Siège du pouvoir de l'Ordre jusqu'à son départ en 1798, le palais est aujourd'hui celui du Parlement maltais.

Pour en savoir plus sur les chevaliers de l'Ordre, voir p. 36.

La façade et les cours

La façade borde tout un côté de Palace Square. Longue de 89 m, elle a conservé le dépouillement imposant qui était la marque de l'architecture de Cassar, malgré la présence des **deux porches** baroques, aménagés sous le règne de Manoel Pinto de Fonseca (1741-1773). Ils desservent deux cours intérieures, contrepoints arborés à l'austérité toute minérale du palais.

La **cour de Neptune** doit son nom à un bronze représentant le dieu de la Mer et attribué à Jean Bologne, sculpteur à la cour des Médicis au XVIe s. La statue servit longtemps de figure tutélaire à l'ancien marché au poisson, qui longeait le souterrain Lascaris *(p. 85)*. Dans la **cour Pinto**, aussi appelée **cour du Prince Alfred**, tourne une horloge à quatre cadrans indiquant l'heure, le jour, le mois et les cycles de la lune, réalisée par un artisan maltais, Gaetano Vella, en 1745. Des figurines mauresques y battent les heures à l'aide de marteaux de forgeron.

Appartements et salons

Le vestibule de l'étage noble *(accès par un escalier, cour de Neptune)* donne sur deux couloirs, le couloir de l'Armurerie (à dr.) et le couloir du Prince de Galles (à g.).

● **Le couloir de l'Armurerie**, long de 62 m, est scandé de scènes maltaises, peintes dans les lunettes par

© Sylvain Grandadam

La cour de Neptune est digne de celle d'un palazzo *italien.*

le Siennois Niccolo Nasini au XVIIIe s. Il aboutit à l'ancienne salle d'armes, siège des sessions parlementaires aujourd'hui.

• **Le couloir du Prince de Galles** porte ce nom depuis la visite à Malte du futur Édouard VII d'Angleterre. Le **plafond** (1724) est dû à Niccolo Nasini, qui l'a historié des scènes tirées des grandes batailles navales de l'Ordre. Ce couloir est orné d'armures, de blasons des langues et de **portraits des grands maîtres** dus au peintre français Antoine de Favray (1706-1798), dont ceux de Francisco Ximenes de Texada (1773-1775) et de Ferdinand de Hompesch (1797-1798), unique grand maître de nationalité allemande, qui capitula sans combattre devant les troupes de Bonaparte. Le couloir dessert la Chambre du Conseil où se réunissaient les chevaliers de l'Ordre de Malte.

• **La Chambre du Conseil**, ou **salle des Tapisseries**, est tendue de réalisations de la manufacture des Gobelins. L'usage voulait que le grand maître nouvellement élu fasse à l'Ordre une *gioja*, ou donation. Ces tapisseries composaient une partie de celles du grand maître espagnol Ramon Perellos y Roccaful au XVIIIe s. Signées de Blondel, elles représentent la faune et la flore de pays exotiques. Sur la partie haute des murs court une fresque qui retrace les victoires navales de l'Ordre.

• **La salle du Trône**, ou **salle du Grand Conseil**. Sous son magnifique plafond à poutres, une frise de Matteo Perez d'Aleccio (1547-1600), qui fut l'élève de Michel-Ange, commémore les épisodes du Grand Siège. En face du trône du grand maître, la rambarde en bois sculpté proviendrait de la *Grande*

Caraque, un des vaisseaux de l'Ordre.

• **La chambre Rouge** ou **salle des Ambassadeurs** est ornée de nombreux **portraits** offerts par les souverains étrangers : *Louis XV* peint par Van Loo, *Louis XVI*, représenté par Antoine-François Callet avec la croix de l'Ordre, et *Catherine II* par Levitsky. Sous le règne de celle-ci, la Russie avait des visées sur Malte, dont elle cherchait à faire une base stratégique. La tsarine finit par faire admettre la présence permanente d'une délégation russe sur l'île. Au mur, la **fresque** de Lionello Spada relate l'histoire de l'Ordre à Rhodes de 1309 à 1522.

• **La chambre Jaune** doit son nom au damas doré tendu sur les murs. Elle faisait office d'antichambre aux seize pages qui formaient la suite du grand maître. La condition de page était, pour les jeunes nobles, le moyen de faire leurs preuves avant d'être admis au sein de l'Ordre à leur majorité. Elle est décorée d'une frise de Perez d'Aleccio racontant l'histoire de l'Ordre en Terre sainte et de l'une des plus belles peintures du palais : un ***Jacob berger****, de l'artiste espagnol José de Ribera (1591-1652).

Le musée de l'Armurerie★★

> **C2** *Au r.-d.-c. du palais des Grands Maîtres. Ouv. t.l.j. 9 h-17 h. F. Noël, Nouvel An et Ven. Saint. Entrée payante ☎ 21.24.93.49.*

Logée sous les voûtes des anciennes écuries du palais des Grands Maîtres, c'est **l'une des plus riches collections d'armes** d'Europe. Les chevaliers, qui n'appréciaient guère les armes à feu, jugées indignes d'une noble bataille, s'adaptèrent par la force des choses à l'armement moderne. Arbalètes, lances, rapières, boucliers et épées de toutes sortes côtoient ainsi mousquets et pièces d'artillerie. Parmi les 6 000 pièces conservées se trouvent l'armure ciselée du commandeur de Verdelin, exécutée au XVIIe s par le Milanais Lucio Piccinino, et celle du grand maître Alof de Wignacourt (1601-1622), dont le poids dépasse 50 kg. C'est l'habit d'armes qu'il choisit pour se faire camper par le Caravage, dans un portrait exposé au musée du Louvre. Notez encore un étonnant glaive italien à deux lames du XVIe s., une petite cotte de mailles ayant appartenu au corsaire et amiral Dragut, et des yatagans, sabres d'origine turque, datant du XVIIIe s. •

La ville aux vingt-quatre églises★★

© Pawel Wysocki/Hémisphères Images

Petite Madone sur fond de Grand Harbour.

À côté des grandes pages de l'histoire de l'Ordre, on aura de La Valette une vision plus intimiste en entreprenant cette promenade. La ville d'art y déploie ses belles façades au détour des carrefours que gardent des statues de saints.

> *Début de la visite dans le bas de Republic St.* **C2** *Compter 1/2 journée.*

♥ Casa Rocca Piccola★★

> **C2** *74 Republic St. Ouv. lun.-sam. 10 h-16 h. F. j.f. Visite guidée chaque début d'heure. Entrée payante* ☎ *21.23.17.96.*

Fascinant bric-à-brac au 1er étage de cette jolie petite demeure du XVIe s., toujours habitée par la famille du **marquis de Piro** *(encadré p. 37)*. C'est le descendant de ce dernier ou sa femme qui guideront votre visite (en anglais), l'anecdote dont meubles et tableaux feront l'objet constituant autant de facettes pour découvrir l'histoire de Malte. Vous découvrirez que l'armoire aux motifs chinois datée de 1730 était en fait un meuble de baptême – aux temps de haute mortalité infantile, on baptisait d'urgence chez soi les nouveau-nés souffreteux. Derrière une vitrine, des pantoufles offertes par le pape Léon XII, plus loin une chaise à porteurs du XVIIIe s., une trousse de chirurgien de la même époque avec ses bistouris en argent (plus facile à désinfecter), d'anciens jeux d'échecs… Impossible, sauf pour vos guides érudits, d'énumérer cette foule d'objets amusants et curieux. Tout est bien à sa place mais nullement figé.

Un petit creux ? Voir notre sélection de restaurants *p. 101* et de *kazin p. 103 (encadré).*

Le long de Merchants Street★★

L'église du Gesù

C2 Avec l'ancien collège des Jésuites (transformé aujourd'hui en collège du secondaire), elle fait l'angle d'Archbishop St. et de Merchants St. L'ensemble fut édifié entre 1592 et 1600 par les jésuites, qui voulaient y fonder ce qui allait devenir la première université de Malte. Bâtie sur les plans de son homonyme de Rome, l'église possède un beau portail baroque, dont les volutes sont portées par des têtes géantes. L'intérieur renferme un retable de Mattia Preti et plusieurs peintures, dont *La Fuite en Égypte* par Giovanni Caracciolo et *L'Archange Raphaël* par Louis Finson.

Le marché couvert

> **C2** *Un peu après être passé devant l'Armurerie, sur la g.*

Construite en métal de 1859 à 1862, cette halle abrite toujours des boucheries et autres boutiques d'alimentation. Le matin *(sf dim.)*, le marché déborde sur Merchants St. et on y propose aussi vêtements et souvenirs.

La Banca Giuratale

> **C2** *Un peu plus loin en remontant Merchants St., sur la g.*

Édifié en 1720, c'était le siège de l'administration municipale chargée de lever les taxes et d'organiser la milice pour le compte de l'Ordre. Actuellement, le bâtiment abrite des services administratifs.

♥ L'église Saint-Paul-le-Naufragé★

> **C2** ***St Paul Shipwrecked***. *Tournez à g. dans St Lucia St.*

Probablement construite par Cassar, c'est l'une des plus anciennes églises de La Valette, empreinte d'une dévotion touchante. À l'intérieur, les peintures de la **voûte** sont l'œuvre d'Attilio Palombi (1860-1912) et de l'artiste maltais contemporain Cremona. La splendide **statue** en bois doré de saint Paul a été réalisée par Melchiore Gafà au milieu du XVIIe s. En février, lors de la fête qui commémore le naufrage du saint sur les côtes maltaises, elle est portée en procession. L'église renferme encore des peintures d'Antoine de Favray, le grand peintre de l'Ordre au XVIIIe s. *(voir p. 217)* et de quelques artistes maltais du XVIIIe s., dont Velasco et Ceci.

La Castellania

> **B2-3** *Retournez dans Merchants St. À l'angle de St John's St.*

Rebâtie sous le grand maître Manoel Pinto de Fonseca au XVIIIe s., elle abritait le **palais de justice de l'Ordre** et servait de résidence au chancelier. Après une insurrection des prêtres maltais en 1775, les condamnés furent exécutés dans ce bâtiment, et leurs têtes exposées à la vue de tous, ce qui ne fit qu'ac-

© Pawel Wysocki/Hémisphères Images

Enfant de chœur au pas d'une porte.

© Pawel Wysocki/Hémisphères Images

La façade de l'auberge de Castille, révisée dans l'ordre baroque au milieu du XVIIIe s.

croître la tension entre le peuple maltais et l'Ordre. Les croissants de lune de la décoration rappellent l'emblème du grand maître Pinto. Des figures en marbre, qui symbolisent la Justice et la Vérité, furent sculptées par le Sicilien Maestro Gian. Ce bâtiment est actuellement le siège du ministère de la Santé.

L'église St James

> **B2** *Un peu plus loin dans Merchants St. au croisement de Melita St., sur la dr.*

Ancienne église de la langue de Castille, elle a été bâtie en 1610, selon un plan circulaire, puis agrandie en 1710. À l'intérieur, on peut voir des tableaux du Florentin Paladini (1544-1614).

Palazzo Parisio

> **B3** *Après le croisement de Melita St. et Merchants St., sur la g.*

Derrière cette sobre façade logea Bonaparte durant son bref séjour à Malte en 1798 *(voir p. 212)*. C'est aujourd'hui le bâtiment du ministère des Affaires étrangères. En face, l'ancienne **auberge d'Italie*** héberge le ministère du Tourisme.

L'église Sainte-Catherine-d'Italie**

> **B3** *Sa façade donne en face de Notre-Dame-des-Victoires (Our Lady of Victory).*

Dédiée à sainte Catherine de Sienne, elle fut élevée en 1574 par le Maltais Girolamu Cassar pour servir d'oratoire à la langue d'Italie. En 1713, l'Italien Romano Carapecchia (1668-1738) reprit entièrement sa façade : dans un pur esprit baroque, son porche à trois baies signale l'édifice et fait transition avec la rue. L'intérieur est distribué selon un plan orthogonal : on peut y voir, surmontant le maître-autel, *Le Martyre de sainte Catherine* par Mattia Preti, et une *Notre-Dame-des-Sept-Douleurs*, par Benedetto Lutti (1666-1724).

L'auberge de Castille et Léon***

> **B3** *Castille Square.*

Contrairement aux autres auberges, dont l'aspect extérieur est souvent austère, ce bâtiment construit à l'origine dans un style Renaissance par l'architecte maltais Girolamu Cassar fut entièrement repris en 1744 par Andrea Belli. Ce palais baroque, qui rappelle les origines ibériques du grand maître Pinto, son commanditaire, abrite désormais le bureau du Premier ministre.

Au-dessus de la porte, flanquée de part et d'autre de canons massifs, se trouve le **buste de Manoel Pinto de Fonseca** : absolutiste et fastueux, le grand maître portugais est à l'origine des travaux d'embellissement de l'auberge de Castille et Léon et du palais des Grands Maîtres. Hanté par la recherche d'un élixir de vie, il aurait hébergé des alchimistes, dont un des plus étranges personnages du siècle, le **comte de Cagliostro** *(encadré ci-dessous)*.

Notre-Dame-des-Victoires**

> **B3** *Our Lady of Victory. En face de Sainte-Catherine.*

Construit par Laparelli et Cassar, c'est le tout premier édifice du site de La Valette. Le grand maître

portrait

L'imbroglio Cagliostro

Alchimiste, guérisseur, charlatan, **Giuseppe Balsamo**, qui se faisait appeler comte de Cagliostro, fut un des aventuriers les plus célèbres de l'Europe des Lumières.

Était-il né à Malte en 1743 des amours du grand maître Pinto et d'une princesse turque capturée par les galères de l'Ordre ? Avait-il été restitué aux Turcs peu après sa naissance, confié aux mages de l'Arabie et initié aux sciences secrètes ? Revint-il ensuite à Malte se présenter à son père, le grand maître ? Tel est en tout cas le récit fabuleux qu'il faisait circuler dans toutes les cours d'Europe. S'entretenant avec les esprits, convertissant les loges maçonniques au « rite égyptien » qu'il avait fondé, Cagliostro connut un grand succès dans la haute société française, où l'occultisme était particulièrement en vogue. Mais il fut compromis dans l'**affaire du Collier** de la reine et jugé. Face au tribunal, il affirma une fois de plus sa naissance maltaise. Or, une enquête menée jusqu'en Sicile révèle qu'il s'agirait en fait d'un Sicilien de Palerme, un nommé Giuseppe Balsamo. Enquête vérifiée sur place par un détective que l'aventurier fascine : **Goethe** en personne, lequel enquête lui aussi sous une fausse identité !

Quant à Cagliostro-Balsamo, banni de France, arrêté à Rome par le tribunal de l'Inquisition, d'abord condamné à mort, il voit sa peine commuée en détention à perpétuité. Il meurt en 1795, sans avoir jamais cessé de se proclamer maltais, fils du grand maître Pinto et de la princesse turque. Sa vie inspira à **Alexandre Dumas** son roman *Joseph Balsamo.* ●

La Valette posa la première pierre de l'édifice en 1566 pour commémorer la victoire du Grand Siège et, selon ses volontés, y fut enterré à sa mort. Il ne fut transféré que plus tard dans la crypte de la cathédrale Saint-Jean. En 1690, le grand maître Perellos fit apposer un buste du pape Innocent XI sur la façade pour le remercier d'avoir mis fin à une querelle entre le clergé et l'Ordre. Le clocher fut ajouté au XVIIIe s.

Autour du théâtre Manoel*

> *Retournez sur Republic St. et dirigez-vous jusqu'au croisement avec Old Theatre St.* **C2**, *que vous descendrez jusqu'à l'angle de Old Bakery St.*

Le théâtre Manoel**

> **B2** *Ouv. lun.-ven. 10 h-12 h 30. Visites guidées uniquement, en plusieurs langues : lun.-ven. 10 h 30, 11 h 30 et 16 h, sam. 11 h 30 et 12 h 30. F. dim. et j.f. Entrée payante ☎ 21.22.26.18, <www.teatrumanoel.com>.*

En 1731, le grand maître **Antonio Manoel de Vilhena** décide de construire un édifice « pour l'honnête divertissement du peuple ». Il fait donc élever, sur ses propres deniers, ce théâtre de cour en hémicycle, inspiré de celui de Palerme. Les cartouches des loges retracent des scènes champêtres dans l'esprit bucolique et charmant du XVIIIe s.

Durant la première moitié du XIXe s., les Britanniques reprennent la tradition théâtrale de l'Ordre à leur compte. Délaissé à partir de 1866, date de l'ouverture de l'Opéra royal *(p. 63)*, puis sérieusement touché par les bombes durant la Seconde Guerre mondiale, le théâtre fut finalement restauré minutieusement par des artisans maltais en 1960. Après avoir servi successivement d'abri pour indigents puis de cinéma, il brille à nouveau de tout l'éclat de son plafond doré.

Aujourd'hui, le bâtiment abrite la troupe du Théâtre national et accueille les plus grands interprètes contemporains. Un petit **musée** présente des costumes de scène, des programmes, de belles gravures et de surprenantes machines imitant le bruit de la pluie et du vent.

L'église des Carmes

> **B1-2** *En continuant sur Old Theatre St.*

Vous la repérerez à son imposant dôme, haut de 60 m. L'édifice original, qui datait de 1570, a été détruit pendant la Seconde Guerre mondiale et reconstruit entre 1958 et 1978.

arts

Quand l'Ordre cultivait le divertissement

Les cadets des grandes familles européennes, qui assuraient le recrutement de l'Ordre, raffolaient de représentations théâtrales. Deux troupes se partageaient alors la scène du **théâtre Manoel** : une troupe française, spécialisée dans les comédies, et une troupe italienne pour l'opéra. Compte tenu de l'absence de femmes dans la troupe italienne, cette dernière dut faire appel à de jeunes hommes pour les rôles féminins. Le stratagème ne passe pas toujours inaperçu : « Les chevaliers [...] font des rôles de femmes, mais les mentons noirs et la voix rauque les décèlent », raconte à l'époque un spectateur. Deux grands maîtres, Pinto et Rohan-Polduc, contribuèrent à répandre la notoriété de cette scène en Europe. Après le spectacle, de fins soupers accueillaient parfois plus de 60 convives, permettant aux invités, acteurs et spectateurs, d'apprécier l'hospitalité du grand magistère. ●

Un clocher en pointe parmi les dômes et les terrasses : l'église anglicane qui domine le port de Marsamxett.

La cathédrale anglicane Saint-Paul

> **B1** *À l'angle de West St.*

Elle occupe l'emplacement de l'ancienne auberge d'Allemagne, détruite en 1838. La même année, la reine Adélaïde, veuve du roi d'Angleterre Guillaume IV, décide de financer la construction de cette église anglicane à La Valette. Édifiée dans un style néo-classique, elle possède une flèche de 66 m de haut et des orgues qui proviennent de la cathédrale de Chester. En contrebas de la cathédrale, une petite terrasse entourée de charmants immeubles offre une jolie **vue** sur le port de Marsamxett, Sliema et Manoel Island. Derrière Saint-Paul, la maison qui domine les escaliers descendant vers Marsamxett *(p. 87)* accueillit **Walter Scott** en 1831.

L'auberge d'Aragon*

> **B1** *Un peu plus loin dans West St.*

Sa façade se dresse sur Independence Square. Bâtie en 1571, c'est la seule auberge qui conserve la physionomie majestueuse et austère des édifices réalisés par Cassar. ●

Les musées de La Valette★★

© Jean-Daniel Sudres/Hoa Qui

Dans le corridor de ce musée, on a hissé les couleurs comme au temps où régnaient les grands maîtres.

Le musée national des Beaux-Arts★★★

> **A2** ***Fine Arts Museum.*** *South St. Ouv. t.l.j. 9 h-17 h. F. Noël, Nouvel An et Ven. Saint. Entrée payante ☎ 21.23.30.34 ou 21.22.57.69. Durée de la visite : 1 h 30.*

Reconstruit entre 1761 et 1763 sur l'emplacement de l'une des premières résidences édifiées pour les chevaliers, ce palais vit se succéder, tout au long de son histoire, des personnages illustres. Le **bailli de Suffren** l'occupe à partir de 1785, le **vicomte de Beaujolais**, frère de Louis-Philippe, s'installe dans les murs en 1808. **Lord Mountbatten**, son dernier occupant, commandant de la flotte britannique durant la Seconde Guerre mondiale, le rebaptise Admiralty House et y réside jusqu'en 1961.

Pour en savoir plus sur les maîtres et leurs artistes, rendez-vous p. 215.

Depuis 1974, le bâtiment abrite les œuvres de maîtres italiens et flamands et retrace l'histoire artistique de Malte à l'époque des chevaliers de l'Ordre.

Un somptueux escalier à double révolution, tout de blanc peint et plus rococo que baroque, conduit à l'étage où débute la visite.

Le 1er étage

- **La salle 1** ouvre sur le XIVe s. avec des retables de l'**école florentine** et des fragments de peintures murales maltaises.
- **La salle 4** est consacrée à l'**école vénitienne** avec deux chefs-d'œuvre : ***Portrait d'homme en armure***★★ du Tintoret (1518-1594) et ***Saint Jérôme***★ par un proche du Titien.
- **Dans la salle 5**, les œuvres des maîtres de l'**école flamande** contrastent avec celles des Italiens, par leur facture minutieuse et l'usage de la peinture à l'huile. Le ***Portrait de l'enlumineur***★★ de Willem Key (vers 1515-1568) en est un exemple

remarquable. Le ***Portrait de femme***** de l'entourage de Jan Van Scord (1495-1562), au teint d'ivoire, au corsage sombre et austère et au regard en coin, fut longtemps attribué à Holbein.

- **Avec la salle 8** débute l'ère des **grands maîtres du baroque**, dont les sujets sont caractéristiques de la Contre-Réforme. L'influence de Caravage est partout perceptible, dans le jeu puissant de l'obscurité et de la lumière. Celle-ci palpite en petites touches d'or et d'argent sur l'armure du ***Portrait d'Alof de Wignacourt****, par Lionello Spada, qui avait accompagné le Caravage dans son exil à Malte. On pense que le grand maître français, alors âgé de 70 ou 80 ans, posa pour le *Saint Jérôme* du Caravage *(encadré p. 68)*.
- **Dans la salle 11**, consacrée au Calabrais **Mattia Preti** (1613-1699), on pourra pister à travers ses tableaux son serviteur maure. Cet homme âgé et barbu est de dos dans le *Martyre de sainte Catherine* et joue Lot, dans *Lot et ses frères*.

Le rez-de-chaussée

On peut y admirer les portraits des grands de ce temps, notamment celui du grand maître de Rohan, en pied, drapé dans sa robe noire frappée de la croix de Malte, par le peintre courtisan français **Antoine de Favray** (1706-1798), de nombreux meubles et objets d'art et des **vues de Malte**, croquées par des peintres du XIXe s. L'île était alors l'une des escales incontournables lors du tour de Méditerranée. Parmi ces illustres voyageurs, Turner a peint la ***Vue du grand port**** (1830) exposée ici.

Le sous-sol

Il héberge des expositions temporaires et les plâtres d'**Antonio Sciortino** (1879-1947), artiste maltais auteur notamment du *Christ-Roi*, monument en mémoire du Grand Siège, et d'une imposante statue de Tchékov.

Le musée national d'Archéologie**

> **B2** *Auberge de Provence, Republic St. Ouv. t.l.j. 9h-17h. F. Noël, Nouvel An et Ven. Saint. Entrée payante ☎ 21.22.16.23. Durée de la visite : 1 h.*

Depuis 1958, les collections archéologiques nationales sont logées dans une des huit auberges des langues de l'ordre de Malte : l'**auberge de Provence****. Édifiée en 1571 d'après des dessins de Cassar, elle fut remaniée au cours du XVIIe s. Les colonnes du portique de façade marient harmonieusement les ordres dorique et ionique. L'escalier monumental donne accès aux salles de réception, décorées de grotesques, et aux appartements du pilier, le chef élu de la langue *(p. 36)*.

Rassemblée pour l'essentiel au cours du XVIIe s. par Francesco Abella, historien maltais, la collection archéologique a été classée et enrichie de nouvelles sections (beaux-arts, minéralogie et histoire naturelle) au cours du XXe s. Seule la section concernant la préhistoire, présentée au r.-d.-c., est ouverte au public (panneaux en anglais et en maltais) ; le 1er étage est réservé à des expositions temporaires. L'exposition permanente est organisée en 3 grandes sections.

Chronologie des cultures néolithiques

Elle retrace, à travers des tableaux et des tessons de poterie, l'histoire du premier peuplement de Malte, à partir de l'arrivée des premiers occupants venus de Sicile il y a près de 7 000 ans.

La **période de Ghar Dalam** (5200-4500 av. J.-C.) et de ses communautés agricoles est notamment

Besoin de repères historiques ? Reportez-vous à la chronologie p. 208.

© Office du tourisme de Malte

© Office du tourisme de Malte

© Office du tourisme de Malte

illustrée par les petites têtes animales qui figuraient aux anses des céramiques.

La **culture de la vallée fertile de Skorba** (4500-4100 av. J.-C.) est représentée par ses poteries grises et sans décor et sa belle céramique rouge, aux formes fonctionnelles et carénées. Elle a livré les plus anciennes figures humaines maltaises, aux hanches et à la poitrine généreuses, dont la tête triangulaire évoque l'art des Cyclades, plus connu mais plus tardif de 2000 ans.

Suit un récapitulatif des principales étapes de l'**art funéraire** depuis la période de Zebbug (4100-3800 av. J.-C.) à travers la céramique.

Décor et architecture des temples mégalithiques

La plupart des dalles ornées, notamment de spirales, proviennent des temples de Tarxien (3600-2500 av. J.-C., *p. 147*). On voit aussi des bandes de caprins et des miniatures animales modelées dans la terre ou taillées dans la pierre. Les pièces les plus remarquables sont les **plans et modèles de temples**, dont certains viennent de Tarxien *(p. 147)*, et les autels ornés de plantes de Hagar Qim *(p. 139)*. Des ouvertures ménagées dans le sol dévoilent, en parallèle, les structures de l'auberge de Provence dans son aspect originel du XVIe s.

À côté des spirales ou des pampres sculptés en méplat, les temples mégalithiques ont livré des effigies humaines. Presque toutes sont des femmes aux formes généreuses. Sans nul doute, elles sont des déesses-mères, mais pourquoi cette coutume des têtes amovibles ?

Statuaire humaine***

La section ouvre sur la **statue sans buste**, aux jambes revêtues d'une jupe frangée, découverte à Tarxien et qui devait, dans son intégralité, atteindre 2,75 m : c'est une des plus anciennes statues monumentales du monde. La plupart des effigies humaines ont été retrouvées sans têtes. Celles-ci étaient fabriquées séparément et sans doute conçues pour être interchangeables, comme en témoigne le groupe de personnages assis de Hagar Qim, au cou doté d'un trou pour y ficher une tête. La majorité des têtes a dû être détruite intentionnellement ou par accident. On notera aussi quelques phallus, taillés dans la pierre sans équivoque aucune.

Le site de Hagar Qim a livré en outre la **Vénus de Malte****, une statue acéphale, aux formes généreuses et dont la musculature du dos est traitée avec un grand réalisme. De Hal Saflieni *(p. 146)* proviennent la ***Sleeping Lady*****, couchée sur un lit à pieds, et diverses figures allongées. ●

La grande muraille de l'Ordre

© Office du tourisme de Malte

Les fortifications élevées autour de l'éperon de La Valette et le long des deux bras de mer qui l'enserrent constituent l'ensemble le plus remarquable de l'architecture militaire européenne des XVIe-XVIIIe s. Le site s'imposa d'emblée aux chevaliers de l'Ordre pour les multiples possibilités de défense qu'offrait la côte, aux découpes innombrables, contre toute menace venue de la mer. Leurs lignes fortifiées (voir carte p. 62) *en épousent le contour compliqué, et glacis en étoile, fortins et remparts démultiplient les perspectives, tirant, sur le bleu de la Méditerranée, des successions de plans ocre que dore encore la lumière.*

Deux rades bien protégées

En arrivant à Malte en 1530, les chevaliers délaissent l'ancienne capitale de Mdina, bien trop à l'intérieur des terres pour la mission dont ils sont investis, et s'intéressent à **Birgu**, le Bourg : non seulement le site possède une anse (actuelle Dockyard Creek) pour amarrer les galères en toute sécurité, mais le promontoire est gardé par un château fort, le Castell'a Mare (à l'emplacement de l'actuel fort Saint-Ange, ainsi nommé en souvenir d'Angelo de Melfi, qui obtint les îles en fief entre 1352 et 1353). Sous les directives du premier grand maître, Villiers de l'Isle-Adam, des sommes considérables sont investies et des milliers d'esclaves employés à renforcer les fortifications de Birgu, édifier le fort Saint-Ange et construire les édifices indispensables à l'exercice de l'Ordre : les auberges de chaque langue, l'hôpital et le Palais des grands maîtres. En 1554, sur le promontoire de **L-Isla**, parallèle à celui du Bourg, le grand maître Claude de la Sengle (1553-1557) fonde une deuxième cité fortifiée qui va prendre son nom : **Senglea**.

Des bastions en étoile renforcent le rempart de La Valette. La réputation du système de défense de La Valette et des Trois Cités était telle que Malte ne subit plus aucune attaque après le Grand Siège. Las, l'ultime attaque vint du ciel : devenu quartier général de la Royal Navy en Méditerranée, Grand Harbour fut pilonné par l'aviation allemande à partir de 1942.

Les défenses de l'Ordre en sont là lorsque survient le Grand Siège de 1565 *(encadré p. 39)*. Saint-Ange résiste, de même que Saint-Elme, qui garde l'entrée de la rade au nord ; mais il s'en est fallu de peu. Durant le siècle qui suit, les grands maîtres emploient une grande partie de leurs fonds à compléter le dispositif de défense.

Une citadelle pour proue

En mémoire de leur résistance acharnée contre l'assaillant turc, Birgu est renommée **Vittoriosa**, la Victorieuse, et Senglea, **l'Invitta**, l'Invaincue. Seule la première gardera son surnom prestigieux. Mandaté par le pape Pie IV, l'ingénieur Francesco Laparelli conçoit les fortifications de La Valette *(p. 58)*. Érigées entre 1566 et 1570, elles sont dans leur ensemble parfaitement conservées. Une ceinture gigantesque entoure bientôt la ville. Au sud, on creuse des douves sèches, estimant qu'un fossé inondé emprisonnerait les défenseurs de la garnison. Des bastions sont érigés en de nombreux points des remparts, et on creuse même des silos à blé derrière le fort Saint-Elme *(p. 86)* en prévision d'un nouveau siège.

Une première ceinture de remparts

Au XVIIe s., la crainte d'une nouvelle invasion turque n'ayant pas disparu, les chevaliers cherchent à renforcer les défenses de La Valette à l'intérieur des terres. Côté Birgu, Jean-Paul de Lascaris-Castellar (1636-1657) fait prolonger les lignes de fortifications au nouveau faubourg de **Bormla (Cospicua)** en 1638. Extension suburbaine de La Valette, la construction de **Floriana** *(p. 88)* débute en 1636 d'après des plans dressés par l'ingénieur militaire italien Paolo Floriani, à qui le faubourg doit son nom. Après de nombreux retards, l'ouvrage est finalement achevé au XVIIIe s., sous le règne du grand maître de Vilhena.

Une deuxième ceinture de remparts et des forts

Autour de 1670, les frères Cottoner, qui se succèdent à la dignité de chef de l'Ordre, entament la construction d'un arc de cercle de 5 km, doté de 8 bastions, pour protéger l'ensemble des Trois Cités (Birgu, Senglea et Bormla). Ces **Cottonera Lines** – qui donnent aussi aux Trois Cités leur nom de « Cottonera » – doublent le rempart intérieur des **Margherita Lines**. Plus d'un siècle fut nécessaire pour achever la totalité de ces fortifications intérieures. Du fait de son emplacement à l'intérieur des Cottonera Lines, Bormla est rebaptisée **Cospicua**, l'Éminente.

L'œuvre défensif fut complété au cours des XVIIe-XVIIIe s. par la construction de forts supplémentaires, tel **Ricasoli** à la pointe de Kalakar (1670, *p. 94*). En 1715, Louis XIV dépêche une délégation d'ingénieurs et d'architectes pour aider à l'entretien et à l'amélioration des remparts. Placée sous la direction du chevalier de Tigné et de l'ingénieur résident François de Mondion (1683-1743), formé par Vauban, elle aboutit à la construction des forts **Manoel** (1723-1732, *p. 87*) et **Tigné** (1793, *p. 88*). ●

Point de remparts le long du quai de Grand Harbour, mais des entrepôts. À partir de la fin du XVIIe s., la fonction commerciale prit le pas sur la vocation défensive dans les rades de La Valette.

© Sylvain Grandadam

Un tour des remparts★★

© Pawel Wysocki/Hémisphères Images

Saint-Elme, le fort qui résista héroïquement au siège de la flotte de Soliman.

Tours et détours, escaliers et passages, souterrains et tunnels, impasses obligeant à rebrousser chemin: La Valette apparaît bien plus grande quand on tente de percer les secrets de son architecture militaire. In extenso, elle peut prendre la journée et n'est pas toujours de tout repos, surtout quand le soleil de midi darde sur les murailles. L'alternative, moins amusante mais plus reposante, consiste à louer les services d'un karrozin pour faire le tour du propriétaire, avec commentaires en anglais. Ces fiacres décapotables sont un anachronisme introduit par les Anglais au xixe s. Ils patrouillent en quête de clients sur Great Siege Rd A2 et Lascaris Wharf B2 (comptez 5 £M par demi-heure et par pers.).

> *Départ de City Gate* **A2**. *Plan* *p. 60-61.*

Hastings Gardens★

> **A2** *Empruntez Triq il-Papa Piju V, qui passe au-dessus de City Gate.*

Ces jardins perpétuent le souvenir du marquis de Hastings, gouverneur de Malte de 1824 à 1826, et forment balcon sur les glacis en étoile du rempart intérieur. Leur grand agrément est d'être ouverts à toute heure. Quand vient le soir, des amoureux s'y bécotent sur les bancs publics. Jusqu'à quand ? Il est question de poser des grilles et de fermer l'accès au coucher du soleil.

St James' Cavalier★

> **B3** *Empruntez Ordnance St. jusqu'à Freedom Sq. Accès par un escalier et le café* Inspirations *à l'angle sud.*

Avec **St John's A2**, ce sont les deux seuls fortins qui furent édifiés sur les neuf que comptait le projet de Laparelli. Ils furent conçus pour servir de plate-formes de tir au canon, en cas d'attaque venue de l'intérieur. L'espace culturel du **St James' Cavalier Centre for Creativity** *(voir p. 104)* met magnifiquement en scène par ses éclairages les volumes de l'ancien ouvrage de défense.

Upper Barraca Gardens★★

> **B3** *Empruntez la sortie de St James' Cavalier vers la place de Castille. Les jardins se trouvent derrière la Bourse, ancienne église de la garnison britannique.*

Jadis terrain d'exercices des chevaliers de l'auberge d'Italie, ce bastion fut transformé au XVIIIe s. en un élégant jardin. Ouvert au public en 1824, il a fait l'objet d'une importante restauration en 2004. C'est l'un des sites les plus élevés de la ville, offrant un **point de vue** exceptionnel sur le Grand Harbour et les Trois Cités. De g. à dr., vous y remarquerez le **fort Ricasoli** *(p. 94)*, le **fort Saint-Ange** *(p. 93)* à l'extrémité de Vittoriosa, puis les chantiers maritimes de **Dockyard Creek** où les chevaliers réparaient leurs galères et qui étaient le point de départ, au printemps et en été, des expéditions contre les Turcs.

Lascaris War Room

> **B3** *Revenez sur la place de Castille : accès fléché par Triq Girolamu Cassar et des escaliers en contrebas. Ouv. lun.-ven. 9h30-15h30, sam. et dim. 9h30-12h. F. j.f. Entrée payante ☎ 21.23.49.36.*

Au temps des chevaliers, La Valette était criblée de passages souterrains, dont celui qui reliait l'hôpital de l'Ordre *(p. 86)* au fort Saint-Elme. Beaucoup servirent d'abris durant les bombardements. Celui-ci mène aux salles de contrôle des Forces alliées pendant la Seconde Guerre mondiale.

Grand Harbour★★

> **BC3** *Bordé par Lascaris Wharf.*

À partir de la fin du XVIIe s., la rade militaire des galères de l'Ordre se convertit peu à peu à des activités pacifiques plus lucratives, dont témoignent quelques bâtiments qui subsistent le long des quais.

histoire

Les Trois Cités, une vocation portuaire

Elles furent **Vittoriosa**, **Senglea** et **Cospicua**, ou encore Cottonera pour les chevaliers ; elles restent **Birgu**, **L-Isla** et **Bormla** pour les Maltais. Leurs promontoires rocheux servirent de refuge à tous les peuples qui s'installèrent à Malte avant l'arrivée de l'Ordre. Les goulets naturels de leurs ports furent utilisés dès le temps des Phéniciens. Durant des siècles, les Trois Cités constituèrent le centre de l'activité navale de l'île. Elles formèrent une plaque tournante du commerce des esclaves et le point de départ des guerres de course menées par les galères de l'Ordre *(voir p. 39)*. Leurs chantiers navals n'employaient pas moins de 15000 ouvriers sous le règne des chevaliers. À la fin du XVIe s., quand la vie administrative, culturelle et religieuse de l'Ordre se déplaça à La Valette, les Trois Cités gardèrent leur importance grâce à leurs docks. Ceux-ci furent à nouveau florissants au temps de la Royal Navy. Aujourd'hui, Malte possède toujours des chantiers navals à Cospicua et à Senglea. Grand Harbour, l'un des ports les plus profonds au monde, peut même accueillir les plus grands tankers. ●

L'ancienne **douane*** (**B2 Customs House**), toujours en service, se dresse au sud du quai Lascaris. Construite en 1778 par Giuseppe Bonnici dans un pur style vénitien, elle fait pendant à la façade du casino de Vittoriosa. C'est le dernier édifice bâti à La Valette par l'Ordre de Malte.

La **halle aux poissons CD3** *(Fish Market, ouv. lun.-sam. 4 h-6 h)* occupe un des deux beaux **entrepôts*** élevés par le grand maître Lascaris en 1643, quand il décida de transformer cette rive de Grand Harbour en quai commercial.

Lower Barraca Gardens

> **D2** *Accès par East St.*

Ils renferment un curieux monument en forme de temple dorique : c'est le **mémorial de sir Alexander Ball**, qui mena le siège contre les troupes bonapartistes en 1798 et devint par la suite le premier gouverneur anglais de l'île. Le lieu est idéal le matin pour jouir du lever du soleil sur les remparts de La Valette.

L'hôpital des Chevaliers**

> **D2** ***The Knights Hospitallers.*** *Accès par Triq it-Tramuntana. Ouv. lun.-ven. 9h30-16h30, sam., dim. et j.f. 9h30-16h. Entrée payante ☎ 21.24.38.40.*

Ce sévère bâtiment rappelle que l'ordre des chevaliers de Saint-Jean n'avait pas seulement une fonction militaire, mais qu'il fut, dès l'origine, un **ordre hospitalier**. La première Sacra Infermeria, l'hôpital de l'Ordre, avait été installée à Birgu *(p. 92)*. Les travaux de celle de La Valette débutèrent en 1574, mais remaniements et agrandissements portèrent son achèvement en 1666. Sous la Grande Salle – une nef longue de 155 m –, des extensions furent taillées à même la roche du mont Sciberras pour créer deux autres niveaux de salles souterraines. Une partie était reliée aux greniers de Saint-Elme *(ci-dessous)* par des passages souterrains. En 1787, l'ensemble de l'hôpital disposait de 563 lits.

Le bâtiment abrite le **Centre de conférences méditerranéen** depuis 1979. Une partie du sous-sol a été aménagée en **musée**, qui retrace, à travers reconstitutions et objets, les grandes pages de l'histoire de l'Ordre et son activité hospitalière *(encadré ci-contre)*.

Le fort Saint-Elme*

> **D1** *Accès par Mediterranean St. Ouv. sam. 13h-17h et dim. 9h-17h. F. en sem. Entrée libre, sf durant la parade « In guardia » (reconstitution historique en costumes d'époque, les 1er et 3e dim. de chaque mois à 11 h, oct.-juin).*

L'esplanade qui précède le fort recouvre des réservoirs souterrains, les **greniers de Saint-Elme**, destinés à stocker des céréales et auxquels on accédait par des sortes de puits recouverts d'une dalle de pierre.

Lorsque les chevaliers arrivent à Malte, il existe déjà un fortin, construit en 1488 sur ce promontoire rocheux. Tout en développant la citadelle de Birgu, La Valette consolide la position de Saint-Elme, pour assurer la protection de Grand Harbour, avec le fort Saint-Ange sur l'autre rive de la rade, et celle du port de Marsamxett au nord. En partie détruit par les Turcs lors du Grand Siège, le fort Saint-Elme est rebâti deux ans plus tard, en grande partie par Laparelli. Il est modifié par l'ingénieur du roi d'Espagne Don Carlos de Grunenberg, puis par le chevalier de Tigné, qui lui confère sa forme en étoile, à la Vauban. En 1940, au début de la Seconde Guerre mondiale, il subit un raid des forces aériennes italiennes. Le fort, à l'architecture très dépouillée, offre de beaux points de vue sur les Trois Cités d'un côté et Sliema de l'autre. Une partie

histoire

À l'hôpital de l'Ordre

Tout patient pouvait être admis à la **Sacra Infermeria**, indépendamment de sa religion et de sa nationalité. La seule obligation était de signer, lors de l'admission, une clause de legs, en cas de décès, de la somme nécessaire à la célébration des messes pour le salut de son âme. En échange, on pouvait bénéficier d'un confort unique pour l'époque (lits individuels, moustiquaires, édredons...).

Les repas étaient servis deux fois par jour dans de la vaisselle en argent. Non pas pour des raisons de luxe, mais par souci de propreté (par rapport à la poterie, par exemple) et d'hygiène (par rapport au fer, qui rouille). L'entretien du service était à la charge de l'armurerie. Condamnés et galériens n'avaient droit qu'à de la vaisselle en étain. Riches et variés, les menus étaient arrosés de vin blanc ou rouge, importé de Sicile.

L'hôpital de Malte était le plus moderne d'Europe. Il disposait de quartiers d'isolement pour les malades contagieux et de plusieurs salles de chirurgie. Celle-ci était la grande spécialité des chevaliers, développée au cours d'un long passé de guerre en mer. ●

abrite le **musée de la Guerre**, l'autre l'école de police.

● **Le musée de la Guerre D1** *(ouv. t.l.j. 9h-17h. F. Noël, Nouvel An et Ven. Saint. Entrée payante ☎ 21.22. 24.30)*. Il présente une exposition permanente de photographies, d'armes et de trophées militaires remontant à la Seconde Guerre mondiale. La pièce maîtresse est un avion restauré, le *Gladiator Faith* (Foi), qui, avec l'aide de deux autres appareils (Charité et Espérance), assura la défense aérienne de Malte quand l'Italie déclara la guerre à l'Empire le 10 juin 1940.

Le port de Marsamxett★

> **AB1** *Au-delà du St Gregory's Bastion, marcher le long des remparts présente peu d'intérêt. Il est préférable de couper en remontant West St.* **B1**, *puis St George St., à travers un quartier très populaire de La Valette. Arrivé à St Mark St., tournez à dr. : vous débouchez sur Marsamxett.*

Sur le quai, en contrebas, se trouve l'embarcadère du *Marsamxetto* qui mène à Sliema *(p. 98)* en une dizaine de minutes. Les cafés du port disposent de quelques sympathiques terrasses. Plus au nord, Marsamxett St. longe une sorte d'échancrure du littoral, surnommée **Manderaggio**, où les chevaliers voulurent creuser un port artificiel. Le projet fut abandonné face à la difficulté des travaux. Le quartier est habité par les dockers et les travailleurs du port.

St Andrews Bastion★

> **A2** *Reprenez St Mark St. sur quelques mètres et tournez à dr., puis encore à dr. pour déboucher sur cette place qui domine Marsamxett.*

Vu de ce belvédère, presque tout l'horizon est occupé par les fortifications du **fort Manoel**★. Construit par le Français Mondion pour le grand maître Manoel de Vilhena, le fort pouvait accueillir 500 hommes. C'est là, en 1800, qu'une garnison française fut enfermée jusqu'à ce qu'un navire anglais reconduisît les soldats en France *(voir p. 212)*. À l'origine, l'île était utilisée comme lieu de quarantaine durant les périodes d'épidémie, notamment lors de la peste qui sévit à Marseille en 1720. On peut encore voir une grande partie du **lazaret San Rocco** (1643) doté d'une élégante façade à arcades, où l'on gardait les voyageurs en quarantaine à leur arrivée sur l'île.

À dr., l'entrée du port est gardée par le promontoire de **Dragut Point**, du nom du célèbre corsaire turc tué durant le Grand Siège par les éclats d'un boulet maltais. Les travaux de réaménagement en cours ont entraîné le démantèlement du **fort Tigné**, construit en 1793 par le chevalier français de Tigné et qui fut le dernier ouvrage militaire des chevaliers.

Vous pouvez faire un détour par **Triq L'Ingieri A2**, un joli bout de rue tranquille, où des bow-windows pastel s'accrochent à de belles façades anciennes.

Les fossés★

> **A2** *Quittez la citadelle par St Mark St. et longez Great Siege Rd vers le S jusqu'à trouver leur entrée.*

Les fossés sont une vertigineuse saignée dans le calcaire du mont Sciberras. Les habitants de La Valette ont très prosaïquement installé des garages dans les grottes qui forent çà et là la paroi rocheuse. À l'aplomb de ce double rang de falaises s'élèvent les remparts qui gardent la citadelle.

L'hôtel Phoenicia★

> **A3** *Revenez vers Great Siege Rd (les fossés sont en impasse), puis traversez le parking qui s'étend au pied des Hasting Gardens. À l'autre bout, un escalier monte vers Triton's Fountain.*

Ce palace fut conçu dans les années 1920 par Lord Strickland et sa femme pour accueillir la jet-set de l'époque à Malte. À peine les travaux étaient-ils achevés, en 1940, que la guerre éclata : l'hôtel fut requisitionné par la Royal Air Force pour y loger ses officiers. Récemment repris par la chaîne Accor *(p. 100)*, il est agrémenté de jardins, qui descendent en terrasses le long des remparts *(accès public par Great Siege Rd)*.

Floriana★

> *Durée de la visite : 30 mn.*

La cité tampon qui protège La Valette à l'intérieur des terres s'ordonne elle aussi sur un plan en damier. Elle doit sa physionomie élégante à l'architecte français François-Charles de Mondion (1683-1743), protégé du grand maître Vilhena.

Au bas de Nelson St., qui dessert la gare routière, et de Triq Girolamu Cassar, qui monte vers la place de Castille, le **mémorial de la Guerre** (War Memorial) **B1** marque le départ de St Anne St., une avenue bordée d'arcades, qui débouche sur la borne du système des fortifications de La Valette : la **porte des Bombes A2**, dessinée par Mondion. Une seule des deux arches est d'origine, et porte l'inscription : « Je combats les Turcs partout, mais ici je me sens en sûreté. »

santé

Quand la virilité des chevaliers est menacée...

... on leur organise une partie de paille-maille, un jeu de ballon en vogue au XVIIe s. C'est la raison d'être du mail de Floriana, qui était réservé à cet exercice. Cette doctrine du *mens sana in corpore sano* avait été encouragée par l'austère Jean-Paul de Lascaris-Castellar, grand maître de 1636 à 1657. Il y voyait l'exercice idéal pour occuper les corps et les esprits afin de les préserver d'autres tentations qui, affirmait-il, « sapent la virilité ». ●

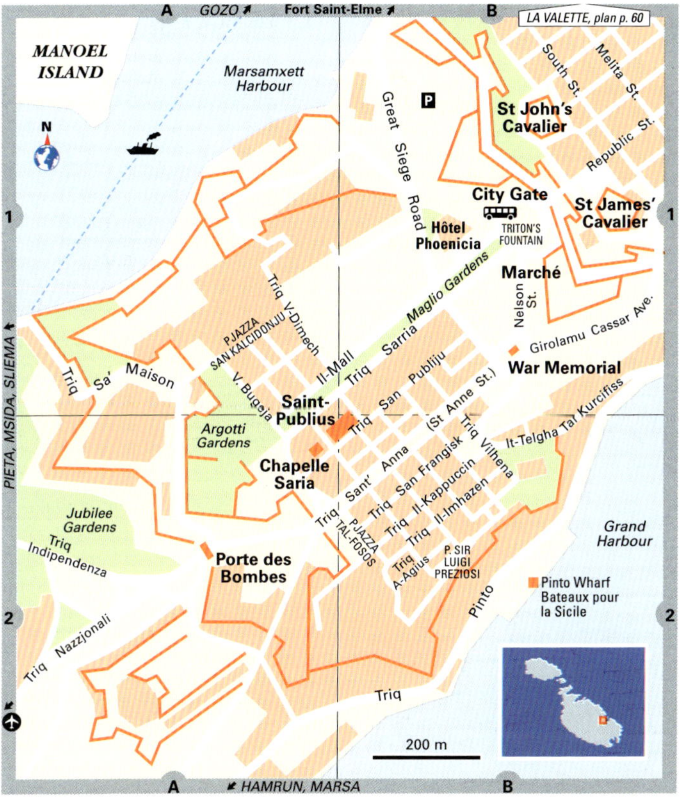

Floriana

Dans l'axe de City Gate s'étirent les **Maglio Gardens B1**, un mail dont les monuments commémoratifs honorent des figures célèbres, tels le grand maître Manoel de Vilhena ou Sir Hugo Mifsud, leader du Parti nationaliste en 1932.

L'église Saint-Publius

> **AB2** *Au S-E des Maglio Gardens.*

Édifiée entre 1733 et 1768 par Giuseppe Bonnici, c'est la dernière église construite par l'Ordre. Elle doit son nom au **procurateur romain** Publius qui, selon la tradition, se convertit après que saint Paul eut guéri son père par imposition des mains *(voir p. 122)*. Elle a été restaurée après les bombardements de 1941-1942. L'esplanade qui la précède recouvre des greniers souterrains semblables à ceux que l'on voit à l'entrée du fort Saint-Elme.

La chapelle Sarria*

> **A2** *Au bout des Maglio Gardens.*

De forme circulaire, elle est l'œuvre des deux grands artistes de l'Ordre à la fin du XVIIe s. : l'architecte maltais Lorenzo Gafà et le peintre calabrais Mattia Preti. En face se trouve une église méthodiste de style néo-gothique datant de 1883. La fontaine voisine commémore l'achèvement de l'aqueduc de Wignacourt *(p. 111)*.

Au bout de la perspective des Maglio Gardens, les **Argotti Gardens* A2** possèdent de nombreuses plantes rares, des arbres exotiques et une étonnante collection de cactées. •

♥ Vittoriosa (Birgu)★★

Vittoriosa

> *Env. 5 km E de La Valette. Bus n° 1, 2. En voiture : laissez votre véhicule sur le parking de Triq it-Torri ta'San Gwann* **B2**, *à dr. après Main Gate. En bateau : des* **dghajsa** *(prononcer « da-ï-sa »), gondoles colorées à deux places, traversent Grand Harbour entre Customs House (La Valette* **B3**) *et le Musée maritime (Vittoriosa* **A2**). *Fixez un prix au préalable (env. 2 £M). Ces embarcations privées ne fonctionnent pas le dim. Durée de la visite : 1/2 journée.* ***Carnet d'adresses*** *p. 108.*

Il faut faire un long détour sur la rocade de **Marsa**, à travers les faubourgs industriels de **Paola** et le long de sa sinistre prison, pour retrouver le système défensif qui complète celui de La Valette. La mâchoire est de Grand Harbour s'appuie sur les presqu'îles de Senglea, Vittoriosa et Kalkara. La dernière partie du parcours en autobus dévoile les goulets naturels qui motivèrent la défense des chevaliers : on grimpe en autocar le long de la corniche qui borde French Creek et on enchaîne à l'aplomb de la marina de Cottonera. Points de vue vertigineux et spectaculaires !

histoire

Petites querelles entre gens d'Église

C'est le grand maître Jean L'Evesque de La Cassière (1572-1581) qui, redoutant l'effet des idées de la Réforme sur les chevaliers, autorisa l'Inquisition à prendre ses quartiers à Malte. Mais les rapports devinrent vite conflictuels entre ces représentants directs du pape et les grands maîtres, ce qui amena ces derniers à installer l'inquisiteur en dehors de La Valette. Les tensions n'en demeurèrent pas moins vives entre les autorités rivales, à laquelle s'ajoutait celle de l'évêque de Mdina, lui-même désigné par le vice-roi espagnol de la Sicile. L'Ordre le regardait comme un espion à la solde de l'Espagne, tout comme il voyait en la personne de l'inquisiteur un agent de Rome. Que se disaient, là-haut, saint Jean, saint Paul et saint Pierre, patrons respectifs des trois hommes de Dieu de ces préoccupations bien séculières, auxquelles se joignait parfois le *capitano della Verga*, leader de l'Universita' *(voir p. 211)* et de la vieille noblesse maltaise ? •

Vittoriosa, la « Victorieuse » du Grand Siège, relativement épargnée par les bombes de la Seconde Guerre mondiale, allie les souvenirs d'un passé médiéval aux toutes premières constructions des chevaliers. Après le transfert du pouvoir à La Valette, elle devint le quartier général de l'Inquisition, mandatée par Rome. Mais chaque année, en **octobre**, c'est l'arrivée des chevaliers en terre de Malte que l'on célèbre, à travers recompositions historiques et défilés en costumes. Le dimanche, le calme est tel dans les ruelles de Vittoriosa qu'elle pourrait prétendre au rang de Cité du silence, à l'instar de Mdina *(p. 112)*.

La porte de Provence★

> **B2** *Main Gate.*

Le rempart qui défend Vittoriosa est moins élevé que celui de La Valette, mais donne bien plus le sentiment de pénétrer une forteresse bien gardée, avec les redoutes de St John's Cavalier (à dr.) et du **Poste de France★** (à g.) qui veillent sur cette porte. Un jardinet a été aménagé dans les fossés du poste de France.

Le palais de l'Inquisiteur★★★

> **B2** *Triq il-Mina il-Kbira. Ouv. t.l.j. 9 h-17 h. F. Noël, Nouvel An et Ven. Saint. Entrée payante ☎ 21.66.37.31. Durée de la visite : 1 h.*

On remarque à peine cet austère bâtiment, malgré ses trois étages de fenêtres. Construit dans la première moitié du XVIe s., il abrita un temps la Castellania, le tribunal des chevaliers, avant de devenir le quartier général de l'Inquisition, en 1574. Une institution de sinistre mémoire. Mais si chacun, y compris les membres de l'Ordre, pouvait à tout moment être traduit devant le fameux tribunal, une note du musée rappelle que la torture n'était appliquée que dans deux cas : pour soutirer des informations ou pour des fautes condamnées par Rome, telles la possession d'ouvrages interdits, la pratique de la magie et le blasphème. Être nommé inquisiteur à Malte constituait un tremplin pour ces hommes d'Église : 25 d'entre eux devinrent cardinaux et 2 furent élus à la dignité de pape. L'Inquisition fut abolie par les Français en 1798. Les collections du palais évoquent l'exercice de cet office mais abordent aussi d'intéressants aspects du folklore maltais.

Le **r.-d.-c.**, occupé par les cuisines et magasins, donne sur une arrière-cour que gardent de hauts murs. C'est là, dans l'aile dr., que furent installés les cachots entre 1640 et 1698. Au linteau de l'un d'eux, un prisonnier a gravé un verset du Coran.

L'**étage noble** est desservi par un escalier monumental, aménagé en 1730. L'aile située à g. du palier abrite d'autres geôles, avec la loge du gardien, et surtout la Camera secreta, le sinistre tribunal. Dans l'enfilade de pièces sur la dr. étaient logés les autres bureaux de l'office, l'oratoire privé de l'inquisiteur, placé sous le patronnage de saint Pierre, et ses appartements. Y sont exposées des pièces de mobilier religieux. Le plafond de la chancellerie est peint des armoiries des 62 inquisiteurs, généralement membres de l'ordre dominicain, qui résidèrent dans ce palais.

Les auberges des langues★★

> **B2** *Descendre Triq il-Mina il-Kbira jusqu'à la place Misrah Ir-Rebha (Vittoriosa Sq.).*

Les bombardements de la Seconde Guerre mondiale ont eu raison de deux des auberges qu'abritait Vittoriosa. La façade très remaniée de l'**auberge d'Allemagne** ferme la perspective, très italienne, de la place. Pour trouver les autres résidences des chevaliers, il faut entrer (par Triq Hilda Tabone) dans le lacis de ruelles qui courent derrière. À la première intersection, s'élèvent les façades accolées des **auberges de Provence et d'Auvergne** *(privé, ne se visite pas)*. Des fenêtres encadrées de moulures scandent leurs trois étages.

On repère l'**auberge d'Angleterre** à son beau balcon d'apparat qui donne sur Triq il-Maggistral. Elle abrite une bibliothèque *(ouv. lun.-ven. 8h-17h, sam. 8h-17h. F. dim. et j.f.)*. En poursuivant dans cette ruelle pavée pleine de charme, vous trouverez (sur la g.) Triq it-Tramuntana. Y subsiste une **maison d'époque normande** dont la baie géminée est soulignée d'un décor végétal.

En descendant Triq it-Tramuntana, on retrouve Triq Hilda Tabone. L'**auberge de Castille et du Portugal**, qui conserve un imposant pilastre d'angle, fait le coin avec Triq ta' Biswit il-Kwartier. En remontant cette rue, on arrive face au premier **hôpital** civil construit par l'Ordre, en 1660 (Sacra Infermeria, *encadré p. 87*). Il a servi de couvent, puis d'armurerie avant de devenir le premier hôpital naval britannique à Malte.

L'église Saint-Laurent★

> **AB2** *Revenir sur la place Misrah Ir-Rebha. L'église est en contrebas.*

C'était, avant l'édification de la cathédrale Saint-Jean, l'église conventuelle de l'Ordre. L'actuelle construction de style **baroque** est l'œuvre de Lorenzo Gafà (1691). Elle abrite une peinture de Preti, ***Le Martyre de saint Laurent***, des œuvres d'artistes maltais (Busuttil, Erardi et Madiona) et de remarquables **fresques**, exécutées par Giuseppe Cali (1846-1930), retraçant la vie de saint Laurent.

Le Musée maritime★★

> **A2** *Sur le quai. Ouv. t.l.j. 9h-17h. F. Noël, Nouvel An et Ven. Saint. Entrée payante ☎ 21.66.00.52.*

Les temps d'aujourd'hui sont pacifiques : des yachts mouillent désormais dans la marina de Dockyard Creek. Le musée occupe la boulangerie de la Royal Navy, construite par William Scamp en 1842-1845, à l'emplacement de l'arsenal de l'Ordre. Ses dimensions sont imposantes, car elle fournissait en pain les 15 000 marins de l'escadre anglaise de la Méditerranée et devait pouvoir doubler la production en temps de guerre.

Le r.-d.-c. intéressera les amateurs de **navigation à vapeur**. L'étage est une passionnante reconstitution de l'histoire de la navigation dans cette partie de la Méditerrannée à travers maquettes, objets mobiliers et pièces d'artillerie. On comprend, à voir le profil effilé des galères de l'Ordre au XVIIIe s., comment les chevaliers ont pu passer maîtres dans l'art de la **guerre de course** *(voir p. 39)*. Le volet de la Royal Navy est traité avec un luxe de détails : on y admire la proue du ***H.M.S. Hibernia*****★★**, sculptée à l'effigie d'un dieu celte, et on y déchiffre les menus du mess des officiers.

Le fort Saint-Ange★

> **A1** *Au bout du quai. Entrée libre.*

Résidence de l'Ordre entre 1530 et 1574, le fort fut agrandi à la fin du XVIIe s. par l'ingénieur militaire espagnol Don Carlos de Grunenberg, dont le blason orne la porte d'accès. Nerf de la défense de Grand Harbour, il servit de quartier général à la Royal Navy durant l'occupation britannique.

Le gouvernement maltais a restitué à l'Ordre le secteur de la chapelle Sainte-Anne, fermé au public. Le reste est bien suffisant pour se faire une idée du système de défense : exceptionnel, le **panorama** s'y déploie à 180°. Le fort lui-même est dans un triste état de délabrement et d'abandon.

© Office du tourisme de Malte

Quand l'ordre de Malte régnait en Méditerranée.

Le panorama du fort Saint-Ange

Les remparts de La Valette qui dominent Grand Harbour dessinent une toile de fond magistrale. Cet observatoire permet de repérer d'autres ouvrages qui appartenaient au système de défense *(carte p. 62)*.

• **La Gardjola****. Cette tour de guet, dont la photo illustre de nombreux ouvrages consacrés à Malte, est accrochée à la proue de la presqu'île de Senglea, à l'extrémité des Safe Haven Gardens. Elle est sculptée d'un œil et d'une oreille, symboles de la vigilance des chevaliers.

• **L'hôpital Bighi.** On reconnaît cet édifice à son architecture néo-classique du début du XIXe s., dont il est un des plus beaux témoignages à Malte. Il abrite aujourd'hui le Centre maltais de restauration des monuments.

• **Le fort Ricasoli.** Il se dresse à la pointe de Kalkara et veille sur l'entrée de Grand Harbour. Conçu par l'ingénieur militaire Antonio Maurizio di Valperga et construit avec les deniers du chevalier italien dont il porte le nom, il fut considérablement agrandi à la fin du XVIIe s. par l'ingénieur espagnol Don Carlos de Grunenberg. Au XVIIIe s., on y pendait les galériens qui avaient tenté de fuir. Les Britanniques y installèrent une garnison de 700 hommes. Après la guerre, il resta utilisé pendant plusieurs années par la Royal Navy.

• **Le fort Rinella.** Il fut érigé par les ingénieurs britanniques entre 1878 et 1886 tandis que la suprématie navale italienne menaçait l'archipel. Le fort resta en activité jusqu'en 1906, puis fut ensuite utilisé par la marine britannique comme entrepôt. Durant la Seconde Guerre mondiale, il servit de poste d'observation.

••• ***À voir tout près**: l'hypogée de Hal Saflieni (réservation indispensable, p. 146), à 3 km au S-O, les temples de Tarxien (p. 147), à 4 km au S-O, et Zabbar Gate à 800 m au S-E.* •

histoire

Esclaves et galériens

La guerre en mer fonctionna plus de deux siècles (1530-1798) avec un système très commode : pour faire avancer leurs galères, les Turcs utilisaient des esclaves chrétiens tandis que les chevaliers faisaient ramer des prisonniers turcs. Au plus fort des hostilités, il y eut ainsi plusieurs milliers de prisonniers turcs à La Valette. Les moins chanceux étaient les galériens qui, lorsqu'ils n'étaient pas enchaînés à leur tâche, croupissaient dans les grottes du Bagno, le long de Grand Harbour. Certains esclaves disposaient parfois d'un statut bien plus enviable, travaillant au service des chevaliers ou des riches familles maltaises comme palefreniers, valets ou cuisiniers. Non seulement ils se déplaçaient librement, mais l'Ordre les autorisait à se rencontrer dans quelques tavernes attitrées à La Valette. C'est dans l'une d'elles que fut découverte une conjuration d'esclaves au XVIIIe s. Elle prévoyait d'assassiner le grand maître Pinto et les gardes du port, puis de livrer La Valette à la flotte turque qui était prévenue. Mais la veille du grand jour, deux conjurés, pris de boisson, se querellèrent. On les entendit, ils furent arrêtés, et le complot fut déjoué. Trente Turcs furent jugés et exécutés et Malte, remise de sa peur, rendit grâce à Dieu d'avoir laissé boire les Maures. •

De Pietà à St George's Bay

© Pawel Wysocki/Hémisphères Images

Charmant port de pêche le jour, St Julian's se transforme en discothèque la nuit. C'est le haut lieu de la vie nocturne maltaise.

À l'extrémité sud de Floriana, Triq Sa'Maison **A1** se fraie un chemin vers la corniche de Pietà, entre les abrupts des falaises et des remparts. De ce côté-ci, la conurbation de La Valette prend le visage d'une Riviera maltaise, avec ses promenades de bord de mer et ses marinas, où les bateaux de plaisance remplacent les galères. Plus qu'un but de visite, c'est un agréable lieu de villégiature pour ceux qui préfèrent dormir bercés par l'air marin.

> *Carte des environs de La Valette p. 62.*

Pietà

> *À 1 km S-O de La Valette.*

Entre les criques de Pietà et de Msida que borde la route, la ville domine le port de Marsamxett. Sur les hauteurs, près des bâtiments du **St Luke's Hospital**, se dresse le curieux clocher de l'église **Notre-Dame-des-Sept-Douleurs**★ (Our Lady of Sorrows, 1590) : il a été déplacé sur le côté de l'église pour laisser la place, au centre, à une statue de la Vierge.

Msida

> *À 2 km S-O de La Valette.*

Cet ancien village de pêcheurs situé au fond de l'anse du même nom est aujourd'hui transformé en marina. Au fond d'un joli square s'élève l'église de style néo-baroque **Saint-Joseph**, construite en 1890 et qui abrite plusieurs belles peintures du XIXe s., comme *Notre-Dame du Mont-Carmel* de Giuseppe Cali (1846-1930).

Les **bus** n° 62, 66, 67, 68 et 667 desservent les différentes localités par le front de mer.

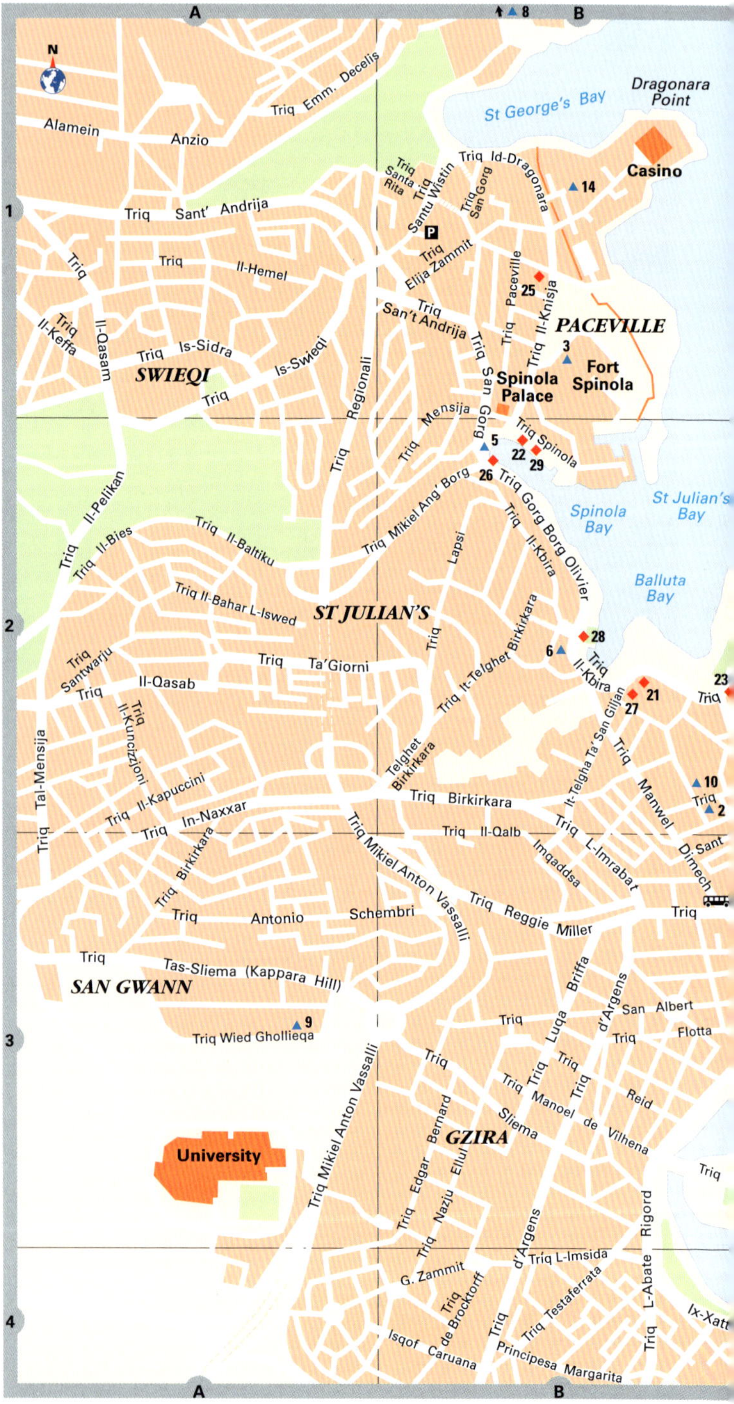

Sliema et St Julian's

0
200
400 m
Hôtels
1 Diplomat
2 Hibernia
3 Hilton
4 Imperial
5 Juliani
6 Lapsi
7 New Tower Palace
8 Radisson
9 Sundown Court
10 The Galaxy
11 The Victoria
12 The Windsor
13 Trafalgar Guest House
14 Westin Dragonara
Restaurants
21 Barracuda
22 Bouzouki II
23 Cara's
24 Il Galeone
25 La Maltija
26 Peppino's
27 Piccolo Padre
28 San Giuliano
29 Sumatra
30 Ta' Kolina
31 TGI Friday's
32 The Corner
33 Vino Veritas
St Julian's Point
Tour de guet
SLIEMA
Stella Maris
Sliema Creek
Emplacement du Fort Tigné
Dragut Point
Marsamxett Harbour
MANOEL ISLAND
Fort Manoel
Lazaretto Creek
LA VALETTE
Fort Saint-Elme
LA VALETTE, plan p. 60

Sliema★

> *À 5 km N-O de La Valette. En bateau: départ du* Marsamxetto *toutes les heures, mai-sept., 7 h 45-18 h 15 ; traversée 15 mn, débarcadère sur le quai de Sliema Creek (***B1***, p. 87). En bus: outre les bus cités, n° 64 et 671 (par le front de mer) et 60 (par l'intérieur, arrêt à hauteur de l'hôtel Imperial).* ***Carnet d'adresses*** *p. 106.* ***Plan*** *p. 96.*

Sliema tire son nom de l'arabe *salam*, qui signifie « paix », mot que les marins maltais prononçaient pour saluer leur entrée dans le port de Marsamxett après un long séjour en mer. Occupant la péninsule qui ferme la rade au nord-ouest, Sliema est aujourd'hui une des agglomérations les plus peuplées de l'île. Au temps des chevaliers, c'était un village de pêcheurs blotti autour d'une chapelle et du fort Tigné **D3** *(p. 88)*.

À partir du milieu du XIXe s., les Britanniques et les familles maltaises aisées s'y firent bâtir des villas cossues. Il en reste quelques exemples qui résistent à la pression immobilière, notamment sur les hauteurs, près de l'**église Stella Maris C2**. Prolongeant ce passé de Riviera maltaise, Sliema s'est dotée d'une agréable promenade de bord de mer. Elle débute le long de Triq ix-Xatt, à hauteur du fort Manoel *(p. 87)* d'où elle regarde les fortifications de La Valette, et s'achève avec Triq it-Torri à l'entrée de St Julian's, 5 km plus loin, d'où elle toise le grand large. Là, à St Julian's Point, se dresse une **tour de guet C2** du XVIIe s. *(encadré p. 142)*, érigée sous le règne du grand maître Martin de Redin (1657-1660).

●●● ***À voir tout près****: croisières organisées vers Gozo (voir p. 104).*

St Julian's★

> *À 7 km N-O de La Valette. En bus: outre les bus cités, n° 662 (direct La Valette-Paceville, le w.-e., 5h30-23h).* ***Carnet d'adresses*** *p. 105.* ***Plan*** *p. 96.*

La minuscule et adorable **baie de Spinola★ C2** où mouillent quelques barques multicolores sert de centre à cette agglomération, pour le reste justement réputée pour sa circulation très difficile et ses travaux qui n'en finissent pas.

À l'angle de Triq San Gorg et de Triq Spinola s'élève le **Spinola Palace B1-2**, une résidence de campagne que le chevalier génois Paolo Rafael Spinola, amiral de la flotte de l'Ordre, se fit élever en 1688. Sa **façade★**, remaniée en 1733, marie la rigueur du classique, rythmée par les fenêtres, et la théâtralité baroque dans l'imposante balustrade qui coiffe l'édifice.

Au nord s'étend **Paceville B1**, le quartier préféré de la jeunesse noctambule de l'île, qui se presse chaque jour, de la fin de l'après-midi jusqu'à l'aube, dans ses bars et ses boîtes de nuit. La moyenne d'âge y dépasse rarement 25 ans. Les jeunes Européens venus en stage d'anglais *(voir p. 22)* viennent grossir les rangs du grand défoulement de Paceville, au pied du Hilton, l'unique gratte-ciel de Malte. L'université se trouve à Msida, une bourgade bien plus paisible, à l'intérieur des terres.

St George's Bay borde, au nord, le secteur de complexes touristiques luxueux de **Dragonara Point B1**, où une belle villa, édifiée par le marquis Scicluna à la fin du XIXe s., abrite l'un des casinos de Malte *(p. 106)*. ●

Carnet d'adresses

© Pawel Wysocki/Hémisphères Images

Au premier plan, les Safe Haven Gardens de Senglea et la célèbre tour de guet.

La Valette

ℹ sous les arcades de Freedom Sq. **B3** ☎ 21.23.77.47, <www.visitmalta.com> *Ouv. lun.-sam. 9 h-17 h 30, dim. 9 h-12 h.*

Plan p. 60-61. Visite p. 57.

Accès

L'**aéroport international de Luqa** est à 6 km S-O de La Valette. Vous pouvez vous rendre à La Valette : en **bus** n° 8 *(t.l.j. 5 h 30-20 h, toutes les 30 mn, trajet 0,15 £M)* ; en **taxi** : adressez-vous au guichet des taxis dans le hall d'arrivée et prévoyez 5 £M *(12 €)* pour La Valette.

Adresses utiles

• **Aéroport**. **Rens. vols et horaires** ☎ 21.24.96.00 ou 21.69.78.00, <www.maltairport.com> (horaires réactualisés toutes les 5 mn). **Bagages perdus** ☎ 21.69.78.00 ou 21.24.29.00. **Rens. et rés. Air Malta** ☎ 21.69.08.90 (à l'aéroport) ; 11-12 Freedom Sq. **B3** ☎ 21.66.22.11/16, <www.airmalta.com>. *Ouv. lun.-ven. 8 h 30-17 h 30, sam. 8 h-13 h.* **Alitalia**, appart. 19, Valletta Buildings, South St. **B2** ☎ 21.23.44.54.

• **Alliance française**. Pjazza L. Preziosi, Floriana *(plan p. 89,* **B2***)* ☎ 21.23.84.56 <site.voila.fr/alliancefr.mt>. *Ouv. lun.-ven. 9 h-13 h et 14 h 30-20 h.* Bibliothèque et programme de films français.

• **Ambassades et consulats**. **France** : 130 Melita St. **B2** ☎ 21.23.34.30, <www.ambafrance.org.mt>. **Belgique** : 18A/3 Triq M. A. Vassalli **A2** ☎ 21.23.08.93. **Canada** : 103 Archbishop St. **BC2** ☎ 21.23.31.21.

urgences

Ambulances ☎ 196. **Hôpital**, St Luke's Hospital, Gwardamangia, Pietà ☎ 21.24.12.51. **Police** ☎ 191 ou 21.24.54.95. **Pompiers** ☎ 199. ●

• **Banques**. **Bank of Valletta**, 86 South St. **B2** ☎ 21.24.99.70. *Ouv. 16 juin-30 sept. lun.-jeu. 8h-14h, ven. 8h-15h30 et sam. 8h15-12h30; 1er oct.-15 juin lun.-jeu. 8h30-14h, ven. 8h30-15h. et sam. 8h30-12h15. F. dim. et j.f.* Les **distributeurs automatiques** de Republic St. **B2** permettent le retrait avec les cartes bancaires et avec les devises en billets, 24h/24.

• **Culte**. Messe en français à **Sainte-Barbara**, Republic St. **B2** *(dim. et j.f. à 10h)*.

• **Étudiants**. **NSTS** (National Student Travel Service), 220 St Paul's St. ☎ 21.24.49.83, <www.nsts.org> **C2** *(ouv. lun.-ven. 9h-17h, sam. 9h-13h)*. Informations sur les séjours linguistiques et l'hébergement des étudiants.

• **Internet**. **Internet Centre**, Melita St. **B2-3** *(ouv. lun.-sam. 9h-23h, dim. 10h-17h)*. **Jacob's Coffee Bar**, Republic St. **B2**, face au musée d'Archéologie, dans le centre commercial Energy Complex *(ouv. lun.-ven. 9h-17h, sam. 9h-13h30 et 16h30-19h30)*. **Ziffa Internet Centre**, 193 Strait St. **B2** *(ouv. lun.-sam. 9h-23h, dim. 10h-17h)*.

• **Librairies**. **Sapienzas**, 26 Republic St. **B2**. Grand choix de guides anglais et français et de cartes. **Stationners**, Freedom Sq. **B3** et **Clamus**, 154 Melita St. **B2**. Presse française, livres et guides.

• **Location de voitures**. Les compagnies internationales sont toutes à l'aéroport de Luqa. **Avis** ☎ 21.24.66.40. **Europcar** ☎ 21.80.53.50. **Hertz** ☎ 21.31.46.36.

• **Police**. **Commissariat général**, Pjazza San Kalcidonju, Floriana *(plan p. 89* **A1***)* ☎ 21.22.40.01/02 ou 21.22.00.62.

• **Poste**. **Poste centrale**, Castille Sq. **B3** *(ouv. lun.-ven. 8h15-16h30, sam. 8h15-12h30)*. Nombreuses boîtes aux lettres et cabines téléphoniques (télécartes en vente dans les kiosques à journaux et certaines boutiques). Poste restante.

Hôtels

Les numéros **en gris** renvoient au plan p. 60-61.

▲▲▲▲▲ **Le Méridien Phoenicia** ♥ **5**, Floriana **A3** ☎ 21.22.52.41, <www.lemeridien-phoenicia.com>. *136 ch.* Aux portes de la citadelle, ce palace des années folles est l'un des plus raffinés de l'île: confort, plusieurs hectares de beaux jardins au pied des remparts et piscine (la seule de La Valette) dominant le port de Marsamxett. Très bon restaurant où les non-résidents sont les bienvenus. **Club Bar** *(jusqu'à tard le soir)*: lumière filtrée par les stores de bois, vaste volume et photos en noir et blanc de Malte pendant la guerre, c'est un havre de luxe et de détente pour déguster une bière, un cigare ou un cocktail. Parking.

▲▲▲▲ **Castille 3**, Castille Sq. **B3** ☎ 21.24.36.77, <www.hotelcastillemalta.com>. *38 ch.* Cette belle maison, édifiée au XVIe s. pour une grande famille italienne, conserve un charme suranné. Chambres climatisées et confortables et accueil chaleureux en font un lieu de séjour agréable à des prix très raisonnables. Au dernier étage, le restaurant ♦♦ **Castille-De Robertis** bénéficie de la vue sur Grand Harbour et Floriana. La cuisine est quelconque mais l'addition sans excès.

▲▲▲ **British** ♥ **2**, 267 St Ursula St. **B3** ☎ 21.22.47.30, <www.britishhotel.com>. *44 ch.* Accueil très sympathique dans cet hôtel tenu par la même famille depuis plusieurs générations (c'est un des plus anciens hôtels de La Valette). Son point fort: la vue époustouflante sur Grand Harbour, dont bénéficient la moitié des chambres. Celles-ci, confortables, disposent soit d'une terrasse, soit d'un bow-window. Bonne carte de cuisine maltaise au restaurant qui jouit lui aussi d'un panorama sur le port.

▲▲▲ **Osborne 7**, 50 South St. **A2** ☎ 21.24.36.56, <osbornehotel@

budget

Hôtels. Pour une chambre double standard avec petit-déjeuner :

▲▲▲▲▲ Plus de 60 £M

▲▲▲▲ De 30 à 40 £M

▲▲▲ De 20 à 30 £M

▲▲ De 12 à 20 £M

▲ Moins de 12 £M

Restaurants. Pour un plat du jour/menu :

♦♦♦♦ Plus de 12 £M

♦♦♦ De 8 à 12 £M

♦♦ De 5 à 8 £M

♦ De 3 à 5 £M (vaut aussi pour salons de thé et bars à vin avec possibilité de restauration). ●

vol.net.mt>. *59 ch.* Chambres climatisées mais de petite taille, ainsi que les s.d.b. Agrément du toit-terrasse d'où l'on embrasse une partie de La Valette, avec un jacuzzi pour barboter. Restaurant et bar. Bien situé et honnête malgré le confort un peu exigu et le décor vieillot.

▲▲ **Grand Harbour 4**, 47 Battery St. (à l'angle de St Ursula St.) **B3** ☎ 21.24.60.03, <www.link.net.mt/grandharbourhotel>. *25 ch.* Quatre frères gèrent cet établissement, dont les chambres ne sont pas très grandes. 14 jouissent quand même de la vue sur Grand Harbour. Un restaurant au dernier étage, un bar au r.-d.-c. et, somme toute, une bonne petite adresse à prix raisonnable.

▲ **Asti Guesthouse ♥ 8**, 18 St Ursula St. **B3** ☎ 21.23.95.06, <mol.net.mt/asti>. *8 ch. avec lavabo, s.d.b. sur le palier. Pas de cartes de paiement.* Une vieille dame vous accueillera dans cette pension sans prétention mais au charme incomparable. On y entre sous les belles voûtes en pierre du XVIIe s. Toutes les chambres sont simples et impeccables. Une très bonne adresse.

▲ **Bonheur 1**, 18 Triq L'Ingieri **A2** ☎ 21.23.84.33, <bonheur_2@hotmail.com>. *6 ch. avec coin douche et lavabo. Toilettes sur le palier. Pas de cartes de paiement.* Une pension au calme près des Hastings Gardens, dans une jolie rue à l'écart. Ambiance familiale et charme désuet. Possède un bar impressionnant et un petit restaurant où l'on cuisine international. La propriétaire parle français.

▲ **Midland Guesthouse 6**, 255 St Ursula St. **C3** ☎ 21.23.60.24, <www.mol.net.mt/midland>. *12 ch., s.d.b. sur le palier. Pas de cartes de paiement.* Pension bien entretenue mais sans grand confort, certaines chambres ont une vue sur Grand Harbour.

Restaurants

Les numéros **en gris** renvoient au plan p. 60-61.

♦♦♦♦ **Giannini 27**, 23 St Andrews St. **A2** ☎ 21.23.71.21. *Ouv. le soir seulement. F. dim.* Dominant St Andrews Bastion et les arcades du fort Manoel, de l'autre côté de la rade, cet établissement raffiné joue une carte fusion inventive, en déclinant les produits de la Méditerranée à la mode asiatique.

♦♦♦♦ **The Carriage 40**, Valletta Buildings, South St. **B2** ☎ 21.24.78.28. *Ouv. lun.-ven. pour déj., ven. et sam. pour dîner. F. dim.* Situé au dernier étage (accès par un ascenseur), ce restaurant offre une vue superbe. Cuisine d'inspiration française, peu dépaysante, mais excellente.

♦♦♦ **Da Pippo ♥ 41**, 136 Melita St. **B2** ☎ 21.24.80.29. *Déj. seulement. F. dim.* Derrière des volets verts, on sert à la bonne franquette une poêlée de *penne* aux coquillages ou des encornets farcis. La carte varie chaque jour en fonction des produits du marché. On mange ce que le chef vient de concocter. Excellents vins au verre ou à la bouteille. Rés. impérative.

♦♦♦ **Papanni's 34**, 55 Strait St. **B2** ☎ 21.25.19.60. *Ouv. lun.-sam. 12h-14h30 et 19h-23h; l'été, lun.-sam. 19h-23h.* Pure cuisine italienne. Les plats du jour sont préparés avec les produits de saison et le grand choix d'*antipasti* est parfait pour un déjeuner léger. Cette adresse à prix modérés est l'une des favorites des Maltais : mieux vaut réserver.

♦♦♦ **Rubino ♥ 39**, 53 Old Bakery St. **B2** ☎ 21.22.46.56. *Ouv. lun.-ven. 12h15-14h30 et 19h30-22h30. Dim., vente de pâtisseries uniquement. F. en août.* C'est une très ancienne enseigne de confiserie italienne, convertie à la restauration. La cuisine est résolument méditerranéenne et décline les saveurs siciliennes, maltaises et tunisiennes. Un bon choix d'*antipasti* rustiques et originaux, à déguster avec un vrai cru maltais. Adresse chic et réputée.

♦♦ **Cocopazzo 23**, Valletta Buildings, South St. **B2** ☎ 21.23.57.06. *Ouv. t.l.j. 12h-15h et 18h30-22h.* Poissons frais et bons petits plats italiens à prix très raisonnables. Ce restaurant connaît un certain succès, mieux vaut réserver.

♦♦ **Sasha's 35**, 37 South St. **A2** ☎ 21.24.13.96. *Ouv. t.l.j. 19h-23h.* À l'étage, on se restaure d'une des cinq spécialités maltaises de la maison : lapin sauté à l'ail, *bragjoli*, ragoût de porc, poulpe sauté et espadon aux câpres. Dans la cave voûtée, on sirote un vin en grignotant des *bruschette*, à prix très modérés.

♦ **Inspirations 28**, St James' Cavalier, accès derrière N.-D.-des-Victoires **B3** ☎ 21.24.12.24. *Ouv. lun.-sam. 12h-15h et 19h30-23h.* Spaghettis et *penne* à toutes les sauces ou menus thématiques chaque soir sous les voûtes, très branchées, de St James' Cavalier.

♦ **Lantern 33**, 21 Triq L'Ingieri **A2** ☎ 21.23.75.21. *Ouv. lun.-ven. 11h-15h, ven. et sam. 19h-23h. Pas de cartes de paiement.* Risotto, salades et *pasta night* les ven. et sam. Bonne petite adresse économique.

♦ **The Theatre 37**, 72 Old Bakery St. **B2** ☎ 21.22.30.05. *Ouv. lun.-sam. 12h30-14h30, ven. et sam. 18h30-22h30.* Des petits plats (pâtes, salades, soupe du jour et grillades) tous fraîchement préparés pour conclure la visite du théâtre Manoel attenant.

Salons de thé, pubs et bars à vin

Les numéros **en gris** renvoient au plan p. 60-61.

Cordina 24, 244 Republic St. **C2**. Sur la terrasse, vous pourrez déjeuner sans vous ruiner, d'une *bruschetta*, d'un *pastizzi* ou d'une salade. Le salon de thé, de l'autre côté de la rue, est une institution remontant à 1837. Le plafond et les fresques parodiques, qui retracent l'histoire de Malte, ont été peints par Giuseppe Cali.

Diva 26, dans la cour du théâtre Manoel **B2**. *Ouv. lun.-sam. 10h-17h.* Une autre manière de profiter de ce joli théâtre, en sirotant un verre dans son patio.

Inspirations Café 29, St James' Cavalier (accès par l'escalier de Freedom Sq.) **B3** ☎ 21.24.12.24. *Ouv. lun.-mer. 9h-20h, jeu.-dim. 9h-23h.* Sandwiches, cakes et autres douceurs en terrasse, au-dessus des ruines de l'Opéra.

Labyrinth 32, 44 Strait St. **B2**. *Jusque tard le soir.* Ce lieu branché réunit expositions, brocante et café. En bas, un restaurant avec concert de jazz certains soirs.

The Stable 36, 2 Triq L'Ingieri **A2** ☎ 21.25.13.32. *Ouv. t.l.j. à partir de 13h.* Un pub grand comme un mouchoir, où les habitués commentent l'actualité au comptoir, qui ne ferme que lorsque le dernier client est parti.

Tra Buxu ♥ 38, 1 Strait St. **B2** ☎ 21.22.30.36. *Ouv. t.l.j. 19h, jusque tard.* Bonne ambiance musicale sous les voûtes de ce bar à vins, dont la carte décline vins locaux et

kazin

Bienvenue au club !

La capitale ne déroge pas à l'institution des **clubs de fanfares paroissiales**. Concurrents lors des *festi*, les ***kazin*** ouvrent toute l'année leur bar au public *(t.l.j. 9h-22h)*. On en trouvera encore sous les arcades de St Anne St. **A3**, à Floriana (qui ferment plus tôt le soir). D'autres associations se montrent tout aussi conviviales. Un esprit de club très ouvert en somme, une belle tranche de vie maltaise et, pour ceux qui font restaurant, l'occasion de se caler l'estomac à tout petits prix.

King's Own Band Club 30, 274 Republic St. **B2** ☎21.23.02.81. *Restaurant ouv. 10h-15h et 18h-22h.* Ambiance années 1950 dans cette cantine logée dans la cage d'escalier d'un immeuble du XIXe s. Les vieux de La Valette considèrent qu'on y fait le meilleur thé. On y fraternise au cours des tournées de blanc. On y tue le temps sur des machines à sous. On y commente avec passion les matchs de foot à la télévision.

La Valette Band Club 31, 197 Republic St. **B2**, face à l'église Sainte-Barbara. Avec la lumière qui tombe du plafond sur la nef, flanquée de deux ailes latérales, on jurerait entrer dans une chapelle, n'étaient les billards et le bar. Sous les ventilateurs, ambiance *Le Clan des Siciliens.*

♥ Anglo-Maltese League 21, 221 Merchants St. **B2** ☎21.23.99.44. *Restaurant ouv. 10h-15h et 18h-22h.* Dragot, le jeune champion national, a fait ses classes dans ce club de billard. Le décor n'a rien de bien extraordinaire, l'ambiance, si : c'est l'adresse la plus populaire de La Valette. Le soir, on s'y serrera pour vous faire une place et vous y prendrez l'apéritif avec de solides tapas. Très bon rapport qualité/prix du restaurant.

CSSC Club 25 (Civil Servant Sport Club), 113 Archbishop St. **C2** ☎21.23.60.10. Une façade baroque délirante, un fabuleux palais ancien sur trois niveaux et un bar niché sous la croisée des voûtes du XVIe s. Tout est dans ce décor, dont le patron est follement amoureux. ●

crus d'importation. Salades, soupes et plats du jour en accompagnement. Dans la boutique attenante *(ouv. aux mêmes heures)*, on peut faire provision de vin et d'accessoires de cave.

Castille Wine Vaults 22, Castille Sq. (sous la Bourse) **B3** ☎21.22.30.36. *Ouv. lun. 11h30-16h, mar.-ven. 11h30-23h, w.-e. 17h jusque tard.* Cochonailles, fromages et autres tartines accompagnent une carte de 150 vins, de l'ancien et du nouveau monde. Claustrophobes, s'abstenir : la cave est un vrai souterrain, où l'air n'est pas généreux. Une curiosité.

Shopping

● **Bijoux**. Les bijoutiers de St Lucia St. **B2**, Republic St. **B2** et Freedom Sq. **B3** proposent un choix de croix de Malte, bracelets et boucles d'oreilles en or et en argent.

● **Boutiques de souvenirs**. Toutes proposent verres soufflés à la canne, heurtoirs de porte en laiton et céramiques. Vous les trouverez sur Freedom Sq. **B3** et dans Republic St. **B2**. On déniche aussi des napperons ou des pulls en laine blanche sur le marché de Merchants St. **C2** *(tous les matins, sf dim.)*.

© Pawel Wysocki/Hémisphères Images

Tous les dimanches matin, c'est brocante au pied des remparts de La Valette.

• **Brocante.** Étalages de cuivres, vaisselle ancienne, vieilles photos en noir et blanc de l'île, téléphones anglais au **marché aux puces de Floriana A3**, le long de la Nelson St., au pied des remparts *(dim. 6 h-12 h)*. **Antique & Curio Shop**, 44 Strait St. **B2** ☎ 21.24.80.01 : mi-boutique, mi-musée, ce capharnaüm possède un passage secret sous St John's Cavalier : il débouche sur une courette, suspendue au-dessus des douves.

Sports et loisirs

• **Croisières**. Pour faire une balade autour de Malte, à Gozo, à Comino ou dans le Grand Harbour de La Valette, il vous faudra embarquer à Sliema *(p. 108)* où se trouvent la plupart des compagnies.

• **Voile et navigation de plaisance**. *(voir p. 201)*.

• **Spectacles et expositions**. **St James' Cavalier Centre for Creativity** *(p. 85)* **B3** ☎ 21.22.32.00, <www.sjcav.org>. Expositions, récitals, concerts, festivals et projections cinématographiques. *Ouv. t.l.j. 10 h-21 h.* **Théâtre Manoel** *(p. 76)*, 117 Old Theatre St. **B2** ☎ 21.24.63.89, <www.teatrumanoel.com.mt>. Ballets, opéras et concerts *(oct.-mai)*. **Spectacles audiovisuels** (avec audioguides en français) : **The Great Siege of Malta & The Knights of Saint-John**, Café Premier Complex, Republic Sq. **B2** ☎ 21.24.73.00, <www.cities.com.mt/great-siege>. *Ouv. t.l.j. 9 h-16 h. F. j.f.* Une reconstitution du Grand Siège et de l'histoire des chevaliers, qui plaira aux enfants ; **The Malta Experience**, St Lazare Bastion, près du fort Saint-Elme **D2** ☎ 21.24.37.76, <www.themaltaexperience.com>. *Ouv. lun.-ven. 11 h-17 h, sam., dim. et j.f. 11 h-14 h.* Un diaporama de 45 mn qui évoque les grandes pages des 7 000 ans d'histoire de l'archipel.

Vie nocturne

Les nuits de La Valette sont très calmes. Les noctambules devront se rabattre sur les **discothèques de Paceville** *(p. 106)*. Voir aussi les horaires des bars, dont certains ouvrent tard le soir, notamment sur Strait St., l'ancienne rue des bars de marins.

informations

Kultura 21 donne les événements de la semaine et de nombreuses brèves culturelles. À l'office de tourisme et dans certains hôtels et restaurants, vous vous procurerez gracieusement ***Where Malta*** (<www.lighthouse.com.mt>), un magazine trimestriel qui comprend les principales manifestations et cite les tables en vogue, ainsi que le mensuel ***Malta & Gozo Day by Day***, <www.mta.com.mt>. •

St Julian's

Plan p. 96-97. Visite p. 98.

Hôtels

Les numéros **en gris** renvoient au plan p. 96-97.

S'il fait bon loger près du petit port de Spinola Bay, on n'en dira pas autant de Paceville : le jour, le quartier est envahi par le bruit des chantiers, la nuit par la sono des discothèques. Nous n'y avons retenu aucune adresse. Quant aux complexes touristiques de luxe, nous renvoyons à leurs sites Internet où l'on trouvera toutes les informations nécessaires et même des tarifs promotionnels : **Hilton 3 B1** <www. hilton.com>, **Westin Dragonara 14 B1** <www.westinmalta.com> et **Radisson 8 hors pl. par B1** <www.radisson.com>.

▲▲▲▲ **Juliani** ♥ **5**, 12 Triq San Gorg **B2** ☎ 21.38.78.00, <www.hoteljuliani.com>. *44 ch.* Luxe et charme, au fond de la petite baie de Spinola : l'hôtel jongle avec maestria sur la façade ancienne qu'il a conservée et un intérieur tout de zen high-tech. Même tendance dans les chambres où l'accès Internet à haut débit voisine avec de belles poteries traditionnelles. Quant à ses deux restaurants, ils sont sous le signe des cuisines du monde : du côté de la Méditerranée au **Mezè**, du côté de la mer du Japon au **Zest**. Au **Café Juliani**, on sirote son *afternoon tea* derrière la baie vitrée qui donne sur le port. Piscine surplombant la baie sur le toit. Parking.

▲▲▲ **Lapsi 6**, Balluta Bay **B2** ☎ 21.37.88.00, <www.lapsihotels.com.mt>. *145 ch.* Un hôtel de caractère qui joue une déco méditerranéenne avec ses ferroneries et ses couleurs chaudes. Quelques chambres avec vue sur le port, les autres donnant sur la jolie cour intérieure. Piscine intérieure et bon restaurant de cuisine du Sud.

▲▲▲ **Sundown Court 9**, Kappara, San Gwann **A3** ☎ 21.38.59.26, <www.sundowncourt.com>. *294 ch.* Un hôtel-club fait de maisons à 2 ou 3 étages construites en calcaire du pays au-dessus du campus de l'université. Du studio à l'appartement, tous sont climatisés et équipés d'une kitchenette et d'une TV satellite. Balcons et terrasses donnent sur l'immense piscine de l'établissement. Une adresse très au calme.

Restaurants

Les numéros **en gris** renvoient au plan p. 96-97.

Les adresses les plus sympathiques tiennent dans le mouchoir de poche de Triq Spinola, qui borde la baie. À Paceville, pas grand-chose d'autre à glaner que kebabs, hamburgers et steacks d'Argentine, à une exception près.

♦♦♦ **Barracuda 21**, 194 Triq il-Kbira **B2** ☎ 21.38.17.20. *Ouv. t.l.j. 18 h-23 h. F. nov.-mai.* Un bar haut en couleur et une salle de restaurant qui jouit d'une très jolie vue pour une carte recherchée : elle joue les produits de Méditerranée sur les notes de l'Asie. Service impeccable.

♦♦♦ **La Maltija 25**, 1 Triq il-Knisja, Paceville **B1** ☎ 21.33.96.02. *Ouv. lun.-sam. 18 h-23 h.* Derrière la façade néo-classique de l'ancien logement des officiers britanniques, on cuisine à merveille une anthologie de spécialités maltaises.

♦♦♦ **Peppino's 26**, 31 Triq San Gorg **B2** ☎ 21.37.32.00. *Ouv. lun.-sam. 12 h-15 h et 18 h 30-23 h 30.* 13 ans d'existence : une institution à l'échelle d'une ville qui bouge. Très fréquenté, bruyant le soir, moins à midi. Une adresse favorite des Maltais. Moins cher que le restaurant, le **bar à vins** dispose d'une carte d'assiettes à grignoter.

♦♦♦ **San Giuliano 28**, Spinola Bay **B2** ☎ 21.33.20.00. *Ouv. t.l.j. 12 h-14 h 30 et 19 h-23 h. F. lun. au déjeuner et en janv.* Dans de beaux bâtiments sur les quais, il propose une cuisine italienne très raffinée.

♦♦ **Bouzouki II 22**, 135 Triq Spinola **B2** ☎ 21.31.71.27. *Ouv. lun.-sam. 19h-23h.* Les classiques de la cuisine grecque servis dans une grande salle confortable.

♦♦ **Sumatra 29**, 139 Triq Spinola **B2** ☎ 21.31.09.91. *F. dim. Dîner seulement.* Si vous êtes las des saveurs méditerranéennes, on sert ici une cuisine indonésienne, dans un charmant décor. Une adresse honnête pour changer.

♦ **Piccolo Padre 27**, 195 Triq il-Kbira **B2** ☎ 21.34.48.75. *Ouv. lun.-sam. 18h30-23h30, dim. 12h30-15h. F. juin-sept.* Voisine du Barracuda, cette pizzeria est une adresse réputée : mieux vaut réserver.

Vie nocturne

Alors que Malte s'endort paisiblement, **Paceville** se réveille. C'est là que vous irez passer la soirée, si vous êtes fan de boîtes de nuit surpeuplées, survoltées et enfumées. Les bars proposant des concerts de jazz, blues ou rock sont assez rares. De St Julian's Bay, remontez Triq San Gorg en vous dirigeant vers St George's Bay. Vous trouverez de tout pour tous les goûts : disco, hip-hop, latina, rock, etc.

Dragonara Casino B1 ☎ 21.38.23.62/64, <www.dragonara.com>. *Ouv. t.l.j. 12h-6h.* Roulette, black-jack et machines à sous dans le décor somptueux d'une villa édifiée au XIXe s. Veste obligatoire pour les messieurs.

Club de plongée

Divecare, Triq Sir Gorg Borg Olivier **C2** ☎ 21.31.99.94 ou 21.33.92.40.

Sliema

Plan p. 96-97. Visite p. 98.

Accès

Sliema est une des rares agglomérations maltaises à bénéficier de bus directs vers d'autres secteurs de l'île *(encadré p. 107)*, ce qui évite d'avoir à se rendre à La Valette. Départ du débarcadère du Marsamxetto et nombreux arrêts le long de Sea Front.

Hôtels

Les numéros **en gris** renvoient au plan p. 96-97.

Deux choix s'offrent à vous à Sliema : le calme des quartiers résidentiels, à l'intérieur de la presqu'île, ou l'animation du front de mer. Attention

© Office du tourisme de Malte

Au départ de City Gate, les bus sont de tous les modèles et de tous les âges. Mais ça roule ! Pour demander l'arrêt, tirer sur la ficelle et la clochette tintera aux oreilles du chauffeur.

dans ce dernier cas: les nombreux hôtels qui s'y alignent ont souvent peu de chambres donnant sur la mer.

▲▲▲ **Diplomat 1**, 173 Triq it-Torri **C2** ☎ 21.34.53.61, <www.diplomat.com.mt>. *113 ch.* Situé sur le front de mer, il ne possède que 21 ch. avec vue; pour les autres, il faut un périscope pour apercevoir la mer depuis le balcon privatif. En tout cas le confort est là: air cond. et TV satellite, formules buffet au restaurant. Piscine de poche sur le toit-terrasse.

▲▲▲ **The Galaxy 10**, Triq Depiro **B2** ☎ 21.34.42.05, <www.daystar.com.mt/galaxy>. *185 ch. et 111 studios.* Situé à 3 mn de la promenade de bord de mer, à la lisière de St Julian's (à 15 mn à pied). Les chambres, vastes, carrelées et bien équipées, donnent sur une rue calme ou sur les piscines (dont une à l'eau de mer). Grande salle de mise en forme, piscine intérieure chauffée, grands solariums. 3 restaurants avec formule à la carte ou au buffet.

▲▲▲ **New Tower Palace 7**, Triq it-Torri **C2** ☎ 21.33.72.71, <www.newtowerpalacehotel.com>. *62 ch.* Chambres avec balcons, air cond. et TV satellite. La moitié donne sur le front de mer. Tout près des arrêts de bus, ferry pour La Valette et départs des croisières à la journée. Piscine sur le toit-terrasse. Bon confort, mais fait payer un peu cher la proximité de la mer.

▲▲▲ **The Victoria 11**, Triq Sir Gorg Borg Olivier **C2-3** ☎ 21.33.47.11, <www. victoriahotel.com>. *120 ch.* Rien à redire, si ce n'est son chic un peu impersonnel, de cet établissement de grand confort, qui bénéficie du calme de son quartier résidentiel (et du voisinage de l'hôpital). Son restaurant, Copperfield's, est une table honorable.

▲▲ **Imperial ♥ 4**, 1 Triq Rodolfu **C3** ☎ 21.34.40.93, <www.imperialhotelmalta.com>. *96 ch.* Construit en 1825 pour servir de pavillon de chasse, il fut converti en hôtel par le propriétaire des distilleries Teacher's et devint vite le séjour favori des sujets de Sa Gracieuse Majesté. Avec ses beaux volumes et ses détails de charme, il garde quelque chose de ce passé. Très calmes et spacieuses, les chambres sont baignées de lumière. Agréables jardins et piscine.

▲▲ **The Windsor 12**, Triq Windsor **C2** ☎ 21.34.60.53, <www.sovereignhotels.com.mt>. *94 ch.* Au calme dans la partie résidentielle de Sliema, 2 étages construits au-dessus d'une façade ancienne. Chambres spacieuses et carrelées, s.d.b. parfaitement équipées. Sur le toit-terrasse, une piscine de poche, un jacuzzi et un sauna vitré. Son restaurant, ▲▲ **The Corner 32**, fait l'angle avec Triq Sir Arturo Mercieca: belle carte de pizzas.

▲ **Hibernia 2**, Triq Depiro **B2**, à 3 mn de Balluta Bay ☎ 21.33.38.59, <www.nsts.org>, < hibernia@nsts.org>. *34 unités.* Studios, appartements, chambres avec s.d.b. et dortoirs: toute la gamme des hébergements dans cette auberge de jeunesse qui dépend du NSTS et où l'accueil est excellent. Tout est fonctionnel et impeccable (bus n° 652, arrêt Plaza Hotel).

transports

En bus depuis Sliema

Les bus suivants circulent entre 8h30 et 18h30 ou 19h:

n° 652: Sliema-Bugibba-Qawra-Ghajn Tuffieha-Golden Bay.

n° 645: Sliema-St Julian's-St Paul's Bay-Mellieha Bay-Popeye Village-Cirkewwa.

n° 65: Sliema-St Julian's-San Gwann-Naxxar-Mosta-Mdina et Rabat.

n° 657: Sliema-Université-Marsa-Trois Cités-Marsaxlokk. ●

▲ **Trafalgar Guest House 13**, 7 Triq Guze'Howard **C2** ☎ 21.33.65.27. *6 ch. Pas de cartes de paiement.* Une pension de famille dans un petit immeuble tout en hauteur, à 5 mn à pied du front de mer. Les chambres, hautes sous plafond, sont équipées d'un lavabo, toilettes et douches étant sur le palier.

Restaurants

Les numéros **en gris** renvoient au plan p. 96-97.

Il y en a d'innombrables le long du front de mer; bien peu sont dignes d'éloge.

♦♦♦ **Il Galeone 24**, 34 Ix-Xatta ta' Tigne **C3** ☎ 21.31.64.20. *Ouv. mar.-ven. 12 h 30-14 h 30, mar.-sam. 19 h 30-22 h 30. F. dim. et lun. et de mi-juin à mi-juil.* Une salle agréable pour une cuisine conventionnelle mais au service attentionné.

♦♦ **Ta' Kolina 30**, 151 Triq it-Torri **C2** ☎ 21.33.51.06. *Dîner seulement. F. dim.* Une cuisine maltaise traditionnelle, mâtinée d'un peu d'Italie et servie en portions généreuses dans un cadre chaleureux.

♦ **Cara's ♥ 23**, 249 Triq it-Torri **C2** ☎ 21.33.84.08. *Ouv. t.l.j. 9 h-1 h. Pas de cartes de paiement.* L'adresse est si populaire qu'il n'est pas rare qu'on y fasse la queue le w.-e. On y sert quantité de sandwiches et surtout de cakes, à grignoter accompagnés d'un café ou d'un chocolat, sur les tables bistro à l'intérieur, ou au milieu des plantes vertes à l'extérieur.

♦ **TGI Friday's 31**, il-Fortizza, Triq it-Torri **C3** ☎ 21.34.68.97. *Ouv. t.l.j.* La vieille tour de guet de la promenade héberge cet établissement de cuisine américaine qui ravira les amateurs de *beef burgers*.

♦ **Vino Veritas 33**, Triq it-Torri, St Julian's Point **C2** ☎ 21.32.42.73. *Ouv. t.l.j. 12 h-14 h 30 et 18 h 30-23 h 45.* D'abord, il possède une terrasse, très agréable pour le dîner, ensuite c'est le roi de la pizza et de la pasta, qui s'y décline avec une incroyable variété de sauces.

Sports et loisirs

• **Balades en bateau**. La plupart des compagnies de croisières et de location de bateaux sont installées à Sliema Creek **C3**. Vous pourrez choisir entre une journée à Gozo, le tour des Trois Cités ou des *safari under water*, avec des bateaux à fond transparent pour admirer les fonds marins. Parmi d'autres : **Alliance Cruises**, 13/15 Marina Court, Abate Rigord St. **C3** ☎ 21.33.21.65 ou 21.34.00.16, <www.alliancecruises.com>. **Captain Morgan Cruises**, Dolphin Court, Ix-Xatta ta' Tigne **CD3** ☎ 21.34.33.73, <www.yachtcharter.com.mt> et <www.captainmorgan.com.mt>.

• **Clubs de plongée**. Ix-Xatta ta' Tigne **CD3** : **Dive Systems** ☎ 21.31.91.23 et **Diveshack Scuba School** ☎ 21.32.05.94.

Vittoriosa (Birgu)

Plan et visite p. 90.

Restaurants

Les numéros **en gris** renvoient au plan p. 90.

Vous trouverez un petit **café**, qui sert aussi des sandwiches, sur la place principale Misrah ir-Rebha **B2**.

♦♦♦ **Casino di Venezia 4**, sur les quais **A2** ☎ 21.80.55.80. *Ouv. lun.-dim. 11 h-4 h.* L'ancien palais du Capitane, construit dans le style vénitien au bord de l'eau, abrite un casino depuis 1937. Son restaurant, qui offre une vue sur Grand Harbour, sert de la cuisine italienne *(ouv. 20 h-24 h)*.

♦♦ **Caffè Boccaccio 2**, dans le poste de France **B2** ☎ 21.67.57.57. *Ouv. mar.-ven. et dim. 11 h 30-14 h 30, sam. 19 h 30-22 h. F. lun.* Plats de pâtes à des prix raisonnables et des pizzas. Une honnête cuisine à l'italienne agréablement située dans le noble cadre des remparts de Vittoriosa.

Le Musée maritime de Vittoriosa constitue un bon point de départ pour une promenade en dghajsa *vers La Valette.*

♦♦ **Il Forn** ♥ **3**, 26, Triq it-Tramuntana **B2** ☎ 21.82.03.79. *Ouv. mer.-sam. 19h30-1 h, dim. 17h-1h.* C'est avant tout un bar à vins, mais on peut y déguster de bons produits méditerranéens, sous forme de salades ou en garniture d'une *ftira*, le pain-couronne traditionnel. Le cadre – les voûtes en pierre d'une ancienne demeure, y compris dans les toilettes – est superbe et la déco – meubles dépareillés et peints – est sympa. Organise périodiquement des expositions : rens. <www.birgu.com>.

♦ **Caffè Riche 1**, à l'entrée de Vittoriosa **B2**, à l'angle de Xatt ir-Risq et Triq il-Gublew tal-Fidda. *Pas de cartes de paiement.* On peut grignoter à toute heure sur la terrasse fleurie ou à l'intérieur, au milieu d'un bric-à-brac de marin. Ce « bar de la marine » version maltaise est une institution qui remonte à 1933. ●

Mdina-Rabat et le cœur de Malte★★

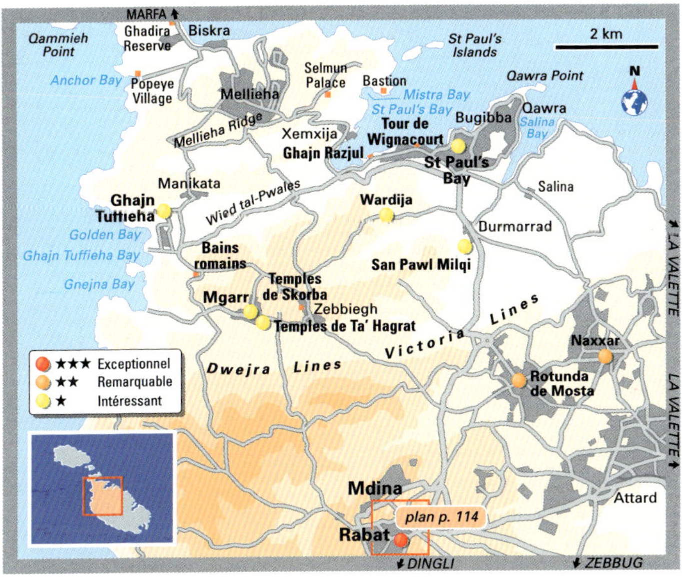

Perchées à 210 m d'altitude sur les « highlands » maltaises, Mdina et Rabat toisent dans la superbe de leur isolement la grande agglomération qui engloutit l'est de l'île. Venant de La Valette, on traverse une bonne douzaine de localités, sans autre transition que les panneaux d'entrée qui égrainent leurs *merba* !, « bienvenue ! ». Brusquement, passé un rond-point de **Birkirkara**, des arcades de pierre en bel appareil d'un bel **aqueduc** viennent border la route. Il fut construit par Giovanni Attard et Tommaso Dingli au XVIIe s., à la demande du grand maître Alof de Wignacourt, pour alimenter La Valette en eau. L'ouvrage aujourd'hui ne va pas plus loin que l'élégante **Attard**. Trouvant les Buskett Gardens trop éloignés de la capitale, le grand maître français Antoine de Paule s'y fit aménager de nouveaux jardins, autour du palais **San Anton**. C'est aujourd'hui la résidence du président maltais. Dès la sortie de Attard, le paysage alentour n'est plus que campagne cultivée, tandis qu'à l'aplomb de l'horizon se dresse la citadelle de Mdina. ●

sommaire

© Pawel Wysocki/Hémisphères Images

Mdina-Rabat★★★

© Pawel Wysocki/Hémisphères Images

Mdina, l'ancienne capitale, d'une majesté sèche, sans ombres, qui se découvre de loin.

Posée comme une sentinelle sur le haut-plateau maltais, l'ancienne capitale a fait office de place forte naturelle dès l'âge du bronze, autour de 1500 av. J.-C. Au cours de son histoire, ses occupants successifs lui ont attribué plusieurs noms : **Melita** pour les Grecs et les Romains, elle devient **Medina** pour les Arabes puis **Città Vecchia**, la cité ancienne, quand naquit la Città Nuova de La Valette. Mais nulle épithète ne la décrit mieux que son nom médiéval : **Città Notabile**, la cité noble. C'était, et c'est depuis toujours, la demeure des familles de la noblesse *(encadré p. 37)*, dont certaines furent apanagées par les maîtres normands, siciliens et espagnols. Sa population aujourd'hui ne dépasse guère les 500 hab. Ville-musée, elle est désormais la « Cité du silence ». Le temps y a été volontairement arrêté. Très prosaïquement : c'est la seule agglomération maltaise dont la traversée est interdite aux bus. Une bénédiction pour le piéton ! **Rabat**, son ancien faubourg, supporte seul le trafic et assume le rôle de marché pour une région demeurée agricole. En tout cas, évitez d'aller le dimanche à Mdina, ce jour-là, c'est la « cité morte » : presque tout est fermé.

> À 11 km O de La Valette ; bus n° 80, 81, 84 (trajet 30 mn). Comptez 3 h de visite pour la citadelle de Mdina, 2 h pour Rabat. ***Plan** p. 114. **Carnet d'adresses** p. 130.*

Deux cités aux destins mêlés

La **colonie romaine** prend appui sur ce plateau pour s'implanter à Malte *(voir p. 209)*. À l'époque, Melita s'étend vers l'ouest, en dehors des remparts actuels, englobant le centre de ce qui est aujourd'hui Rabat. À la périphérie sud-ouest, au-delà de l'actuelle église Saint-Paul, les premières communautés chrétiennes creusent des **catacombes** pour inhumer leurs morts, les plus anciennes remontant au IVe s. On en visite deux ensembles aujourd'hui, mais leur réseau s'étend jusqu'après Rabat, sur près de 3 km². Quelques-unes ont également été utilisées par les juifs de l'île.

Du milieu du IXe au milieu du XIe s., la population de Malte décroît fortement, durant la domination arabe. L'ancienne ville romaine est resserrée à l'intérieur d'une *medina*, une cité fortifiée, tandis que les quartiers ouest, à l'extérieur des remparts, deviennent *rabat*, le faubourg. La ceinture fortifiée élevée par les suzerains arabes servira de point d'appui aux fortifications ultérieures. Peu ou prou, son tracé est demeuré inchangé. Quant à **Rabat**, ses quartiers ne sont de nouveau investis qu'au XVIIe s., quand la population de Mdina prospère avec le temps des chevaliers. Couvents et monastères des ordres religieux franciscains, dominicains et augustins s'y établissent alors et subsistent jusqu'à nos jours.

La Città Notabile

L'appellation vient d'Alphonse V d'Espagne. Siège des représentants des autorités normandes, germaniques, angevines, aragonaises et espagnoles qui se succèdent sur l'archipel jusqu'à l'arrivée des chevaliers, mais aussi du conseil maltais de l'**Universita'**, qui administre Malte au nom de la couronne d'Aragon, Mdina grandit à l'image des cités de l'Europe médiévale. Palais et églises sont élevés à l'abri des remparts entre le XIIe et le début du XVIe s. et les principaux ordres monastiques s'installent dans Rabat sous les gouvernements espagnols. Lors de la cession de l'archipel par Charles Quint à l'ordre de Saint-Jean, en 1530, les familles issues des mariages et alliances de cette noblesse médiévale ne voient pas l'arrivée des chevaliers d'un très bon œil. Leur présence n'est que tolérée à Birgu *(p. 90)* ; les deux aristocraties se jaugent en chiens de faïence et les vieilles familles nobles maltaises ne prêtent qu'un secours symbolique, mais incontournable, lors du Grand Siège de 1565, en organisant la pendaison quotidienne d'un prisonnier turc depuis le haut des remparts.

Dans l'ordre baroque

La naissance de La Valette, au cours de la seconde moitié du XVIe s., sonne le glas de l'autorité de Mdina, destituée au rang de Città Vecchia. La ville est désertée par la population qui part se mettre au service du pôle plus dynamique instauré par les chevaliers. Humiliation ultime : une grande partie des constructions médiévales est détruite lors du **tremblement de terre de 1693**. La cathédrale de Saint-Paul est reconstruite dans le

© Office du tourisme de Malte

Dans les ruelles étroites de Mdina règne le silence des pierres.

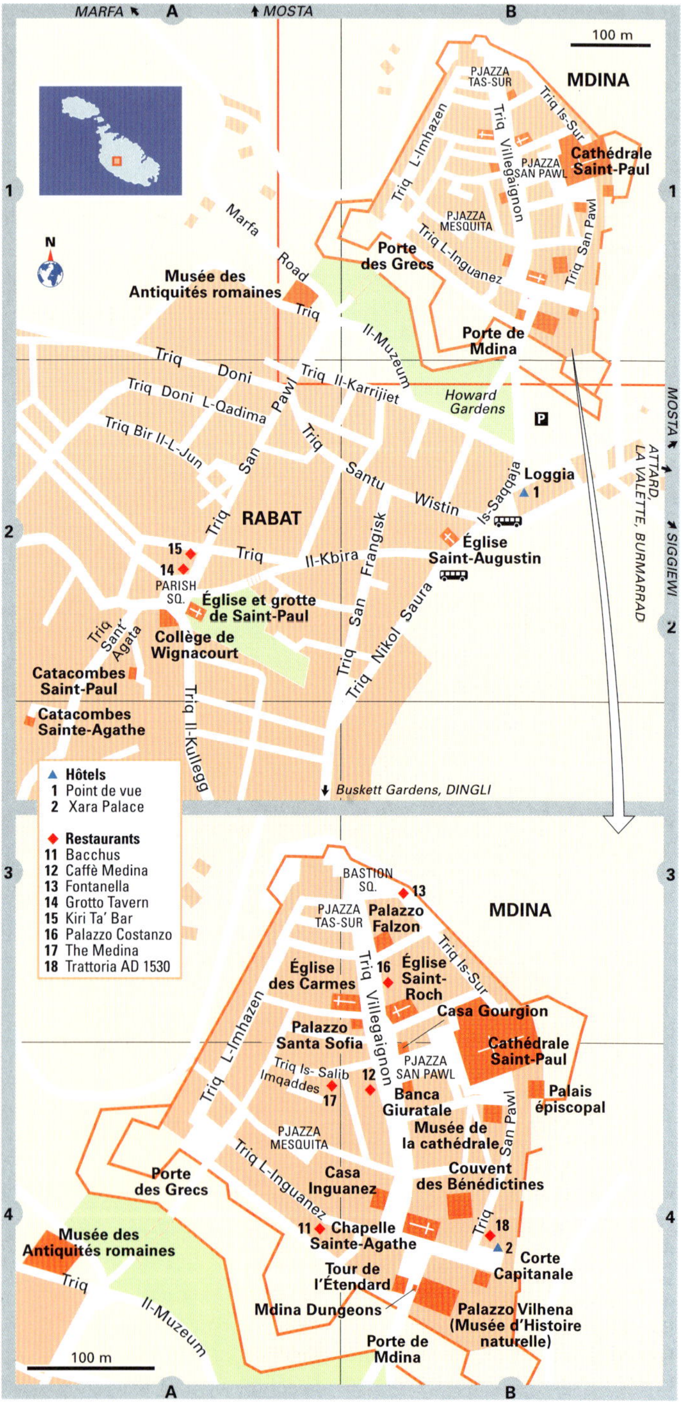
MARFA
MOSTA
A
B
1
2
3
4
100 m
MDINA
PJAZZA TAS-SUR
Triq Is-Sur
Cathédrale Saint-Paul
Triq L-Imhazen
Triq Villegaignon
PJAZZA SAN PAWL
PJAZZA MESQUITA
Triq L-Inguanez
Triq San Pawl
Porte des Grecs
Marfa Road
Musée des Antiquités romaines
Triq Il-Muzeum
Porte de Mdina
Triq Doni
Triq Doni L-Qadima
Triq San Pawl
Triq Il-Karrijiet
Howard Gardens
MOSTA
ATTARD, LA VALETTE, BURMARRAD
SIGGIEWI
Triq Bir Il-L-Jun
Triq Santu Wistin
Triq Is-Saqqaja
Loggia
1
RABAT
Église Saint-Augustin
15
14
Triq Il-Kbira
PARISH SQ.
Église et grotte de Saint-Paul
Triq San Frangisk
Triq Nikol Saura
Triq Sant' Agata
Collège de Wignacourt
Catacombes Saint-Paul
Catacombes Sainte-Agathe
Triq Il-Kullegg
Buskett Gardens, DINGLI
Hôtels
1 Point de vue
2 Xara Palace
Restaurants
11 Bacchus
12 Caffè Medina
13 Fontanella
14 Grotto Tavern
15 Kiri Ta' Bar
16 Palazzo Costanzo
17 The Medina
18 Trattoria AD 1530
BASTION SQ.
13
PJAZZA TAS-SUR
Palazzo Falzon
MDINA
Triq Is-Sur
Église des Carmes
16
Église Saint-Roch
Triq Villegaignon
Casa Gourgion
Triq L-Imhazen
Palazzo Santa Sofia
Cathédrale Saint-Paul
Triq Is- Salib Imqaddes
17
12
PJAZZA SAN PAWL
Banca Giuratale
Palais épiscopal
Musée de la cathédrale
Triq San Pawl
PJAZZA MESQUITA
Triq L-Inguanez
Casa Inguanez
Couvent des Bénédictines
Porte des Grecs
11
Chapelle Sainte-Agathe
18
2
Corte Capitanale
Musée des Antiquités romaines
Tour de l'Étendard
Triq Il-Muzeum
Mdina Dungeons
Palazzo Vilhena (Musée d'Histoire naturelle)
Porte de Mdina
100 m

Mdina-Rabat

style baroque et consacrée en 1702. Au XVIIIe s., le grand maître **Antonio Manoel de Vilhena**, élu en 1722, se met en tête de faire de Mdina une ville des Lumières, mais selon ses préceptes de monarque absolu : loi, ordre et uniformité. Pour ce faire, il fait appel aux services de l'architecte français **François-Charles de Mondion** (1683-1743). Derrière la nouvelle porte monumentale, ouverte dans son rempart, la cité noble médiévale s'ordonne en palais et en places ouvertes.

Mdina la fière

L'**occupation française** *(voir p. 212)* laisse de mauvais souvenirs à Mdina. Les blasons des familles nobles sont martelés et les armes de l'Ordre remplacées par celles de la République. Lorsque les Français décident de vendre aux enchères les biens de l'Église, en **septembre 1798**, Mdina se met en colère : sa population se soulève et décime la garnison. Cet épisode marque le début d'une révolte qui s'achève en 1800 avec l'arrivée des troupes anglaises et le début de l'occupation britannique de l'archipel. Le siège du pouvoir demeure à La Valette, mais Mdina reste la capitale ecclésiastique de Malte et de quelques familles issues de l'ancienne noblesse.

La porte de Mdina*

B1-2/B4 Créée en 1724 par le grand maître Vilhena, elle est précédée des **Howard Gardens**, espace vert à l'aune de Malte : quelques arbres et un peu d'ombre dans un mouchoir de poche. Encadrée de pilastres à bossages, chapeautée d'une volute et frappée aux armes du maître portugais, c'est une porte baroque à la française qui ouvre sur la cité médiévale. L'emplacement de la porte du Moyen Âge est visible sur le côté droit.

Mdina Dungeons

> **B4** *Ouv. t.l.j. 10 h-17 h. Entrée payante.*

L'ancienne prison du XVe s. sert de cadre à ce **musée des horreurs** où sont reconstituées les scènes de torture en usage à Malte à travers les âges. Une manière comme une autre de réviser l'histoire tourmentée de l'archipel.

Palazzo Vilhena**

> **B4** *Cour en accès libre. Musée ouv. t.l.j. 9 h-17 h. F. Noël, Nouvel An et Ven. Saint. Entrée payante.*

Cet élégant palais baroque se dresse en face de l'austère tour de l'Étendard, construite au XVIe s. Vilhena et Mondion choisissent de l'édifier en 1726, à l'emplacement du siège de l'Universita'. Il servait de résidence aux grands maîtres lors de leurs séjours à Mdina. Avec son mur-écran, son portail et ses pilastres géants, la façade évoque un ordre baroque qui n'est plus dicté par Rome, mais par Versailles.

Utilisé en tant qu'hôpital de 1837 à 1956, le palais abrite aujourd'hui le **musée d'Histoire naturelle**. Dans un cadre vieillot, c'est un intéressant exposé sur la géologie de l'archipel, agrémenté, pour les curieux, de collections de fossiles, de mammifères, de poissons et d'insectes.

Triq Villegaignon**

B3-4 Elle fait office de grand-rue de Mdina qu'elle traverse sur à peine plus de 300 m. Le **16 juillet**, jour de Notre-Dame-du-Mont-Carmel, elle est convertie en piste pour la course à pied organisée à cette occasion. À défaut d'en visiter les intérieurs, on peut y admirer les façades de plusieurs anciens bâtiments.

Édifiée en 1410, la **chapelle Sainte-Agathe*** fut remaniée par Lorenzo Gafà après le séisme de 1693. Le tableau du maître-autel, qui figure le terrible supplice d'Agathe *(encadré*

religion

Le martyre de sainte Agathe

© Photothèque Hachette

Pauvre Agathe, victime d'un amoureux éconduit et sadique !

Les habitants de Malte honorent comme leur sainte patronne, aux côtés de Paul et Publius, cette jeune Sicilienne, victime des persécutions de l'empereur Dèce contre les chrétiens au IIIe s. La légende dorée maltaise rapporte que, fuyant des noces avec le gouverneur de Catane dont elle ne voulait pas, Agathe trouva refuge dans l'île et vécut cachée dans les catacombes de Rabat. De retour en Sicile, elle ne put échapper à son destin : le gouverneur éconduit la livra au bourreau qui la supplicia en lui tranchant les seins, en 251. La dévotion populaire en a fait – non sans malice – la sainte patronne des cloches. Elle est particulièrement vénérée dans sa Sicile natale où une église lui fut consacrée à Catane dès 726. Elle est honorée le 5 février. ●

ci-dessus), est l'œuvre du Maltais Giuseppe d'Arena (1633-1719).

De l'autre côté de la rue, une façade moderne dépare la **Casa Inguanez**, un palais du XIVe s. qui porte le nom de l'une des plus anciennes familles de la noblesse maltaise *(encadré p. 37)*. Ses membres exercèrent à plusieurs reprises les fonctions de *capitano della Verga*, à la tête de l'Universita'. Alphonse XIII d'Espagne y séjourna lors de sa visite à Malte en 1927.

En face, l'austère **couvent des Bénédictines** remonte au XVIIe s.

Pjazza San Pawl★★

B4 Toute de théâtralité baroque, elle rompt avec l'atmosphère médiévale de Triq Villegaignon. Elle fut conçue pour mettre en scène la cathédrale de Mdina, dans un parti bien différent de l'austérité extérieure de la co-cathédrale Saint-Jean de La Valette. Elle est encadrée, à dr., des façades de la **Banca Giuratale** (1730), qui accueillit le siège de l'Universita' après la construction du palais Vilhena, à g., de celles de la **Casa Gourgion**, qui abrita le séminaire jusqu'au XVIIIe s., et d'un édifice néo-gothique victorien. À l'opposé de l'église s'élève le **Palazzo Santa Sofia**, dont le r.-d.-c. est sans doute le plus ancien vestige d'architecture médiévale de Mdina. Son **étage*** à la mode siculo-normande est un ajout de… 1938.

La cathédrale Saint-Paul**

> **B3-4** *Ouv. lun.-sam. 9h30-11h45 et 14h-17h, dim. 15h-16h30. Accès des visiteurs par la porte latérale, en face du musée.*

Son dôme signale de loin la citadelle de Mdina. Elle appartient à la carte des lieux saints liés au naufrage de saint Paul *(voir p. 122)* : la première église, dédiée à la Vierge, aurait été édifiée au IVe s., à l'emplacement de la résidence du gouverneur Publius. Elle fut reconstruite au cours de la domination normande au XIe s., puis remaniée au XVe s. De ce passé, le tremblement de terre de 1693 fit table rase pour les plans baroques de l'architecte maltais Lorenzo Gafà. Seul le **chœur** avait échappé au séisme et fut intégré au nouvel édifice. Si la construction fut achevée en 1702, après cinq ans de travaux, les travaux d'embellissement se poursuivirent loin dans le temps, jusqu'au milieu du XXe s.

Élevée sur un plan en croix latine, l'église possède deux rangs de trois chapelles bordant la nef centrale, un transept, et un chœur encadré de deux absides. Gafà semble avoir créé en miniature une cathédrale aussi grandiose que celle de Saint-Jean à La Valette. L'intérieur, richissime, présente quelques similitudes avec celui de l'église conventuelle de l'Ordre. Le pavement est aussi recouvert de ces étonnantes **pierres tombales**** en marbre polychrome, où le macabre se mêle au sacré pour perpétuer la mémoire des plus illustres aristocrates maltais, des évêques de Mdina et des membres du chapitre de la cathédrale. Le chevalier calabrais Mattia Preti, auteur des peintures de la co-cathédrale *(encadré p. 64)*, exécuta ici trois peintures : *Saint Paul conquérant des Maures* (dans le bras g. du transept), *Le Naufrage de saint Paul* (abside du chœur) et *La Conversion de saint Paul* (maître-autel).

© Pawel Wysocki/Hémisphères Images

Jeux d'ombres et de lumières, puissantes articulations des pilastres : la coupole de Saint-Paul est baroque, décidément.

D'autres trésors renfermés dans l'édifice sont antérieurs à sa reconstruction, tels, dans la chapelle du Saint-Sacrement (à g. du chœur), une **Vierge byzantine** et un **tabernacle en argent*** du Florentin Benvenuto Cellini (1500-1571) et (dans le chœur, à g.) la **croix processionnelle*** en argent massif rapportée de Rhodes par les chevaliers et qui serait celle que porta Godefroid de Bouillon à Jérusalem. Les **portes*** en chêne d'Irlande qui donnent sur la sacristie sont celles de l'ancienne église.

La peinture plafonnante de la **nef** est l'œuvre du Sicilien Vincenzo Manno, qui la réalisa en 1794, environ un siècle après l'édification de la cathédrale. Quant au **dôme** de Gafà, il reçut son décor actuel dans les années 1950.

Le ♥ musée de la cathédrale***

> **B4** *Ouv. lun.-ven. 9 h 30-16 h 30, sam. 9 h 30-15 h 45. F. dim. et j.f. Entrée payante. Librairie avec grand choix d'ouvrages.*

Un beau balcon soutenu par des atlantes signale cet édifice, construit par Giovanni Bargara en 1741 dans un style baroque sicilien pour reloger le séminaire, initialement dans la Casa Gourgion. Il abrite l'un des musées les plus intéressants de Malte, tant par son éclectisme que par la qualité des œuvres et des objets exposés.

• **Les salles du r.-d.-c.** se distribuent autour d'une cour centrale qui dispense la lumière à travers de jolies ouvertures (description dans le sens de l'horloge, en partant de l'entrée). Une première section présente différentes **sculptures** provenant de la cathédrale. À travers la **collection des manuscrits****, on en apprend long sur les tribulations historiques de Malte. Les **panneaux en bois marquetés**** proviennent du chœur de l'ancienne cathédrale au XVe s. Parmi les scènes de la vie du Christ figure Malte sous la forme d'une femme en armes. Une salle est consacrée aux céramiques antiques (périodes carthaginoise et romaine), une autre à la **numismatique****: on y prend la mesure des différentes dominations étrangères qui se sont exercées sur l'île. L'ancien réfectoire fait office de **cabinet des dessins****, qui compte des œuvres des grands maîtres de la Renaissance.

• **Les salles de l'étage noble** ont conservé leurs sols en marbre et leur décor baroque. On y admire des chasubles richement brodées et une galerie de **peintures***, dominée par la production éclectique d'Antoine de Favray (1706-1798). Le point d'orgue de ces collections très remarquables n'est, hélas, pas exposé en permanence: ce sont des **gravures***** sur bois et sur cuivre de Dürer (1471-1528).

Palazzo Falzon**

> **B3** *F. au public.*

En remontant vers le nord de la ville murée, Triq Villegaignon longe l'**église des Carmes**, élevée au milieu du XVIIe s. Quand les biens de son couvent furent mis aux enchères par les troupes de Bonaparte, elle donna le signe de la révolte contre les Français en sonnant le tocsin.

Avec sa baie à fenêtres géminées, **le Palazzo Falzon** est un parfait exemple de l'architecture siculo-normande qui s'est développée à Malte avant l'arrivée des chevaliers. Édifié en 1495 pour le vice-amiral aragonais **Antonio Falzon**, sauvé au début du XXe s. par un officier de marine suédois, il fait l'objet d'une restauration qui en ferme provisoirement l'accès au public. On peut se consoler en l'admirant sur grand écran: il a servi de cadre au film de John Glen, *Christophe Colomb: la découverte* (1992).

© Office du tourisme de Malte

De la vigne, des citrons, une bacchanale : tout l'art de vivre des villas romaines sur cette mosaïque de Rabat.

Bastion Square★

B3 Dominée par la jolie **maison Beaulieu★** de la fin du XVe s., la place débouche sur le rempart. Un bel observatoire du nord de Malte, avec la silhouette extravagante du dôme de Mosta *(p. 129)*. Par temps clair, on aperçoit même, au-delà de St Paul's Bay, l'Etna, posé à la pointe de la Sicile à quelque 210 km de là.

♥ Triq L-Imhazen★

A3 On y admire encore quelques jolies loggias et baies géminées. Elle s'achève avec la **porte des Grecs**, restaurée en 1727, deuxième accès de la citadelle de Mdina.

Le musée des Antiquités romaines★★

> **A4** ***Roman Villa Museum.*** *Juste après la porte des Grecs, à l'entrée de Rabat, sur la dr. Ouv. 9h-17h. F. j.f. Entrée payante* ☎ *21.45.41.25*

Les vestiges d'une villa romaine, mis au jour en 1881, ont servi de point de départ à l'aménagement de ce musée en 1921, pour partie en plein air.

Dans une **première salle** sont exposés des vestiges phéniciens, grecs, carthaginois et romains (vaisselle, lampes à huile, verrerie), recueillis dans des tombes ainsi qu'une presse à huile d'olive d'époque romaine. Les amphores témoignent du commerce de l'huile et du vin en Méditerrannée des Phéniciens aux Romains.

Le piédestal d'une statue porte une inscription latine indiquant que la cité de Melita (l'actuelle Mdina) jouissait sous les Romains du statut de *municipium* (cité libre). Un escalier descend vers ce qui était l'**atrium** de la villa romaine. Le long du mur, exemples de décoration de terre cuite dont étaient revêtus les sols à cette époque. Au centre de l'atrium, l'**impluvium**, le bassin destiné à recevoir les eaux pluviales, est revêtu d'une mosaïque figurant deux oiseaux s'abreuvant à une coupe. Les eaux qui y étaient recueillies étaient canalisées vers une citerne. À g. de l'atrium, **deux pièces** également ornées de mosaïques servaient l'une de salon, l'autre de triclinium ou salle à manger. Cantonnée de statues en marbre grandeur nature, cette dernière compte au nombre de ses mosaïques murales la représentation d'un couple mythologique.

histoire

Prospérité sous les Romains

Lorsqu'il s'empare de Malte en 218 av. J.-C., le consul Tiberius Sempronius traite l'île en alliée de Rome. Pièce stratégique lors des guerres puniques, elle bénéficie des mannes de l'Empire. Organisation d'un système d'irrigation, nouvelles méthodes de culture à grande échelle, développement des chantiers navals, Malte prospère et produit alors du lin, de l'huile d'olive, de la cire et, bien évidemment, du miel. Les Romains bâtissent des théâtres, des thermes et de superbes villas, comme en témoignent les vestiges découverts à Rabat, qui dénotent un niveau de vie raffiné. •

Les **dalles funéraires** gravées d'inscriptions coraniques en écriture coufique de la dernière petite salle témoignent de ce qui s'est passé au moment de la domination arabe, lorsque la ville se resserra sur la citadelle de Mdina : les ruines de cette partie de la cité furent converties en cimetière.

L'église Saint-Paul

> **A2** *Empruntez Triq San Pawl, où des boutiques de village voisinent avec d'anciennes demeures et des églises baroques désaffectées, jusqu'à la place de l'église. Ouv. t.l.j. 9h30-12h et 14h30-16h30. F. j.f. Entrée libre.*

Cet édifice du XVIe s. fut restauré par Lorenzo Gafà après le tremblement de terre de 1693. À l'intérieur, on peut voir des **peintures** de Preti et de deux artistes maltais, Erardi et Marulli. Juste au-dessous de l'église se trouve la grotte de Saint-Paul, où, selon la tradition, vécut l'apôtre *(voir p. 122)*. Une **statue** du saint, don du grand maître Pinto au XVIIIe s., commémore ce séjour. Depuis des siècles, les parois de la **grotte** ont été frottées et usées par les pèlerins, la pierre ayant la réputation de posséder des vertus curatives.

Le collège de Wignacourt★★

> **A2** *Ouv. lun.-sam. 10h-15h. F. dim. et j.f. Entrée payante.*

Ce palais abritait le collège des chanoines chargés de l'entretien de la grotte de Saint-Paul, à laquelle le bâtiment est relié par un souterrain, qui servit d'abri durant les bombardements de la Seconde Guerre mondiale. Il reste au collège une simplicité qu'on apprécie autant que les tableaux d'artistes maltais et napolitains qui couvrent les murs. Quelques **meubles insolites**, comme l'autel portable pour la messe à bord des galères et le catafalque noir à têtes de mort pour l'exposition des ecclésiastiques défunts, complètent la collection d'**objets religieux**. Parmi ce plaisant bric-à-brac de monnaies, de céramiques et de livres, de vieilles cartes géographiques et une amusante série de **tableaux** populaires du XVIIe s.

Les catacombes Saint-Paul★

> **A2** *Ouv. lun.-ven. 9h-12h et 13h-16h30, sam. 9h-12h30. F. dim. et j.f. Entrée payante.*

Desservies par un labyrinthe de corridors étroits, les plus vastes catacombes de Rabat sont un havre de fraîcheur durant la chaleur estivale. Dépouillées de tout mobilier et de tout ornement (hormis quelques inscriptions), elles permettent surtout d'inventorier les formes de cette architecture mi-

L'entrée des catacombes Sainte-Agathe, qui trouva refuge quelque temps dans l'île avant son martyre en Sicile.

funéraire mi-cultuelle dont l'hypogée de Hal Saflieni *(p. 146)* est le lointain ancêtre : tombes voûtées ou creusées dans le sol, parfois sculptées d'un support pour la tête, *loculi* ou sépultures en niche pour les enfants, tables des agapes funéraires taillées à même la pierre.

Les ♥ catacombes Sainte-Agathe★★

> **A3** *Ouv. lun.-ven. 9 h-12 h et 13 h-16 h, sam. 9 h-12 h 30. F. dim. et j.f. Visites guidées uniquement. Entrée payante ☎ 21.45.45.03.*

À l'entrée se trouve un petit **musée** où sont entreposées les collections réunies par Mgr Joseph de Piro dans les années 1930 : des peintures et objets liturgiques, des Jésus et des saints, des amphores, des minéraux et même des animaux momifiés, comme ce crocodile du Nil, vieux de plus de 2 000 ans.

On ne visite qu'une toute petite partie des 4 000 m² couverts par les catacombes, dont l'origine est probablement antérieure aux premières communautés chrétiennes. La crypte d'accès conserve **29 fresques★★** du XIIIe s. On y reconnaît sainte Agathe, saint Paul et la Vierge allaitant l'Enfant. Les autres peintures sont très endommagées, malgré une restauration de la fin du XIXe s. Parmi les tombes chrétiennes les plus anciennes (IVe s.), on relève des symboles peints tels le pélican, la conque et des fleurs.

●●● ***À voir tout près :*** *possibilité de rejoindre à pied les Buskett Gardens (p. 134), à 1 km ; en voiture, la Rotunda de Mosta (p. 129), à 3 km.* ●

Paul de Tarse, patron de Malte

© Pawel Wysocki/Hémisphères Images

Statue de carton pâte dressée sur un parvis à l'occasion d'une fête patronale (à g.), Pierre fonde l'Église, statue de plâtre installée dans une niche d'angle (à dr.), Matthieu relit son Évangile. Eux sont apôtres de la première heure. Paul, lui, ne connut pas Jésus de Nazareth. Frappé par la révélation du Fils de Dieu sur le chemin de Damas, il fut l'apôtre zélé de la deuxième heure.

D'après la tradition catholique maltaise, c'est l'apôtre Paul lui-même qui aurait converti les premiers Maltais. Historiquement, rien n'est moins sûr, d'autant que les premiers signes de l'existence d'une communauté chrétienne dans l'île ne sont guère antérieurs au IVe s. La légende dorée du christianisme maltais repose tout entière sur la fin du livre des Actes des Apôtres (XXI-XXVIII). Luc y rapporte le dernier voyage de Paul, son arrestation à Jérusalem, son emprisonnement dans cette ville, puis à Césarée en Palestine, et son voyage à Rome pour y être jugé. C'est lors de cette traversée de la Méditerranée qu'il fait naufrage à Malte...

Paul, premier missionnaire chrétien

Né à Tarse, en Turquie, dans une famille juive de citoyenneté romaine, Paul – ou Saul, de son nom juif – n'est pas un apôtre de la première heure. Il participa même activement à la lutte contre l'activité des disciples de Jésus de Nazareth, jusqu'à ce que la vision du Christ – si violente qu'il fut frappé de cécité temporaire –, sur la route de Damas, l'amène non seulement à se convertir au christianisme, mais à devenir l'apôtre des gentils, c'est-à-dire des non-juifs. Pour ce faire, il entreprend en 47 le premier de trois grands voyages, au cours desquels il visite Chypre, la Grèce, la Macédoine et l'Asie Mineure (45-58). Artisan de l'extension du christianisme, il continue à pratiquer son métier : Paul est faiseur de tentes. En 58, à l'issue d'une émeute lors d'une intervention de l'apôtre à Jérusalem, il est mis en prison. Protégé par sa citoyenneté romaine, Paul en appelle à l'empereur selon son droit. Le gouverneur accepte de l'envoyer à Rome pour être entendu. Le César du moment est Néron.

© Laurence Mouton

Le naufrage

Le bateau appareille au pire moment. Avec l'arrivée de l'hiver, les tempêtes sont fréquentes en Méditerranée. Lorsque l'une d'elles menace, Paul prend la direction des opérations et fait échouer le navire sur les côtes maltaises. Le récit du naufrage est un morceau de bravoure des Actes, sous le calame de saint Luc. Une fois à Malte, Paul reprend son travail apostolique et multiplie les guérisons. Du statut d'apôtre, il passe à celui de saint homme, déjà auréolé de miracle par les circonstances du naufrage. Les habitants accueillent les naufragés et leur préparent un feu. Paul, voulant l'alimenter, prend un morceau de bois qui se révèle être une vipère. Mais la piqûre de l'animal ne lui fait aucun mal. Très étonnés, les Maltais conduisent cet homme peu banal auprès de Publius, le premier magistrat de l'île, que Paul guérit de la fièvre et de la dysenterie. Reprenant leur traversée au sortir de l'hiver, Paul et ses compagnons arrivent enfin à Rome. Ici s'arrête le témoignage des Actes des Apôtres.

Le retour de Paul

La piété populaire a peu à peu établi la carte du passage de Paul durant l'hiver 60 et donné son nom à de nombreux sites de l'île : la baie qui aurait recueilli les naufragés, la cathédrale de Mdina, siège de Publius et des grottes, des sources, reliés à de menus événements.

On lui attribue un miracle, survenu au XVe s. et sans doute point de départ du culte de saint Paul dans l'archipel. En 1429, alors que Mdina subissait l'assaut de 18 000 infidèles, Paul apparut aux assiégés, monté sur un cheval blanc et brandissant un glaive. La vision redonna courage aux habitants et Mdina fut sauve. ●

Sur les traces de saint Paul★

Pas de sites majeurs le long de ce détour dans l'histoire au temps de Mdina la Romaine. Saint Paul en est le fil rouge, même si la vague description contenue dans les Actes des Apôtres – « une baie avec une plage » – ne permet pas d'établir avec précision les lieux du naufrage de l'hiver 60.

Victoria Lines★

> *À env. 2,5 km N de Mdina.*

À **Targa**, la route franchit l'escarpement naturel qui délimite au nord la limite du plateau de Rabat. Cette fracture, à l'abrupt spectaculaire, se serait formée il y a 2 millions d'années.

En plusieurs points, elle est doublée par des ouvrages de défense (fortins, tranchées, chemins de ronde, tours à signaux) construits par les Britanniques à la fin du XIXe s., sur la base d'une ancienne ligne de fortifications élevée par les chevaliers au XVIIIe s.

L'ensemble forme les **Victoria Lines** et fut inauguré en 1897, l'année du jubilé de la reine Victoria. Il était destiné à défendre les installations portuaires britanniques, vitales pour leur présence en Méditerranée, contre tout débar-

SUR LES TRACES DE SAINT PAUL

quement venu du Nord. Très vite jugée trop archaïque, cette ligne Maginot maltaise, qui courait sur 12 km jusqu'à Pembroke, fut délaissée en 1907.

♥ San Pawl Milqi*

> À 6 km N de Targa. Quittez la route principale pour entrer dans le village de Burmarrad (de La Valette, bus n° 43, 44, 45, 49, 50 pour Burmarrad). Une petite route à g. de l'église paroissiale mène jusqu'en haut de la colline où se trouve le site. Pour la visite, rens. au musée national d'Archéologie de La Valette ☎ 21.22.16.23.

San Pawl Milqi signifie « bienvenue, saint Paul » et il est communément admis que c'est ici que le saint prêcha après son naufrage sur l'archipel.

à savoir

La plupart des étapes de cet itinéraire sont desservies par les bus, mais chaque fois au départ de La Valette. Pour effectuer l'ensemble de l'itinéraire, il est donc plus pratique de disposer d'un **véhicule**. Quittez Mdina par la route Mosta-Burmarrad

Attention, les **sites archéologiques** de cet itinéraire sont tous **fermés au public**. On peut juger de leur intérêt à travers le grillage qui les protège. Les passionnés d'archéologie prendront rendez-vous auprès des organismes indiqués. ●

La chapelle, dédiée à l'apôtre, date de 1616 mais elle fut érigée à l'emplacement d'une église plus ancienne construite au XVe s. À proximité s'étendent les vestiges d'un **établissement agricole romain**, fouillé dans les années 1960. Datant des IIe-IIIe s. av J.-C., il fut détruit par un incendie au Ier s., restauré et agrandi aux IVe-Ve s. Cuves et canalisations témoignent de ce que l'extraction de l'huile d'olive était son activité principale. L'archéologie rencontrerait-elle la légende de la diffusion du christianisme à Malte? On aimerait voir dans cet ensemble la demeure de **Publius**, le gouverneur romain que Paul convertit au christianisme, mais si l'ensemble est important pour l'économie durant l'occupation romaine, rien ne désigne ici la splendeur qu'on attend d'une villa de gouverneur.

♥ Wardija*

> *À 1 km O de Burmarrad. Revenez vers la route principale et suivez la direction Wardija.*

La façade frappée de trois blasons du **castello dei Baroni*** *(f. au public)* et celle d'une ravissante église du XVIIe s. marquent l'entrée de ce hameau, où l'on a le sentiment que les hauts murs des manoirs et demeures anciennes pourraient bien cacher des retraites de stars.

La crête de Wardija procure une vue magnifique sur **St Paul's Bay** et les îlots Selmun, rebaptisés **St Paul's Islands**. L'identification avec le site du naufrage de l'apôtre, le 10 février 60, s'est forgée avec le culte de saint Paul à Malte au cours du XIXe s., période à laquelle fut dressée son immense statue en marbre blanc sur le plus grand des îlots. Il est plus probable que l'accident a eu lieu plus au nord, dans la baie de Mellieha où de nombreuses épaves romaines attendent encore d'être explorées. En 1990, le pape Jean-Paul II y est venu par bateau bénir la statue.

St Paul's Bay*

> *À 3 km N de Wardija. Revenez sur vos pas à Burmarrad et suivez la direction St Paul's Bay-Xemxija. De La Valette, bus n° 43, 45, 49, 50 et 52.* ***Carnet d'adresses*** *p. 132.*

Ce petit port de pêche est à la charnière de la Costa Brava maltaise. Beaucoup de béton et pas de mer: le complexe Bugibba-Qawra est un triste visage du tourisme «balnéaire» qu'il vaut mieux laisser de côté.

À la limite de St Paul's Bay et Bugibba, la **tour Wignacourt*** *(ouv. t.l.j. sf ven. 9h30-12h; lun. et mar. 9h30-15h. F. ven. et j.f.)* fut érigée par Vittorio Cassar en 1610, sous le règne du grand maître français Alof de Wignacourt. C'est l'ancêtre de la série de tours édifiées au XVIIe s. pour surveiller les côtes *(encadré p. 142)*. Elle abrite une exposition consacrée à l'histoire de ce système défensif.

Au bord de la route à la sortie du village, le lieu-dit Ghajn Razjul, la **fontaine de l'Apôtre**, marque l'endroit où le navire de saint Paul se serait heurté aux rochers.

●●● ***À voir tout près**: Xemxija (p. 156), à 2 km N-O, Selmun (p. 156), à 5 km N-O.*

Ghajn Tuffieha*

> *À 5 km O de St Paul's Bay (15 km N-O de La Valette; bus n° 47).*

Ghajn Tuffieha (prononcer «Haïn Tuffiéha»), la «source des Pommiers», est un des rares points d'eau de Malte. Son débit de 360000 litres quotidiens alimente toujours les canalisations du service des Eaux et permet l'irrigation des maraîchages de la Wied tal-Pwales. Au bout de la route, la plage de **Golden Bay*** n'a de charme qu'en hiver, lorsqu'elle est déserte et que seule une sympathique baraque à frites occupe les lieux. C'est dans cette baie que 181 galères turques jetèrent l'ancre en 1565. Un changement de vent leur permit ensuite de continuer sur le port de Marsaxlokk où débutèrent les terribles

© Philippe Renault/Hémisphères Images

St Paul's Islands, les îlots où s'échoua le bateau de saint Paul.

combats du Grand Siège. Dommage que la côte soit défigurée par un hôtel à l'abandon et un autre en construction ! Le nez vers le large, on peut néanmoins faire une jolie balade à pied et gagner, plus au sud, les plages de **Ghajn Tuffieha**★ et de **Gnejna Bay**★, d'où l'on peut rejoindre Mgarr *(ci-dessous)*.

Les bains romains

> *À 1 km S-E de Ghajn Tuffieha. Remontez vers l'intérieur et empruntez la route à dr. vers Mgarr. Visites guidées sur RV, rens. au musée des Antiquités romaines de Rabat (p. 119)* ☎ *21.45.41.25.*

La source de Ghajn Tuffieha a permis à la colonie romaine de Mdina la création de cet établissement de bains, mis au jour en 1929 puis restauré avec l'aide de l'Unesco en 1961. La rareté des sources à Malte explique l'éloignement relatif de ces bains publics par rapport à la ville. Ils se composent d'un **caldarium** ou hammam, reconnaissable aux piles en briques qui en supportaient le fond et servaient à la circulation de la vapeur, un **tepidarium** ou bain chaud, au sol orné de mosaïques, relié par un escalier à la piscine froide du frigidarium. Le dispositif se complète de latrines et d'autres vestiges moins lisibles. Il reste peu de choses de la villa attenante. Digne d'intérêt, le site souffre d'une réelle négligence et du manque d'aménagement pour la visite.

Mgarr★

> *À 2 km S-O de la plage de Ghajn Tuffieha. De La Valette, bus n° 47.* ***Restaurant*** *p. 132.*

Les restaurants de Mgarr (prononcer « Im-jar ») sont courus pour savoir toujours cuisiner les lapins qui fréquentent la garrigue de ce côté de l'île. Dédiée à l'Assomption de la Vierge, son **église paroissiale**★ fut élevée entre 1912 et 1946. Entièrement financé par les agriculteurs de la région, le résultat, coiffé d'une rotonde à peine plus modeste que celle de Mosta, est une architecture harmonieuse toute de calcaire blond.

légende

La fiancée de Mosta

Gakbu et Maria, fille d'un paysan de Mosta, s'aimaient depuis l'enfance. Quand ils furent en âge de se marier, Gakbu s'en alla voir l'entremetteur pour qu'il intervienne auprès du père de Maria. Mais celui-ci refusa tout net : il avait déjà promis la main de sa fille au boulanger de la ville qui lui semblait un bien meilleur parti. Désespérés, les amoureux décidèrent de s'enfuir ensemble et demandèrent à un curé ami, le père Francis, de bénir leur union en secret.

Le jour des noces, Maria, arrivée à la chapelle de Wied i-Esperanza bien avant tout le monde, vit soudain s'approcher un groupe de pirates turcs. Effrayée, elle lâcha le panier en osier où était pliée sa robe de mariée et s'enfuit en courant, les pirates à ses trousses. La jeune fille trouva refuge dans une grotte du vallon. Là, elle pria ardemment la Vierge de la secourir et lui promit de prendre l'habit de nonne si elle était sauve. Pendant ce temps, Gakbu, parvenu à la chapelle, trouva le panier que Maria avait abandonné dans sa fuite et courut avertir le village de la tragédie.

Les pirates eux, toujours à la recherche de Maria, finirent par découvrir la grotte où elle se cachait. Une énorme toile d'araignée à l'entrée leur fit rebrousser chemin : la jeune fille l'aurail forcément déchirée en y pénétrant. Le miracle avait eu lieu. Maria était sauvée. Elle passa le reste de sa vie dans un couvent pour servir la Vierge qui l'avait secourue. ●

Gnejna Bay*

> *À 2 km O de Mgarr.*

Une jolie route, bordée de figuiers et de tamaris, descend vers cette baie à travers la vallée de Gnejna (prononcer « Neïna »). À mi-chemin, le **castello Zamitello** est un joli manoir de style Renaissance, qui garde ses secrets : comme beaucoup de ses semblables, il est réservé à la location pour les banquets de noces et autres festivités. Une partie des falaises qui bordent Gnejna Bay est occupée par des garages à bateaux.

Les temples de Ta' Hagrat*

> *Triq San Pietru. À dr. à la sortie de Mgarr et sur la route de Zebbiegh. Visite sur RV ☎ 21.45.41.25.*

Dégagés en 1925, ces **deux temples** sont très controversés : l'un appartiendrait à la phase de Ggantija *(p. 172)*, l'autre à celle de l'hypogée de Hal Saflieni *(p. 146)*. Seules les poteries découvertes sur le site et déposées au musée national d'Archéologie ont permis d'avancer une datation. Le tout n'est pas en très bon état, mais le cadre, ouvert sur la campagne, est joli.

Les temples de Skorba

> *À 1 km E, à l'orée du village de Zebbiegh (de La Valette, bus n° 47). Clé au musée national d'Archéologie.*

Découvert en 1966, Skorba a connu une longue période d'occupation, du Néolithique à l'âge du bronze, unique à Malte. La plus ancienne, autour de 4850 av. J.-C., a livré des os d'animaux domestiques, des céréales, une poterie de belle facture, aujourd'hui au musée national d'Archéologie *(p. 79)*, et des fondations en pierre d'édifices disparus. Au cœur du site s'élèvent les maigres vestiges d'un temple de la période de Ggantija – un mégalithe de calcaire corallien, haut de 3,40 m, et des traces de pavement – et d'un autre, en piètre état, de l'époque de Tarxien. Le site a été à nouveau occupé durant la première phase de l'âge du bronze.

Mosta★★

> *À 5 km E de Zebbiegh (8 km N-O de La Valette; bus n° 47).*

L'orgueil de Mosta (18 000 hab.), c'est la **Rotunda★**: la coupole colossale qui coiffe l'église paroissiale, dédiée à la Vierge, entièrement construite par des bénévoles et grâce aux dons des paroissiens. Conçu par l'architecte Giorgio Grongnet de Vasse et achevé en 1860, cet édifice imposant constitue une véritable gageure pour l'époque. Il peut accueillir jusqu'à 10 000 personnes et sa **coupole**, haute de 61 m, passe pour être la troisième au monde par son diamètre *(voir p. 23)*: 39,6 m. L'église initiale, qui datait de 1614, servit de point d'appui à l'échafaudage et fut démantelée à l'achèvement des travaux, qui durèrent 27 ans. Bâtie dans le style néo-classique en vogue au XIXe s., la **façade**, scandée d'immenses colonnes ioniques, s'inspire du Panthéon de Rome.

À l'intérieur *(ouv. t.l.j. 9h-12h et 15h-17h)*, vous pouvez admirer des **fresques** de Giuseppe Cali (1846-1930). La **sacristie** conserve la bombe qui traversa la Rotunda le 9 avril 1942 sans exploser: un vrai miracle comme les aiment les Maltais! Des photographies témoignent des dégâts causés sur l'édifice.

À l'orée ouest de Mosta s'ouvre le vallon ombreux de ♥ **Wied i-Esperanza★** *(de la Pjazza Rotunda, prendre Triq il-Kbira, puis Triq Kurat Bezzina sur la dr. et continuer tout droit jusqu'au pont qui marque l'entrée de la vallée)*. Cette vallée de l'Espérance est plantée d'un verger odorant de figuiers, de caroubiers et d'amandiers. Elle est gardée par une ravissante **chapelle★★**, bâtie en 1760 dans le style Renaissance.

Naxxar★★

> *À 2 km E de Mosta (6 km N-O de La Valette; bus n° 65 depuis Sliema).*

Au centre de la ville, le **Palazzo Parisio★★★** *(sur la place de l'église paroissiale. Ouv. lun.-ven. 9h-15h. F. w.-e. et j.f. Entrée payante ☎ 21.41.24.61)*, construit en 1733 pour le grand maître Antonio Manoel de Vilhena, est pour beaucoup dans l'élégance qui se dégage de la place de l'église paroissiale. Il a gardé le nom de son deuxième propriétaire, Parisio, qui possédait une autre demeure à La Valette *(p. 74)*, pourtant c'est au marquis Giuseppe Scicluna que le palais doit ses travaux d'embellissement en 1898. La décoration intérieure est riche mais sans être trop lourde. L'escalier en marbre, tout comme les pièces du 1er étage, témoigne du bon goût du marquis qui choisit ses matériaux avec attention: le marbre vient de Carrare et de Sienne et les lampes en verre, de Murano.

Tout différent est le haut de Naxxar (en montant en direction de Salina), empreint de charme médiéval. Près de la **chapelle San Pawl ta' Targa**, dernier rendez-vous avec l'apôtre de cet itinéraire, s'élève la **Torri Gauci**, une tour fortifiée qui garde l'angle d'une maison privée. •

Carnet d'adresses

© Pawel Wysocki/Hémisphères Images

À Malte, tous les heurtoirs de porte sont jolis.

Mdina-Rabat

Plan p. 114. Visite p. 112.

Accès

Arrêt de **bus** face à l'église Saint-Augustin **B2**, à Rabat ; départ Pjazza is-Saqqaja **B2**. Dernier départ pour La Valette à 21 h. Il y a aussi des liaisons directes avec Bugibba et Sliema.

Hôtels

Les numéros **en gris** renvoient au plan p. 114.

▲▲▲▲▲ Xara Palace **2 B4** ☎ 21.45.05.60, <www.xarapalace.com.mt>. *17 suites.* Ce palais du XVIIe s. est enchâssé dans le rempart est de Mdina. Une rénovation a restitué le *piano nobile* et l'atrium dans leur splendeur. Tapisseries, peintures, mobilier : tout est ancien. Si vous avez les moyens de vous offrir ce luxe, prenez les plus belles des suites : ce sont des duplex ouvrant sur la campagne et dont les balcons sont équipés de jacuzzi. Saveurs méditerranéennes version haute cuisine française dans le ♦♦♦♦ **restaurant de Mondion** *(lun.-sam. 7 h 30-10 h 30 et 19 h 30-22 h 30).*

▲ **Point de vue 1**, 5 Pjazza is-Saqqaja **B2** ☎ 21.45.41.17, <www.mol.net.mt/point/index.htm>. *12 ch. dont 6 avec vue sur la campagne.* Cette demeure du XVIIe s. est une pension familiale depuis 1898. Durant la Seconde Guerre mondiale, la terrasse servait de tour de contrôle à la Royal Air Force pour faire atterrir ses appareils à Ta' Qali. Voilà pour l'histoire. Pour le confort, les chambres ont fait l'objet d'une rénovation en 2004. Un très bon rapport qualité/prix. Restaurant.

Restaurants

Les numéros **en gris** renvoient au plan p. 114.

♦♦♦ **Bacchus 11**, Triq L-Inguanez **A4** ☎ 21.45.49.81. *Ouv. t.l.j. 10 h-22 h 30.* Les salles voûtées de cette table raffinée et réputée furent construites au milieu du XVIIe s. pour abriter une armurerie. L'été, on installe des tables sur le jardin en terrasse juché sur le rempart, côté Rabat. Avec un budget modeste, on peut profiter de ces avantages : une carte de snacks est proposée t.l.j. *(10 h-15 h 30).*

♦♦♦ **The Medina 17**, 7 Triq is-Salib Imqaddes **A4** ☎ 21.45.40.04. *Ouv. lun.-sam. 19 h-23 h.* Une belle carte de cuisine franco-italienne, mâtinée

budget

Hôtels. Pour une chambre double standard avec petit-déjeuner :

▲▲▲▲▲ Plus de 50 £M

▲▲▲ 25 à 40 £M

▲ Moins de 15 £M

Restaurants. Pour un plat du jour/menu :

♦♦♦ De 8 à 12 £M

♦♦ De 5 à 8 £M

♦ De 3 à 5 £M ●

de touches maltaises à savourer aux chandelles, l'hiver, en se réchauffant du vent glacé auprès de la cheminée, et l'été, dans la cour de cette maison normande, où les plantes grimpantes envahissent les pierres.

♦♦ **Grotto Tavern 14**, sur la place de l'église Saint-Paul de Rabat **A2** ☎ 21.45.51.38. *Ouv. t.l.j. 12h-13h30 et 17h15-22h15.* Si vous raffolez du vol-au-vent, du pâté campagnard et de la tartiflette (version maltaise), poussez la porte : ce restaurant est tenu par un sympathique couple franco-maltais, qui propose en outre raclettes, fondues et pierrades. Ambiance chaleureuse sous les voûtes.

♦♦ **Palazzo Costanzo 16**, Triq Villegaignon **B3** ☎ 21.45.46.25. *Ouv. lun.-sam. 10h-16h30 et sam. soir 19h-23h.* On ira pour le cadre de ce beau palais normand, pour le reste c'est ce qu'on peut attendre d'un établissement très touristique, avec boutique de souvenirs au r.-d.-c. et spectacles folkloriques à l'étage.

♦♦ **Trattoria AD 1530 18 B4** ☎ 21.45.05.60. *Ouv. lun.-jeu. 11h30-14h30 et 18h-22h30.* Rattachée au Xara Palace **2**, la trattoria dont le nom rappelle l'an d'arrivée des chevaliers compose des repas légers, maltais ou internationaux, à prix doux. Une terrasse très agréable, sur une place à l'écart du flux des visites.

♦ **Caffè Medina 12**, 9 Triq Villegaignon **B4** ☎ 21.45.19.17. *Ouv. lun.-jeu. 9h45-18h, ven.-dim. 9h45-23h.* Chaussons, sandwiches et pâtisseries à emporter ou à consommer sur place et sous les voûtes.

♦ **Fontanella ♥ 13**, Bastion Sq. **B3** ☎ 21.45.42.64. *Ouv. t.l.j. 10h-18h.* Les jours de grand vent, il faut parfois se cramponner à son assiette : l'établissement est installé sur les remparts de Mdina. C'est tout son charme et la raison d'une forte affluence, qui laisse malgré tout le service d'une gentillesse imperturbable.

Kiri ta' Bar 15, 9 Triq San Pawl **A2**. *Ouv. t.l.j. 9h-20h. Pas de cartes de paiement.* Les non-membres sont bienvenus dans le club-bar de la fanfare paroissiale.

Shopping

Mdina (le long de Triq Villegaignon **B3**) et Rabat (près du musée des Antiquités romaines **B4** et de Saint-Paul **A2**) sont championnes toutes catégories des boutiques de souvenirs : dentelles, nappes et châles tissés, bijoux en argent filigrané. Le rapport qualité/prix est intéressant.

© Pawel Wysocki/Hémisphères Images

Paul est là, au fronton de Saint-Paul de Mdina, étape vraie ou rêvée des chemins de l'apôtre à Malte.

Spectacles audiovisuels

The Mdina Experience, 7 Pjazza Mesquita **A4** (fléché à l'entrée de la citadelle) ☎ 21.45.43.22. Un film retrace l'histoire de Mdina.

Mgarr

Carte p. 124. Visite p. 127.

Restaurant

♦ **Ta' l'Ingliz 12**, derrière l'église paroissiale ☎ 21.57.25.12. *Ouv. mar.-dim. 19h-22h. Pas de cartes de paiement.* Plus qu'un restaurant, c'est un bar à *fenkata*, ce civet de lapin qu'on mange entre amis, avec de généreuses rations de frites. Et la *fenkata*, c'est la petite gloire de Mgarr.

St Paul's Bay

Carte p. 124. Visite p. 126.

Hôtel

▲▲▲ **Gillieru 1**, 66 Triq il-Knisja (Church Sq.) ☎ 21.57.27.20, <gillieru@vol.net.mt>. *74 ch. dont 43 avec vue.* Au fond de St Paul's Bay, le dernier établissement où il fait bon loger avant la zone sururbanisée de Buggiba-Qawra, d'autant qu'accueil et service sont très agréables. Choisir une chambre avec vue: de l'autre côté, la baie est superbe et sauvage. Petite piscine et solarium posés en balcon sur la côte rocheuse. ♦♦ **Restaurant** *(ci-dessous)*.

Restaurants

St Paul's Bay est l'étape rêvée pour goûter du poisson, dont voici les deux meilleures adresses du moment:

♦♦♦ **Il Vecchia 11**, 372 Triq San Pawl ☎ 21.58.23.76. *Ouv. t.l.j. 19h-23h30, dim. 12h-14h30.* Installé dans une ancienne auberge de la fin du XVIIIe s., perchée juste au-dessus du petit port de pêche. Si le poisson est la spécialité de la maison, on peut aussi y goûter d'excellents plats traditionnels maltais.

♦♦ **Gillieru 1**, dans l'hôtel du même nom ☎ 21.57.34.80. *Ouv. t.l.j. 12h30-14h30 et 19h30-23h.* La carte varie avec la pêche du jour. Menu spécial poisson les ven. soir: une initiative très courue des Maltais. Rés. indispensable. Vue sur la côte sauvage de St Paul's Bay. ●

Les numéros **en gris** renvoient à la carte p. 124.

♥ La côte sud-ouest★★★

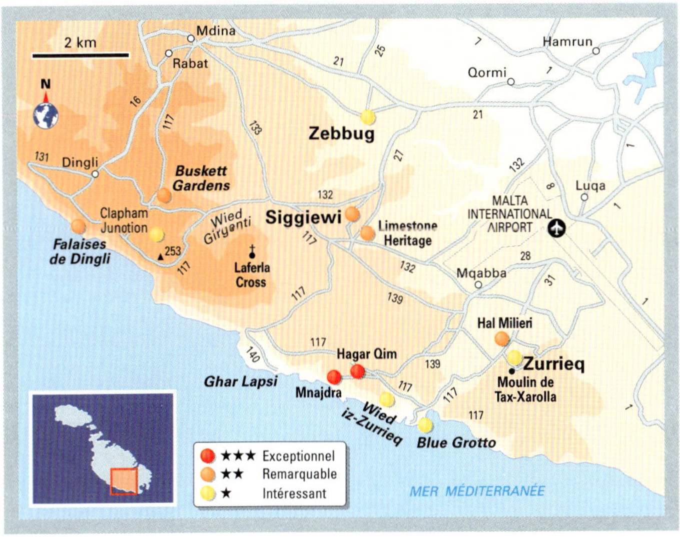

À l'est et au sud, les maîtres de Malte se sont défendus des dangers de la mer en élevant des forts et des murailles. Précaution inutile de ce côté de l'île, où la nature a édifié une barrière naturelle : une ligne de falaises qui, prolongeant le plateau de Rabat, s'élèvent jusqu'à 250 m – le point culminant de l'île – au-dessus de la Méditerranée. Partout affleure la roche dure, couleur crème, du calcaire coralien, le plus coriace du feuilletage géologique maltais. Sa dureté est telle qu'il forme par endroits un véritable pavage de plaques pierreuses, rebelles à toute végétation. Seule la garrigue s'immisce entre les pierres. Des paysans opiniâtres ont bâti quelques terrasses, où l'agriculture ne prospère qu'au prix d'une irrigation de fourmi. On préfère chasser ici, ou élever quelques bêtes. Des combes, de rares vallées offrent un peu plus de fertilité. Au sud de La Valette, Malte est soit sauvage, soit rurale. L'habitat se relâche en bourgades agricoles et en quelques fermes isolées. Quelques-unes sont devenues des villas très fermées, que seuls trahissent des lauriers-roses et des bougainvillées.

sommaire

© Pawel Wysocki/Hémisphères Images

La côte sud-ouest

Programme. Nos indications valent pour l'itinéraire en voiture. Comptez une 1/2 journée (qui peut s'enchaîner avec la visite de Mdina et Rabat). La première partie, des Buskett Gardens à Siggiewi, se prête à la randonnée (bus n° 81 depuis La Valette jusqu'à Dingli ; demandez l'arrêt aux Buskett Gardens) : prévoir 3 h. Si vous entreprenez cet itinéraire un 1er dim. du mois, inversez-le pour débuter la visite avec la chapelle de Hal Milieri *(p. 142)*.

Buskett Gardens★★

> À 12 km S-O de La Valette (bus n° 81) ou à 1 km à pied de Rabat.

Ici poussent les pins, les cyprès, les chênes verts et les citronniers. Une rareté à Malte. À l'exception d'une poignée de caroubiers, de figuiers et d'oliviers, il y a longtemps qu'il n'y a plus de bois, coupé pour en faire des navires. Ces bois (Buskett vient de l'italien *boschetto*, « bosquet ») ont été créés au temps du grand maître La Valette et étendus sous Lascaris pour abriter les parties de chasse des chevaliers.

Chaque année, lors de la **Saint-Pierre-et-Paul**, les 28 et 29 juin, on y fête toujours l'**Imnarja**, la fête des Lumières *(voir p. 28)*, qui marquait

jadis la fin des moissons. Le **palais Verdala** *(f. au public)* domine le nord du bois. Ce palais Renaissance, cantonné de quatre tours d'angle qui lui donnent des allures de château fortifié, a été conçu en 1586 par Girolamu Cassar à l'intention du grand maître français Hugues Loubenx de Verdalle (1581-1595), connu pour son amour du faste, mais aussi pour sa cruauté. Sous la domination britannique, le palais servit de résidence d'été au gouverneur.

Pour en savoir plus sur la fête de l'Imnarja, voir p. 28.

Les « cart ruts » de Clapham Junction★

> *À 1 km S des Buskett Gardens, par un chemin pentu et balisé « cart ruts ».*

Rien ne signale ni ne délimite ce site caractéristique des tables de calcaire corallien. À tel point que l'œil ne remarque pas d'emblée la particularité de l'épiderme rocheux : à intervalles réguliers, la pierre est entaillée d'ornières, profondes de 40 cm. Certaines ont un tracé net, d'autres sont émoussées par l'érosion. Le plus troublant *(encadré p. 136)* est qu'elles marchent par paires, avec un espacement constant d'environ 1,40 m. On retrouve ces « sillons de charrue » *(cart ruts)* en plusieurs points de l'archipel, notamment à Borg in-Nadur *(p. 151)*, ainsi qu'en Cyrénaïque, en Sicile, en Sardaigne et en Provence. Ici leur densité est telle qu'elle leur a valu le surnom de Clapham, la grande gare de triage londonienne.

● **Ghar il-Kbir**. Au sud-ouest du site, la faille de Ghar il-Kbir (la « grande caverne ») est percée de grottes, que les câpriers ferment de rideaux naturels. Certaines ont servi d'habitations troglodytes jusqu'en 1835. L'administration britannique délogea alors leurs habitants à coups de dynamite pour les ramener à la vie normale… et au paiement de l'impôt. De nos jours, elles abritent les troupeaux des bergers de Dingli.

Les falaises de Dingli★★

> *À 500 m de Clapham Junction, bordées par une route en corniche sur 4 km.* ***Restaurant*** *p. 144.*

Le point de vue le plus spectaculaire sur les falaises est à hauteur du disgracieux **Dingli Navigation Radar**. De là, on découvre ce que l'abrupt dérobe au regard : les falaises descendent vers la mer en double gradin.

archéologie

Des voies sans issue

La raison d'être des ***cart ruts*** et leurs fonctions continuent d'alimenter les hypothèses les plus folles. D. H. Trump, auteur de *Malta, an Archeological Guide*, a appliqué la méthode de Rouletabille, aditionnant ses nombreuses années d'observation pour tirer le bon bout de la logique. Voici le résumé de ses conclusions qui pourront servir de point de départ aux détectives en herbe.

Si les sillons forment des réseaux, ils semblent ne mener nulle part, sauf à Borg in-Nadur, Qala et Fawwara, où ils conduisent nettement à des villages de l'âge du bronze, soit vers 1500 av. J.-C. Ce pourrait être l'âge des *cart ruts*. Leur tracé en tout cas ignore la présence des carrières d'exploitation ancienne et n'a donc rien à voir avec la construction des temples mégalithiques. On a en effet émis l'hypothèse qu'ils pouvaient résulter des passages des blocs de plusieurs tonnes, roulés sur des boulets. En revanche, leur forme en ornières et leur profondeur constante indiquent qu'ils n'ont pas été taillés, mais qu'ils ont été bel et bien produits par des passages répétés. Mais de quoi ? L'écartement constant ferait pencher pour des traîneaux. Mais tirés par quoi ? Il n'y a de traces de pas ni humaines, ni animales. Et si d'évidence les charges étaient pesantes, de quoi étaient-elles constituées ? De sel, peut-être, ou de tout autre produit lié aux activités agricoles des communautés humaines de ces temps reculés. ●

Le surplomb en contrebas forme un jardin en terrasse au-dessus de l'eau, cultivé grâce à une patiente irrigation. L'eau est stoquée dans des citernes dissimulées derrière des murs de pierres sèches. Les pistes caillouteuses qui y descendent sont réservées aux exploitants, mais il est possible de les emprunter à pied.

Wied Girgenti*

> *À 1 km N-E du Dingli Navigation Radar.*

La route s'éloigne du bord des falaises pour descendre dans la vallée de Girgenti que dominent la façade, encadrée de deux tours, du **palais de l'Inquisiteur** et celle de son oratoire baroque *(f. au public)*. L'ensemble fut édifié au début du XVIIIe s. et faisait office de palais d'été au représentant de la papauté, basé à Vittoriosa le reste de l'année. Restauré après une longue période d'abandon, le palais Girgenti est aujourd'hui la résidence du Premier ministre.

Laferla Cross*

Une piste, qui borde une carrière en activité, monte vers le point de vue de Laferla Cross et permet de voir le palais de Girgenti et celui de Verdala, au loin.

Au sommet de la colline, un chemin dessert la **chapelle Saint-Laurent**, construite au milieu du XIXe s. à l'emplacement d'un oratoire du XVe s. détruit par un tremblement de terre. La croix Laferla voisine fut élevée en 1900 pour commémorer l'année sainte. Les abords sont occupés par des fermes qui cultivent choux et choux-fleurs dans la garrigue rocailleuse au prix d'une laborieuse irrigation. Une route étroite et pentue plonge à travers les fermes restaurées de Fawwara et rejoint la route principale Siggiewi-Ghar Lapsi.

Saint-Nicolas de Siggiewi, manifeste baroque et œuvre de Lorenzo Gafà, l'homme des dômes maltais

Siggiewi★★

> *À 2 km E de Laferla Cross (10 km S-O de La Valette; bus n° 89).*

Sur la place de ce bourg agricole de 5 000 hab., l'**église paroissiale**★, dédiée à saint Nicolas, fut conçue par Lorenzo Gafà, l'architecte de Saint-Paul de Mdina *(p. 120)*, en 1675-1693, et généreusement dotée par trois grands maîtres. Sa façade, articulée sur de puissants jeux d'ombres et de lumières, est peut-être l'exemple le plus spectaculaire de l'art baroque maltais. Le dôme ajouté tardivement se dresse fièrement, et les hautes voûtes laissent abondamment entrer la lumière qui éclaire les ornements de l'intérieur. La toile du chœur, qui représente saint Nicolas, est signée Mattia Preti. La place est encore encadrée des façades de la **chapelle Saint-Jean** (1730), au clocher-peigne souligné de volutes baroques, et de **Ta' Chuerra** (1742), dédiée à la Vierge.

Les ruelles qui s'enfoncent en étoile à l'intérieur du village conservent quelques témoignages d'architecture civile des XVIIe-XVIIIe s., comme ce joli palais ayant appartenu au secrétaire de l'Inquisition *(Villa Sant-Cassia, 183 Triq Margherita)*.

Pour quel culte et quels dieux les hommes ont-ils dressé les monolithes de Hagar Qim ?

© Jean-Daniel Sudres/Hoa Qui

♥ Limestone Heritage★★

> *Mon. Azzopardi By Pass, à la lisière S-E de Siggiewi. Ouv. lun.-ven. 9 h-16 h, sam.-dim. et j.f. 9 h-12 h. Entrée payante ☎ 21.46.49.31.*

Cet **écomusée** consacré à l'exploitation et au travail de la pierre est logé dans une ancienne carrière à ciel ouvert. On s'y instruit de manière pédagogique (audiovisuel et audioguides en français) et ludique (parcours pédestre numéroté à travers des reconstitutions des différentes étapes du travail) sur les ressources tirées des calcaires maltais *(encadré p. 13)*.

Zebbug★

> *À 1 km N de Siggiewi (8 km S-O de La Valette ; bus n° 88).*

Les amateurs d'architecture ancienne peuvent faire ce petit détour. Les belles demeures des XVIe, XVIIe et XVIIIe s. de cette localité agricole de 8 000 hab. en valent largement la peine. Renommée pour son **industrie du coton**, Zebbug est la patrie de plusieurs personnalités maltaises, comme Dun Karm, le poète auteur de l'hymne national, ou encore le sculpteur du XXe s. Antonio Sciortino.

L'**église Saint-Philippe**, qui date de 1599, est l'œuvre de Vittorio Cassar. Elle contient en particulier des œuvres du Français Antoine de Favray dont une peinture consacrée à saint Philippe d'Agira.

L'**arc de Rohan** fut édifié en 1777 au nord de la ville sur les directives d'Emmanuel de Rohan-Polduc, grand maître français (1775-1797) qui tenta en vain de s'opposer à la décadence de l'Ordre en créant notamment des cours de navigation et de mathématiques pour les chevaliers.

♥ Ghar Lapsi★

> *À 4 km S de Siggiewi.* ***Restaurant*** *p. 144.*

Une crique rocheuse abritée au bout d'un escalier, des falaises creusées de hangars à bateaux : on se croirait dans une calanque du nord de Marseille ! Comme ses homologues phocéennes, le lieu, plein de charme et de sérénité, n'est fréquentable qu'en dehors de la période estivale : trop de monde s'y dispute alors le banc rocheux qui borde une mer limpide et tranquille.

♥ Hagar Qim et Mnajdra★★★

> À 3,5 km S-E de Ghar Lapsi (env. 15 km S de La Valette, bus n° 38, 138). Un chemin signalé sur la dr. conduit au site qui surplombe la route. Ouv. t.l.j. 9 h-17 h. F. Noël, Nouvel An et Ven. Saint. Entrée payante. Billet couplé. Durée de la visite : 1 h 30. Vérifiez l'horaire du dernier passage des bus pour le retour. ***Restaurant*** *p. 144.*

Besoin de repères historiques ? Reportez-vous à la chronologie p. 208.

Édifiés dans un site sauvage avec la mer pour horizon, ces deux ensembles de temples mégalithiques sont les plus spectaculaires de Malte. Élevé en calcaire à globigérines, Hagar Qim a moins bien résisté au temps que Mnajdra, plus exposé au vent marin mais protégé par son rempart de dur calcaire corallien.

Hagar Qim★★

Hagar Qim (prononcer « Hajar Him ») signifie « les pierres dressées ». Découvert en 1839, le site date de la période de Tarxien (3200-2500 av. J.-C.). Avec son **porche monumental 1** fait d'un linteau posé sur deux blocs, encadré de grandes dalles quadrangulaires (orthostates) posées sur champ, la façade est caractéristique des temples classiques *(voir p. 46)*, de même que la **première cour A** flanquée de ses deux « chapelles ». Dans un renfoncement de celle de g. sont posées **trois pierres ornementées 2** : un bloc poinçonné, un autre champlevé d'une double spirale et un piétement, enfin, où figure une plante jaillissant d'un pot. De là proviennent les Vénus de Hagar Qim, toutes acéphales, exposées au musée national d'Archéologie de La Valette *(p. 79)*.

Au-delà, Hagar Qim présente de nombreuses particularités et de profonds remaniements du plan à cours

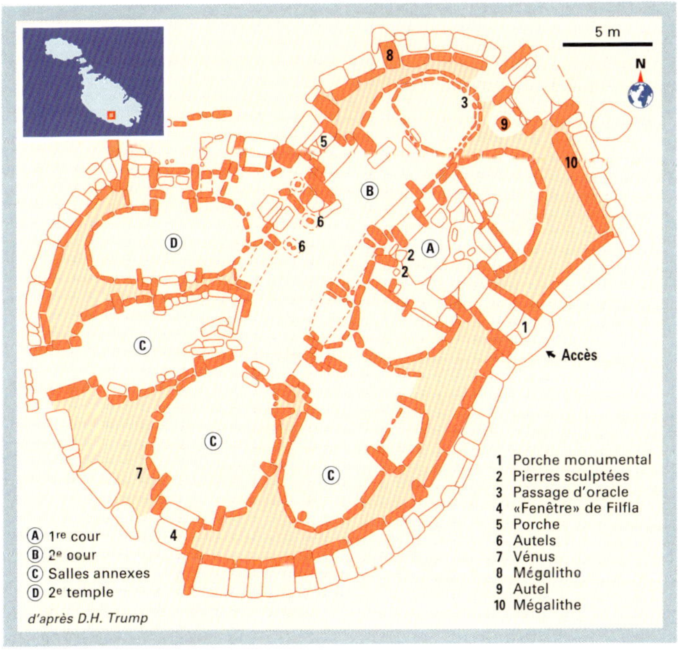

Les temples de Hagar Qim

nature

Filfla et son dragon

L'île de Filfla est située face aux temples de Hagar Qim et Mnajdra, à 5 km au large. Après avoir servi de cible pour l'entraînement de l'armée britannique, elle fut déclarée réserve naturelle en 1970 (l'accès y est interdit), pour abriter de nombreuses espèces animales dont un étrange lézard à queue bifide. Vous pourrez en observer un spécimen de 15 cm qu'une boutique conserve dans du formol, non loin de l'embarcadère desservant la Blue Grotto *(p. 142)*. •

et absides latérales. Dans l'abside dr. de la **deuxième cour B**, dont les parois présentent une forte inclinaison, on relève, percé dans l'une des dalles, un exemple de « **passage d'oracle** » **3**. Dans l'alignement de l'abside g. **4**, on aperçoit, parfaitement encadrée par les monolithes, la « fenêtre de Filfla », où paraît l'îlot posé sur la mer au large.

Cette abside g. a été profondément remaniée pour livrer passage à plusieurs salles (**C**, *accès fermé*). Quant à l'**abside du fond**, elle a été transformée en un second porche **5** donnant sur l'extérieur. Le plan des temples maltais comprend toujours une première cour à chapelles et une seconde, généralement à trois absides, que protège la première. L'aménagement d'un deuxième porche est sans doute à l'origine de la modification du plan, la création des salles latérales rayonnantes jouant le rôle de chapelles « intérieures ».

Deux **autels 6**, faits d'un plateau en pierre posé sur un piédestal, encadrent un passage vers une petite salle également dotée d'une table en pierre.

Le tour du mur d'enceinte révèle encore quelques surprises. À l'ouest, englobé dans l'enceinte, on note le point de départ d'un second **temple D**, laissé inachevé au-delà de la première cour. À g. de la « fenêtre de Filfla », subsistent, gravées dans l'une des dalles, les jambes de **deux Vénus maltaises 7**. À dr. du **porche arrière 5** s'élève une gigantesque **pierre dressée** de 4,50 m de haut **8**. En continuant sur la dr., on découvre la petite pièce ménagée dans le mur qui communique avec l'intérieur du temple par le **passage d'oracle 3**. Des pierres dressées forment une niche autour d'un pilier conique au sommet brisé, encastré dans une **dalle 9**, comme un autel externe. À main g., s'élève le plus gros **mégalithe 10** des temples de Malte : un géant de 7 m de long, dont on estime le poids à 20 t.

Autour du temple principal, on notera d'autres ensembles de mégalithes plus ou moins lisibles, à l'exception du groupe nord qui révèle un plan classique à 5 absides.

Mnajdra***

> *À 500 m en contrebas : sortir de l'enclos et longer le grillage sur la dr. pour trouver le chemin qui y descend.*

Invisibles depuis Hagar Qim, les trois temples de Mnajdra sont blottis dans une combe, sur le rebord de la falaise. On estime qu'ils furent érigés entre la fin de la période de Ggantija (3600-3250 av. J.-C., *voir p. 46*), et le début de celle de Tarxien, après 3200 av. J.-C. Adjacents, ils ouvrent sur une cour commune, formant un arc de cercle.

Le plus petit du groupe **A** est aussi le plus ancien, avec son décor poinçonné caractéristique de la phase de Ggantija.

Le **temple médian B** est le plus récent. On y pénètre non pas par le trilithe habituel, mais par un passage taillé dans une dalle haute de 3 m. S'ils sont relativement petits par rapport aux autres temples mal-

Les temples de Mnajdra

tais, les monolithes de sa construction ont été taillés et ajustés avec un soin particulier.

Au piédroit de g. du passage entre les deux cours intérieures figure une **gravure** d'un intérêt exceptionnel **1** : on y reconnaît le trilithe qui marque l'entrée des temples, surmonté d'un couvrement. De semblables plans ont été retrouvés sur d'autres sites, mais celui-ci est le seul à être intégré dans l'architecture de l'édifice. À l'intérieur, sur le même côté, une dalle percée encastrée dans un **trilithe 2** livre passage à une petite salle, aménagée dans la maçonnerie et dotée d'un autel.

Le **troisième temple C** se dresse en contrebas. Il est l'un des mieux conservés et des plus impressionnants par la haute technicité de son architecture. Sa façade concave obéit à l'ordre classique : bancs et orthostates encadrant un trilithe. L'intérieur comprend un **passage** particulièrement élaboré **3**, entièrement orné au poinçon. Il conduit à une petite chapelle où subsistent des **piédestaux d'autel 4**, sans doute la partie la plus « sacrée » du temple. Une autre **porte 5**, doublée d'une volée de marches, dessert un espace ménagé dans la maçonnerie et qui renferme un **piédestal d'autel 6**. Un **passage d'oracle 7** la fait communiquer avec le temple proprement dit. Un autre **8** donne sur une pièce accessible par l'extérieur du temple.

Pour en savoir plus sur les temples, voir p. 46 et 208.

stratégie

Des tours pour veiller sur Malte

La côte de l'archipel est piquée de tours de guet, édifiées au XVIIe s. pour veiller sur les points les plus fragiles du littoral. Elles furent construites de manière à ce que chacune puisse transmettre un signal à la suivante afin de prévenir toute attaque ennemie. Les signaux étaient faits à l'aide de fumée le jour et de torches la nuit. Le réseau s'étendait de Marfa au nord-est, aux forts de Marsaxlokk et Marsaskala au sud-est, et à Wied iz-Zurrieq où la côte, gardée par des falaises abruptes, ne présentait ensuite plus aucun risque. Le danger des raids de vaisseaux à rhynges barbaresques se raréfiant au XVIIIe s., elles tombèrent peu à peu en désuétude. •

Wied iz-Zurrieq★

> *À 1,5 km S-E de Hagar Qim (env. 16,5 km S de La Valette; bus n° 38, 138). Visite en bateau vers la grotte (2,50 £M). Uniquement quand la mer est calme 9h30-16h30 ☎ 21.64.99.25 ou 21.64.00.58.*

Des pêcheurs vous conduiront en bateau au départ de cette crique à **Blue Grotto**★, une grotte qui s'enfonce à plus de 40 m dans la falaise. Il est préférable de faire cette excursion en début de matinée, moment où la lumière envahit la grotte et où on peut le mieux admirer les reflets du ciel dans la cavité marine. Seule une mer calme permet d'apprécier pleinement la transparence de l'eau.

Zurrieq★

> *À 2,5 km de Wied iz-Zurrieq (13 km S de La Valette; bus n° 32, 34, 38 et 138).*

Réputé pour sa ***festa*** qui se déroule à la fin du mois de juillet, Zurrieq est une bourgade de 6 600 hab. qui s'enroule en colimaçon autour de son **église**★ paroissiale, dédiée à sainte Catherine. Bâtie en 1634 et maintes fois remaniée par la suite, elle possède de belles peintures de Mattia Preti, qui séjourna dans le village en 1675. Posté sur un plateau à l'est du bourg, le **moulin de Tax-Xarolla**★ est son emblème et sa fierté: construit en même temps que sept autres par le grand maître Vilhena en 1724, il est le seul de l'archipel à être resté en parfait état de marche *(encadré p. 173)*. Il a fait l'objet d'une restauration récente et il est prévu d'y aménager un écomusée consacré à l'économie rurale. En attendant, chaque week-end, on lui ajuste ses ailes, qui tournent avec constance depuis près de 300 ans.

♥ Hal Milieri★★

> *À 500 m N de Zurrieq, sur la route de Mqabba. Chapelle ouv. 9h-12h, 1er dim. de chaque mois, tous les dim. de mars (mois de l'Annonciation, à laquelle la chapelle est dédiée), le 28 mars, jour de l'Annonciation 9h-18h et messe à 10h. Entrée payante.*

Quelques fermes, une église du XVIIe s. consacrée à saint Jean et surtout la petite **chapelle de l'Annonciation**: c'est tout ce qui subsiste du *casale*, ou paroisse rurale, de Hal Milieri, progressivement déserté à partir de la fin du XVIIe s. Cet abandon est cause de la conservation d'un joyau unique d'art médiéval maltais: les **14 peintures**★★ des murs de la chapelle de l'Annonciation, réalisées autour de 1480. Protégés par un enclos de pierre, les lieux, sur lesquels veille l'association Din l'Art Helwa, responsable

© Pawel Wysocki/Hémisphères Images

La côte maltaise est creusée de grottes, également nombreuses à l'intérieur des terres. Des gens y vivaient jusqu'à un passé récent. En maltais, l'habitation troglodyte se dit x'ghar u kasa, *« maison dans la grotte ». L'expression est restée pour désigner un rustre mal dégrossi.*

de la restauration, semblent échappés d'une campagne toscane, avec les deux vieux cyprès qui gardent l'édifice. Sur la dr. avant d'entrer, le **pressoir à huile** provient d'un ancien site romain, de même qu'une partie des pierres utilisées dans la construction. Le sol de la chapelle a été creusé dans la roche : on descend une volée de marches pour y pénétrer.

Les peintures occupent les panneaux délimités par les départs d'arcature de la nef unique, à l'exception de l'abside. Exécutées à l'aide de pigments naturels posés *a fresco*, elles campent la galerie des saints auxquels on rendait culte au XVe s. Chaque personnage a pu être identifié grâce à une inscription en lettres gothiques. Ce sont : *(de g. à dr., sur le mur de g. en regardant l'abside)* saint Vincent, saint Laurent et saint Jean, saint Jacques, saint André, saint Nicolas ; *(de dr. à g., sur le mur de dr.)* saint Léonard, sainte Agathe et saint Blaise, saint Augustin, saint Paul en compagnie d'un abbé. Le visage empreint de douceur, ils serrent chacun une Bible dans la main gauche. L'absence de recherche de volumes et la stylisation des drapés qui confèrent au personnage un caractère surnaturel trahissent l'influence de l'art byzantin de Sicile. Il est probable que Garinu, l'artiste qui a apposé sa signature au bas du portrait de sainte Agathe et saint Blaise, en était originaire. Plusieurs couches d'enduit ont masqué ces fresques au cours des siècles jusqu'à leur découverte, en 1968. Les rainures dans le sol à proximité de l'autel témoignent de l'emplacement d'une iconostase. •

Carnet d'adresses

© Pawel Wysocki/Hémisphères Images

Les Buskett Gardens sont l'endroit idéal pour faire une pause par grande chaleur.

Les bonnes adresses sont rares dans cette partie de Malte ; celles-ci se situent dans la gamme des menus de 3 à 5 £M.

Vous trouverez en outre à vous restaurer de sandwiches et de salades dans les clubs de fanfare paroissiale et les cafés de Dingli, Siggiewi, Zebbug et Zurrieq.

Dingli

Visite p. 135.

Restaurant

♦ **Bobbyland 1**, Panoramic Rd ☎ 21.45.28.95. *F. lun. et certains soirs hors saison.* Une pause bienvenue au bord de la route qui longe les falaises. Restaurant sans prétention pour les sorties des familles maltaises : les enfants jouent, les parents mangent les grands classiques de la cuisine locale. Le résultat est honnête.

Les numéros **en gris** renvoient à la carte régionale p. 134.

Ghar Lapsi

Visite p. 138.

Restaurant

▲ **Lapsi View 3**, sur le parking qui domine la descente vers la calanque ☎ 21.82.16.08. *Ouv. t.l.j. 9h-22h.* Une baie donnant sur le parking et des tables en formica pour le décor. Mais l'adresse, sans prétention, est bonne : on peut s'y restaurer de manière consistante avec le menu du jour ou s'y faire confectionner un sandwich à tout moment de la journée.

Hagar Qim

Visite p. 139.

Restaurant

▲ **Hagar Qim bar & restaurant 2** ☎ 21.42.41.16. *Ouv. lun.-sam. 10h-16h et 19h-22h, dim. 9h-23h.* À l'orée des temples, pour prendre un verre sur la terrasse avec vue sur la mer ou se restaurer d'une roborative cuisine maltaise : *gbejniet*, lapin à l'ail, *tigiega i-forn* (poulet rôti), poulpe en sauce au vin, aux olives et aux câpres… Tous des classiques bien cuisinés. ●

Le Sud-Est★★

Pour gagner le Sud-Est au départ de La Valette, la traversée de la zone mi-résidentielle, mi-industrielle de **Paola** est obligatoire. L'agglomération tire son nom du grand maître Antoine de Paule qui y créa, en 1626, un Casal Nuovo, un « village neuf », pour désengorger La Valette et les Trois Cités. Même au-delà de l'**arc de Hompesch**, un autre monument de l'époque des chevaliers, la conurbation n'offre guère d'échappée dans la campagne. Les **vestiges archéologiques** abondent pourtant dans cette partie de l'île, mais les sites ont été perturbés, voire détruits, par les constructions et les cultures. Peu d'entre eux valent la visite. Ceux qui balisent cet itinéraire, et comptent parmi les plus remarquables de Malte, constituent son principal intérêt. Car la côte sud-est, malgré la présence d'une petite station balnéaire à Marsaskala – hélas nauséabonde quand vient l'été –

sommaire

© Pawel Wysocki/Hémisphères Images

© Office du tourisme de Malte

Perfection géométrique des chambres souterraines de Hal Saflieni, d'autant plus impressionnante que les hommes qui les taillèrent ne connaissaient pas l'usage du métal.

et de petites criques favorables à la baignade, est dévolue à d'autres aspects de l'économie maritime maltaise : la pêche, dans le port pittoresque de Marsaxlokk, et le *transshipment* dans la zone franche de Kalafrana *(voir p. 35)*.

> *Toutes les localités sont desservies par des* **bus au départ de La Valette**. *Un véhicule est toutefois nécessaire pour couvrir l'itinéraire dans sa totalité, les différentes étapes ne figurant pas toujours sur les mêmes parcours d'autobus. Itinéraire de 5 h avec les visites.*

L'hypogée de Hal Saflieni★★★

> *À 100 m S de la place de l'église de Paola (4 km S de La Valette ; bus n° 8, 11, 27, 29). En voiture : itinéraire balisé. Visites guidées uniquement (en anglais, film en français de 10 mn projeté avant la visite), par groupe de 10 pers. : t.l.j. et toutes les heures, 9 h-17 h. F. Noël, Nouvel An et Ven. Saint. F. j.f.* ***Rés. indispensable en été*** *(une semaine à l'avance : ☎ 21.82.55.79 ou 21.80.50.19, ou auprès de l'Office de tourisme à La Valette, ou à l'aéroport à l'arrivée). Entrée payante.*

Inscrit au Patrimoine mondial de l'Unesco depuis 1980, le site a été réouvert en 2001, après un réaménagement complet. Les conditions de visite très restrictives afin de préserver le site (petit nombre de visiteurs, faible luminosité, etc.) sont à la mesure de sa beauté et de son intérêt.

Découvert par hasard en 1902, lors des travaux d'urbanisation du secteur, l'hypogée a été fouillé par l'archéologue maltais Themistocles Zammit, en 1905-1911. Ce **vaste complexe souterrain** est formé de salles reliées entre elles par des passages et des escaliers, distribués sur **trois niveaux**. Le plus ancien est le niveau supérieur. Creusé autour de 3700 av. J.-C., il est à 2,75 m au-dessous de la rue actuelle. La visite démarre au niveau intermédiaire. L'étage inférieur descend à plus de 10 m sous terre.

L'aspect grossier des cavités du niveau supérieur trahit l'origine naturelle de ces grottes qui ont dû servir de point de départ aux travaux ultérieurs de creusement. Ceux-ci s'inscrivent dans la tradition des sépultures taillées dans la pierre de la période de Zebbug. Les **niveaux inférieurs**, établis aux environs de 3000 av. J.-C., sont d'une facture élaborée. Les cavités étaient réalisées par forage, puis par polissage après déblaiement des blocs de pierre, et recevaient enfin une couche d'ocre. Aucun outil en métal n'ayant été trouvé à Malte pour la période de Hal Saflieni, il faut imaginer que ces travaux ont été entièrement réalisés à l'aide de simples outils en bois de cerf et en pierre, et ce dans une semi-obscurité.

L'ensemble évoque dans son décor architectural les temples élevés en surface *(voir p. 46)*. Les restes humains livrés par les salles souterraines indiquent que « l'hypogée » faisait office de **nécropole**. Entre 6 000 et 7 000 personnes y ont été inhumées avec leurs bijoux, leurs amulettes, leurs statuettes et leurs poteries. Un chiffre impressionnant, mais qui doit être rapporté à la longue séquence de sept siècles durant laquelle le site fut occupé.

Au niveau intermédiaire, les portes et les murs de la **salle principale** *(Main Chamber)*, de plan circulaire, imitent de façon surprenante les niches des temples bâtis en surface. Elle a livré les deux figurines allongées, dites *Sleeping Ladies*, exposées au musée national d'Archéologie de La Valette *(p. 81)*.

Dans les parois de la **chambre de l'Oracle** *(Oracle Room)*, trois cellules latérales ont été creusées. La plus petite amplifie les voix graves jusqu'à envahir de façon surnaturelle tout l'hypogée. Le plafond est peint de spirales à l'ocre rouge.

En descendant vers le niveau inférieur, une façade élaborée, dont le porche a été taillé à l'image des passages des temples, donne sur la salle dite le **Saint des Saints** *(Holy of Holies)*, dont les travaux d'agrandissement semblent avoir été abandonnés en cours de route.

••• ***À voir tout près**: Vittoriosa (p. 90), à 3 km au N-E.*

Les temples de Tarxien★★

> À 400 m E de l'hypogée. Triq it-Templi Neolitici, près de l'église Santa Teresa de Tarxien (4 km S de La Valette; bus n° 8, 11, 27, 29 et 30). Ouv. t.l.j. 9 h-17 h. F. Noël, Nouvel An et Ven. Saint. Entrée payante.

Fouillés en 1915-1917 par Themistocles Zammit, les trois temples de Tarxien (prononcer « Ta-chienne »); constituent le plus vaste ensemble préhistorique de Malte (1/2 ha).

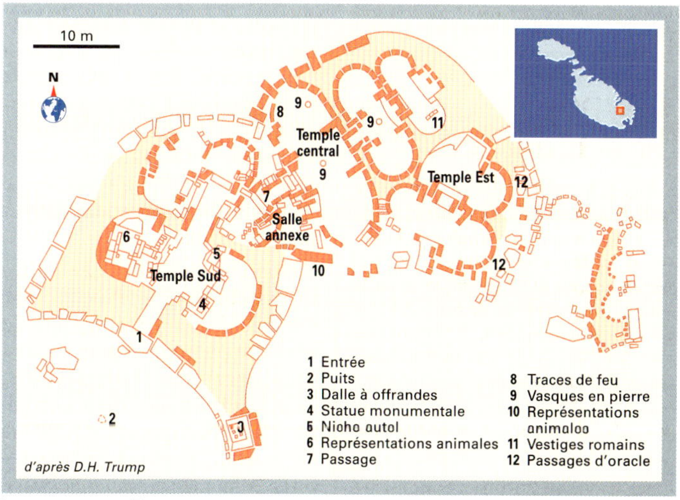

Les temples de Tarxien

Élevé à partir de la fin du IVe millénaire av. J.-C., c'est le dernier construit dans l'archipel. Son architecture et son décor portent la marque de l'aboutissement du savoir-faire des bâtisseurs. Malheureusement, les ruines imposantes souffrent d'un environnement très urbanisé. Certaines pièces originales ont été déposées au musée national d'Archéologie de La Valette *(p. 80)*, avec les poteries découvertes sur le site, et remplacées par des copies.

• Le **temple sud** est le plus ancien, élevé au début de la période de Tarxien, autour de 3000 av. J.-C. Sa **façade incurvée 1** est précédée d'une vaste cour, creusée d'un **puits** central **2**. Sur le sol, les grosses pierres sphériques, qui ressemblent à des boulets de canon, servaient à faire rouler les blocs pour les déplacer. À l'extrémité dr. de la façade repose une **dalle** rectangulaire percée de 5 trous **3**, probablement destinés à recevoir des offrandes liquides.

À l'intérieur, les deux cours successives, chacune pavée et pourvue d'une paire d'absides latérales, illustrent le plan classique adopté pour l'architecture des temples maltais *(voir p. 46)*. À dr., dans la première cour, la **statue monumentale 4** est une copie de l'original. Ses jambes reposent sur un piédestal richement orné de spirales en méplat. Décor que l'on retrouve sur la **niche-autel 5**, située à dr. du passage vers la deuxième cour. On y a retrouvé les ossements d'animaux, sans doute utilisés à des fins sacrificielles. Dans l'abside de g., on a placé des copies des blocs gravés de **représentations animales 6** (chèvres et cochon).

• Un passage dans l'abside de dr. de la **deuxième cour 7** donne accès au **temple central**, édifié peu après le temple sud. Mieux conservé sur un plan architectural, il est moins décoré et conçu selon un plan à trois cours, unique à Malte. Les **traces de feu 8** sont probablement dues à un incendie du plafond en bois à la fin de l'époque des temples. Celles qui apparaissent sur les **vasques en pierre 9** présentes dans les cours sont peut-être la marque d'une incinération des offrandes. Notez dans la **salle annexe au temple central**, des **blocs** ornés de taureaux et de cochons **10**. À dr. de la dernière cour, vestiges d'une **construction d'époque romaine 11**.

• Le troisième temple ou **temple est**, bâti à l'époque du temple sud, est le moins bien conservé mais abrite de précieux témoignages des méthodes de construction utilisées, telles ces encoches en demi-cercle, sur le long côté de certains mégalithes. Elles devaient servir de point d'appui au levier en bois qui permettait d'ajuster les blocs à leur emplacement. Les deux absides de dr. comportent des exemples de ces mystérieux « **passages d'oracle** » **12**, que l'on rencontre également à Hagar Qim et Mnajdra *(p. 139)*.

• À l'est ne restent que de maigres vestiges de ce qui était un quatrième temple, le plus ancien du groupe, élevé à l'époque de Ggantija, vers 3250 av. J.-C.

Des restes humains découverts dans les cours du temple sud, associés à des poteries et des armes en cuivre témoignent d'une utilisation partielle du site à des fins funéraires au début de l'âge du bronze.

Zabbar★★

> *À 3 km E de Paola (8 km S-E de La Valette ; bus n° 18).*

Les Turcs, à la suite de leur débarquement à Marsaxlokk en 1565, avaient établi leur premier campement dans cette localité qui compte aujourd'hui 15 000 hab.

Notre-Dame-des-Grâces★★, son église paroissiale, possède une des plus jolies façades baroques maltaises, restaurée en 1738 : encadré de deux campaniles, le porche forme une avancée très théâtrale. De nombreux architectes participèrent à la construction de l'édifice. Le premier fut Tommaso Dingli, en 1641, et le dernier Lorenzo Gafà, qui acheva la coupole en 1675.

Attenant à l'église, un petit **musée*** *(ouv. t.l.j. 9 h-12 h, entrée payante)* présente des ex-voto, qui attestent de l'ancienneté de ce lieu de pèlerinage et de ses liens avec l'Ordre. L'un d'eux fut peint par des esclaves maltais évadés d'une galère turque durant le règne des chevaliers.

Le nord de la ville est à deux pas des **Cottonera Lines***, la dernière ligne de défense de La Valette et de ses rades *(voir p. 83)*. **Zabbar Gate**, leur porte principale, se dresse entre des bastions massifs. Sous le **buste du grand maître Nicolas Cottoner** (1663-1680), entouré par des anges sculptés, une inscription rappelle le don qu'il fit pour le financement des travaux de fortification.

Marsaskala

> *À 4 km S-E de Zabbar (14 km de La Valette ; bus n° 19 et 20).* ***Carnet d'adresses*** *p. 152.*

Le petit « port de l'escale » est situé au fond d'une anse fortifiée au XVIIe s. Des cafés bordent aujourd'hui ses quais. Malgré le nombre croissant de constructions modernes, reste un peu de la vie traditionnelle d'un port maltais. L'hiver, les lieux sont totalement déserts.

• **Le fort Saint-Thomas**. *À l'extrémité de la presqu'île de Gzira Point, au S-E.* Construit en 1614 sur l'ordre du grand maître Alof de Wignacourt, après une attaque corsaire, il faisait partie du dispositif de défense côtier *(voir Zejtun, ci-dessous)*. Le site est malheureusement occulté par la présence du complexe hôtelier du Jerma Palace.

Besoin de repères historiques ? Reportez-vous à la chronologie p. 208.

© Pawel Wysocki/Hémisphères Images

Le baroque est aussi un art de scénographe, dit la façade de Notre-Dame-des-Grâces, à Zabbar.

Zejtun*

> *À 4 km O de Marsaskala (10 km S-E de La Valette ; bus n° 27, 28, 29 et 30).*

Ce vieux village, dont le nom signifie « pressoir à huile », possède un vieux centre charmant et encore une belle église baroque, dédiée à sainte Catherine.

• **Sainte-Catherine***. Encadrée par deux campaniles, sa façade est percée d'une verrière en rosace. Construite en 1692 par le Maltais Lorenzo Gafà, elle conserve, malgré des transformations, une riche décoration intérieure. Vous noterez le bel autel baroque, les œuvres de Francesco Zahra et *Le Martyre de sainte Catherine* de Stefano Erardi.

• **Saint-Grégoire***. *Contournez Sainte-Catherine par la dr. et suivez Triq San Girgor. Tout au bout, après le beau couvent Jésus-de-Nazareth.* ***Pèlerinage*** *1er mer. de la sem. de Pâques.*

Construite en 1436, elle témoigne de ce qu'étaient les paroisses maltaises avant la grande vague du baroque, malgré quelques aménagements à l'époque des chevaliers. Située sur une éminence, elle appartenait au dispositif de transmission des forts côtiers Saint-Lucien, à Marsaxlokk *(ci-dessous)*, et Saint-Thomas, à Marsaskala *(p. 149)*. Le transept fut ajouté par les chevaliers. À l'étage, un planton y recevait les messages et les transmettait à son tour à La Valette *(encadré p. 142)*.

• **Le fort Saint-Lucien**. *Entre Marsaxlokk et St George's Bay, National Aquaculture Centre, visites sur RV ☎ 21.65.18.98.* Aujourd'hui transformé en centre de recherches maritime, il fut construit en 1610-1611 par Vittorio Cassar, afin de protéger la baie, d'accès bien plus facile que celle des Trois Cités, contre les attaques ottomanes. Dès 1614, le fort entra en service pour refouler l'invasion d'une flotte de soixante vaisseaux ottomans. Mais en 1798, il ne put s'opposer au débarquement des troupes bonapartistes.

Marsaxlokk★

> *À 4 km S de Zejtun (12 km S-E de La Valette ; bus n° 27).* ***Carnet d'adresses*** *p. 153.*

C'est dans cette « anse *(marsa)* du sirocco *(xlokk)* », deuxième grande rade naturelle de Malte, que débarqua la flotte turque lors du Grand Siège de 1565. En 1989, elle a accueilli les vaisseaux de deux superpuissances, la Russie et les États-Unis, à l'occasion du sommet Bush-Gorbatchev.

Aujourd'hui, Marsaxlokk (prononcer « Marsachlok ») est le plus grand **port de pêche** de l'archipel. La pêche s'y pratique de manière très artisanale, à bord des *luzzu*, des embarcations très colorées dont la proue est peinte d'un œil d'Isis qui les protège du mauvais sort, survivance de lointaines traditions phéniciennes. Les pêcheurs fournissent les nombreux restaurants à poissons qui bordent le port, très fréquentés le dim. à l'occasion du **marché** *(jusqu'à 17 h, marché de dentelles tous les matins)*.

La baie est gâchée par la **centrale électrique** construite le long de la pointe Delimara. Pour la baignade, on gagnera plutôt l'autre côté de la pointe, où **Peter's Pool** et la crique voisine bénéficient de plates-formes rocheuses naturelles.

Ghar Dalam★

> *À 2 km O de Marsaxlokk, descendre vers St George's Bay puis remonter 500 m sur la route de Paola (13 km S-E de La Valette ; bus n° 11, 13, 15). Ouv. t.l.j. 9 h-17 h. F. Noël, Nouvel An et Ven. Saint. Entrée payante.*

Ghar Dalam, la « caverne des ténèbres », est une grotte naturelle, profonde de 144 m, où furent mises au jour les traces de la première occupation humaine de l'île, autour de 5000 ans av. J.-C., mais également des représentants de sa faune au Pléistocène, il y a 250 000 ans. Leurs ossements sont exposés dans le petit **musée** qui garde l'entrée du site. Éléphants et hippopotames dominaient la faune du Pléistocène. Les rangs de leurs os et de leurs dents présentés dans les vitrines ne sont guère éloquents, mais leurs squelettes reconstitués donnent l'incroyable mesure de ces pachydermes maltais : ils ont la taille d'un veau, comme miniaturisés à l'échelle de Malte ! Ces espèces exotiques confirmeraient l'existence à cette haute époque d'un isthme maltais reliant l'Afrique du Nord à l'Europe.

Du musée, un escalier descend vers l'entrée de la grotte, où des panneaux mettent en évidence la stratigraphie des différentes couches d'occupation.

© Pawel Wysocki/Hémisphères Images

Le port de pêche de Marsaxlokk.

Birzebbuga*

> *À 3 km S de Marsaxlokk (14 km S-E de La Valette ; bus n° 11, 13, 15).*

Bien plus que Marsaskala, cette petite station balnéaire a son charme, avec sa bien-nommée plage de **Pretty Bay**, n'était la présence des installations ultramodernes du port franc de Kalafrana qui défigurent le site. Elles occupent une partie de l'aérodrome de Hal-Far utilisé par la Royal Navy.

• **Borg in-Nadur***. *À l'entrée N de Birzebbuga, sur une colline dominant St George's Bay. Visite sur RV : musée national d'Archeologie, à La Valette ☎ 21.22.16.23. Entrée libre.* Une clôture enferme ce site préhistorique ainsi qu'un potager intrus. Les vestiges sont cependant très visibles. Ils comprennent les mégalithes d'un temple érigé à la fin de la période, vers 2500 av. J.-C., dont l'ordonnancement a été perturbé par de nouveaux occupants venus durant l'âge du bronze, à la fin du IIe millénaire av. J.-C. Leur village de huttes, également fouillé, se trouve à quelques mètres au nord-ouest du site. Il est gardé par un imposant mur défensif romain de 4,5 m de haut. Vous pouvez voir autour du site, qui, par ailleurs, n'est pas très bien entretenu, des *cart ruts* (*encadré* *p. 136*) qui sillonnent le sol rocheux. ●

Carnet d'adresses

© Pawel Wysocki/Hémisphères Images

Réaliser dentelles et tricots aux heures perdues, ravauder les filets au retour de la pêche : être femme de pêcheur est un métier de couturière.

Marsaskala

Carte p. 145. Visite p. 149.

Les numéros **en gris** renvoient à la carte p. 145.

Hôtels

Ils sont peu nombreux, la formule des appartements à louer (rens. auprès des hôtels et restaurants) étant la plus courante.

▲▲▲▲▲ **Jerma Palace 3**, Dawret it-Torri ☎ 21.63.32.22, < www.corinthiahotels.com >. *326 ch.* Complexe hôtelier construit à l'extrémité du quai, entouré par la mer. Sans charme particulier. Nombreux sports nautiques : club de plongée, piscine couverte, sauna, centre de remise en forme, court de tennis, piscine extérieure d'eau de mer.

▲▲ **Charian 2**, Triq is-Salini ☎ 21.63.63.92, < www.charianhotel.com >. *25 ch. dont la moitié avec vue sur le port.* Un bar, un restaurant, un jacuzzi sur le toit-terrasse et des chambres avec un grand balcon : rien à dire de plus sur ce petit hôtel tout à fait honorable.

▲ **Alison's Guesthouse 1**, Vajrita St. ☎ 21.63.98.14. *11 ch. avec douche et balcon. F. nov.-mars. Pas de cartes de paiement.* Cette pension moderne est agréable pour son ambiance décontractée autour d'une petite piscine et d'un bar convivial. Chambres peu spacieuses mais confortables.

budget

Hôtels. Pour une chambre double standard avec petit-déjeuner :

▲▲▲▲▲ Plus de 50 £M

▲▲ De 12 à 25 £M

▲ Moins de 12 £M

Restaurants. Pour un plat du jour/menu :

♦♦♦♦ Plus de 12 £M

♦♦♦ De 8 à 12 £M

♦♦ De 5 à 10 £M ●

Restaurants

▲▲▲ **Ghabiel 11**, Pjazza Mifsud Bonnici ☎ 21.63.41.94. *Ouv. lun.-sam. 12 h-14 h et 17 h-minuit.* L'adresse est courue par les Maltais. Il faut donc réserver. La carte dépend entièrement du produit de la pêche et varie chaque jour.

▲▲▲ **Tal-Familja 16**, Triq il-Gardiel ☎ 21.63.21.61. *Ouv. mar.-dim. 12 h-17 h et 18 h 30-2 h.* Spécialités maltaises et de poisson dans cet établissement sans chichi, où l'on peut manger dedans ou dehors selon la saison.

Croisières

Luzzu Cruises, face au restaurant Sottovoce ☎ 09.47.42.10 (mobile).

Marsaxlokk

Carte p. 145. Visite p. 150.

Les numéros **en gris** renvoient à la carte p. 145.

Restaurants

Il est de tradition touristique de venir manger du poisson à Marsaxlokk, comme on va à Mgarr goûter du lapin. Quatre établissements se partagent les 100 m de quai qui bordent le port. Sans être absolument interchangeables, ils travaillent tous avec la pêche du jour. D'une année l'autre, l'un tire ses prix, l'autre sert plus généreusement. Le mieux est de se faire son idée sur place en consultant les menus *(voir lexique des poissons, p. 17)* et en observant l'affluence. Nous les citons en remontant le quai, du sud au nord.

♦♦♦ **Is-Sajjied 13**, Xatt is-Sajjieda (le seul à être un peu à l'écart, de l'autre côté du quai à dr.) ☎ 21.65.25.49. *Ouv. 12 h-14 h 30 et 19 h-22 h 30. F. sam. midi et dim. soir.*

♦♦ **Pisces 15**, 86 Xatt is-Sajjieda ☎ 21.65.49.56. *Ouv. 12 h-14 h 30 et 18 h 30-22 h 30. F. mer.* Bar en terrasse *(ouv. 10 h 30-12 h et 15 h-18 h).*

♦♦ **La Capanna 14**, 80 Xatt is-Sajjieda ☎ 21.65.77.55. *Ouv. t.l.j. 12 h-15 h et 19 h-22 h 30.*

♦♦ **Ir-Rizzu 12**, 52 Xatt is-Sajjieda ☎ 21.65.15.69. *Ouv. t.l.j. 12 h-15 h et 18 h 30-22 h 30. F. j.f.* •

pratique

Vrais et faux *luzzu*

Les pêcheurs de Marsaxlokk proposent à l'occasion une sortie dans la baie à bord de leur *luzzu*, ce qui est rarement bon marché. Comment savoir si vous avez affaire à un authentique pêcheur ? Regardez les lettres peintes en clair sur l'avant de la coque. *PTF: Part Time Fisher*, la pêche n'est pas la seule ressource de son propriétaire. *F: Fisher*, c'est un authentique pêcheur à plein temps. •

Le Nord★

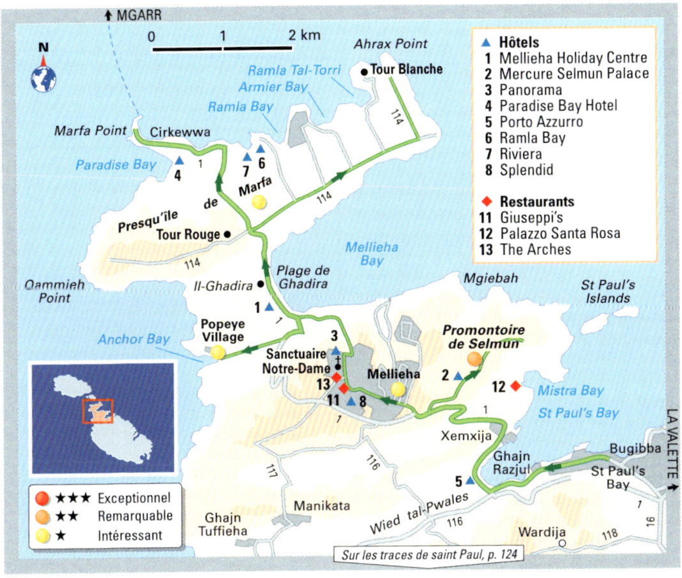

Loin d'être la partie la plus intéressante de l'île, le Nord a d'abord vocation de séjour balnéaire. Ce qui n'est pas le point fort de Malte : l'été venu, la plage de Ghadira, la seule digne de ce nom par ses dimensions honorables, subit tous les dégâts d'une intense concentration touristique. Les estivants n'ont d'alternative que de barboter dans les piscines des hôtels. Ceux-ci sont d'ailleurs peu à peu gagnés par une nouvelle fièvre immobilière : préférant une occupation permanente au tourisme saisonnier, on les convertit en résidences de luxe pour retraités argentés.

Les amoureux de la mer se rendront plutôt à Gozo, dont les falaises barrent l'horizon au bout de la presqu'île de Marfa.

●●● *Cet itinéraire peut être effectué à la suite de « Sur les traces de saint Paul », p. 124.*

> *Le bus n° 45 circule t.l.j., de 5 h 30 à 21 h, entre La Valette et Cirkewwa, le port d'embarquement pour Gozo. Un véhicule est toutefois nécessaire pour couvrir l'itinéraire dans sa totalité, les localités ne figurant pas toujours sur les mêmes parcours d'autobus.*

sommaire

© Pawel Wysocki/Hémisphères Images

Xemxija

> À 18 km N-O de La Valette ; bus n° 43, 45, 48, 50 et 51. ***Carnet d'adresses*** *p. 160.*

La station balnéaire de Xemxija (prononcer « Chem-chi-ya ») prolonge le complexe qui enveloppe toute une partie de la côte de St Paul's Bay, sur l'air connu de la Costa Brava : du béton et pas de plage, en dehors de celle de **Mistra Bay** *(à 3,5 km N, empruntez la route de Mellieha et suivre le fléchage qui vous fera emprunter une route qui passe sous la nationale avant de continuer vers le N-E)*. Celle-ci n'a d'intérêt que d'être dotée d'une des bonnes tables de Malte.

●●● ***À voir tout près :*** *retrouver les traces de saint Paul à St Paul's Bay (p. 126), à 2 km S-E, ou rejoindre les plages de l'E à Ghajn Tuffieha (p. 126), à 3,5 km S-E.*

Le promontoire de Selmun★★

> À 3 km N-O de Xemxija. Prendre à dr. au rond-point d'entrée de Mellieha. ***Hôtel*** *p. 159.*

Il tire son nom de l'ancienne dénomination des St Paul's Islands, *(p. 126)*, qu'il domine. Il est occupé par un **palais**★ (aujourd'hui propriété d'un hôtel), bâti en 1783 pour servir de résidence d'été aux chevaliers. L'emplacement est exceptionnel par les vues qu'il offre sur la mer et la campagne. Un chemin descend vers la crique isolée de **Mgiebah**★ *(à 1 km N)*.

Mellieha★

> À 3 km N-O de Selmun (21 km de La Valette ; bus n° 43, 44, 45 et 48). La circulation peut être difficile, une déviation évitant Mellieha a d'ailleurs été construite pour rejoindre directement Mellieha Bay sans passer par le village. ***Carnet d'adresses*** *p. 159.*

Mellieha doit son nom au sel, *melh* en maltais, de Ghadira *(ci-dessous)*. L'agglomération s'étage sur une crête qui domine la baie de Mellieha. La ville basse abrite une ♥ **grotte de la Vierge**★ *(ouv. t.l.j. 8 h-12 h et 16 h-18 h)*, dont la source est réputée miraculeuse. En témoignent les ex-voto accrochés à ses parois. Un escalier monte vers la place du très vénéré **sanctuaire Notre-Dame**★. L'abside, taillée à même le rocher, est peinte d'une Madone, que la tradition veut de la main de saint Luc et que son style dit du XIVe s. Une volée de marches grimpe encore vers l'**église paroissiale Notre-Dame**, reconstruite au XIXe s., qui domine l'agglomération. De sa place en terrasse, une rue s'échappe vers la campagne et ses nombreuses grottes, qui servirent d'habitations jusqu'au XIXe s.

Mellieha Bay et Ghadira

> À 4 km N-O de Mellieha (25 km de La Valette ; bus n° 44 et 45). ***Hôtel*** *p. 159.*

Mellieha Bay abrite **Ghadira**, la plus grande plage de Malte, en partie artificielle. Isolé de la mer *(sur la g. de la route)*, il-Ghadira, « le marais », fournissait le sel jusqu'à la fin du XVIe s., lorsque des exploitations plus importantes furent créées à Salina. C'est depuis la fin des années 1980 un havre de paix pour les espèces locales d'oiseaux et un lieu de séjour pour des **oiseaux migrateurs** comme le bécasseau et le chevalier.

♥ Popeye Village (Sweethaven)★

> À 2 km S-O de Mellieha Bay (d'où part le bus n° 441 qui dessert le village, t.l.j. de 10 h à 16 h, départs toutes les heures en été, toutes les 2 h en hiver). Au rond-point d'entrée de Mellieha Bay, prendre à g. Ouv. t.l.j. 1er avr.-30 sept. 9 h 30-17 h 30 ; 1er oct.-31 mars 9 h 30-16 h 30. F. j.f. Entrée payante ☎ 21.57.24.30.

© Pawel Wysocki/Hémisphères Images

Popeye Village : quand « Maltiwood » livre ses décors aux touristes.

Situé au fond d'**Anchor Bay**, ce village construit pour les besoins du film de Robert Altman (*Popeye*, 1979, *encadré p. 34*) a été converti en parc d'attractions apprécié des enfants.

La presqu'île de Marfa★

> *À 2 km N de Mellieha (27 km N-O de La Valette ; bus n° 45 et 48).* ***Carnet d'adresses*** *p. 158.*

Tout au nord de l'île, la crête de Marfa est le dernier des côteaux calcaires qui barrent l'île de Malte d'ouest en est. Élevée par le grand maître Lascaris en 1647-1649, la **tour Sainte-Agathe**★, ou **tour Rouge** (Red Tower), permettait de surveiller le détroit de Gozo. Au bout des terres sauvages et arides de la presqu'île de Marfa se dressent, spectaculaires, les falaises de Comino et Gozo. On peut les admirer depuis le point de vue de **Qammieh Point**★.

Cirkewwa (Marfa Point) est le point de départ des ferries pour Gozo. Au sud, la plage de **Paradise Bay** n'a de paradisiaque que le nom, un hôtel, très agréable en revanche, occupant une grande partie de l'anse.

À l'est de Cirkewwa, **Ramla Bay** est la villégiature préférée des Maltais le week-end : leur village de cabanons s'étend jusqu'à l'anse voisine d'**Armier Bay**★. De là, un chemin longe la côte vers la plage de ♥ **Ramla tal-Torri**★, la baie de la Tour, abritée au creux d'une crique. Elle est dominée par la **tour Blanche** (White Tower), qui appartenait au dispositif de guet créé par les grands maîtres au XVIIe s. *(encadré p. 142)*. Depuis la tour, on peut gagner ♥ **Ahrax Point**★★, le cap nord de Malte, où l'effondrement du plafond d'une grotte a créé un minuscule **bassin**★ qui communique avec la mer et où grondent des vagues quand souffle la tempête. ●

Carnet d'adresses

© Office du tourisme de Malte

De l'ombre à Malte ? Petit coin de parasol sur une plage de poche.

Marfa

Carte p. 155. Visite p. 157.

Hôtels

▲▲▲▲ **Riviera 7** ☎ 21.52.59.00, <www.riviera.com.mt>. *187 ch.* D'une sobriété élégante, c'est le plus agréable des complexes hôteliers de cette partie de la côte maltaise, avec ses baies vitrées ouvrant sur les falaises de Comino et Gozo. L'été, on peut plonger dans les deux vastes piscines d'eau de mer ; en toutes saisons, on peut profiter du centre de thalasso et de la piscine intérieure. Club de plongée et autres sports nautiques (planche à voile, ski nautique).

▲▲▲ **Ramla Bay 6** ☎ 21.52.21.81, <www.gardenhotels.com>. *118 ch. et 45 appart.* Bon confort mais dans une ambiance impersonnelle. Piscine, buffet et bar.

▲▲ **Paradise Bay Hotel 4**, derrière le départ des ferries pour Gozo ☎ 21.57.39.81, < www.paradise-bay.com >. *250 ch.* Situé sur la petite baie du même nom, il en tire son principal atout : toutes les chambres, spacieuses, ont vue sur la mer. Restaurant. Piscines. Club de plongée.

Adresses utiles

• **Ferries et bateaux pour Gozo et Comino**. Des ferries circulent toutes les heures (fréquence moindre entre minuit et 4 h et l'hiver) entre **Cirkewwa** et Mgarr *(p. 174)*, à **Gozo**.

budget

Hôtels. Pour une chambre double standard avec petit-déjeuner :

▲▲▲▲ Plus de 50 £M

▲▲▲ De 30 à 50 £M

▲▲ De 15 à 35 £M

▲ Moins de 15 £M

Restaurants. Pour un plat du jour/menu :

♦♦♦♦ Plus de 12 £M

♦ De 3 à 5 £M ●

Rens. ☎ 21.56.16.22, 21.55.61.14, < www.gozochannel.com >. Des petits bateaux assurent le transport vers l'îlot de Comino (pas de service régulier, rens. sur place et auprès des hôtels).

Mellieha

Carte p. 155. Visite p. 156.

Hôtels

▲▲ **Panorama 3**, Triq Dun Belin Azzopardi St. (accès fléché depuis le sanctuaire Notre-Dame, en contrebas) ☎ 21.52.34.23, < www.panorama-hotel.com >. *60 ch.* Au calme sur les hauteurs de Mellieha, un établissement simple et moderne, d'un bon rapport qualité/prix. Piscine mouchoir de poche, restaurant et chambres avec vue, air cond. et TV.

▲ **Splendid 8**, Parish Priest Magri St. ☎ 21.52.36.02. *14 ch. avec s.d.b. Toilettes sur le palier. F. nov.-mars.* Petite pension, au décor vieillot, bien tenue. Chambres confortables. Restaurant.

Restaurants

♦♦♦♦ **The Arches 13**, 113 Triq Gorg Borg Oliver ☎ 21.52.34.60. *Ouv. lun.-sam. 12 h-15 h et 19 h-23 h. F. nov.-mars.* Cette institution trentenaire prépare une cuisine bourgeoise internationale de qualité, servie de manière irréprochable dans un cadre soigné. Une adresse où les Maltais aiment organiser repas de mariage ou d'anniversaire.

♦♦♦♦ **Giuseppi's 11**, Triq Gorg Borg Oliver ☎ 21.57.48.82. *Ouv. mar.-sam. 19 h 30-23 h. F. j.f.* L'adresse est d'autant plus courue que son chef fait des apparitions régulières à la télévision. Décoration rustique et ambiance chaleureuse. Cuisine italo-maltaise qui, une fois n'est pas coutume, fait la part belle aux légumes. Bon choix de vins.

Les numéros **en gris** renvoient à la carte régionale p. 155.

Bar

La Vittoria Band Club ♥, sur la place de l'église ☎ 21.52.32.48. *Ouv. t.l.j. à partir de 12 h. F. tard le soir.* Bar-snack dans une très belle maison. Ambiance chaleureuse. Le mar. soir, concert de la fanfare locale.

Mellieha Bay

Carte p. 155. Visite p. 156.

Hôtel

▲▲▲▲ **Mellieha Holiday Centre 1** ☎ 21.57.39.00, < www.melliehaholidaycentre.com >. *150 bungalows.* De direction danoise, c'est le plus réussi des villages-vacances de Malte. Ses bungalows sont de véritables maisonnettes construites en calcaire local. Elles peuvent loger jusqu'à 6 pers. et sont toutes dotées d'un patio central, d'une véranda pour l'ombre et d'un toit-terrasse pour le soleil. Intimité assurée d'autant que le village s'étend très loin à l'intérieur des terres. Trois restaurants pour varier les plaisirs (cuisines méditerranéenne, chinoise et grillades). Supermarché bien approvisionné. Piscine immense et proximité de la plage. Rés. plusieurs mois à l'avance.

Selmun

Carte p. 155. Visite p. 156.

Hôtel

▲▲▲▲ **Mercure Selmun Palace 2** ☎ 21.52.10.40, < www.accorhotels.com >. *148 ch. et 6 suites aménagées dans l'ancien palais.* Un palais fortifié du XVIIIe s. a inspiré l'architecture de cet hôtel de luxe. Le palais abrite le **restaurant Le Château** pour souper fin aux chandelles. Les ailes modernes logent toutes sortes d'équipements dont le restaurant **De Favray** (somptueux buffets) et

© Pawel Wysocki/Hémisphères Images

Croix de Malte et dauphins pour toquer à la porte.

une piscine intérieure. Autre très grande piscine extérieure, courts de tennis, volley, club de plongée de mai à sept. Activités pour les enfants.

Xemxija

Carte p. 155. Visite p. 156.

Hôtel

▲▲ **Porto Azzurro 5**, Triq Ridott ☎ 21.58.51.71, <www.portoazzurro.com.mt>. *115 studios et ch.* Strictement fonctionnel, cet établissement propose chambres et locations d'un rapport qualité/prix intéressant. Chambres avec balcon, TV satellite, ventilateur et chauffage l'hiver. Piscine extérieure.

Restaurant

♦ **Palazzo Santa Rosa 12**, Mistra Bay *(à 3,5 km N-O, accès p. 156)* ☎ 21.58.27.36. En fait de palais, c'est une ancienne maison qu'encadrent un figuier et un olivier. Sous ces auspices méditerranéens, on déguste une très bonne cuisine italienne et on vient de tout Malte pour goûter aux pizzas, dont la carte est vertigineuse. ●

♥ Gozo★★★ et Comino★

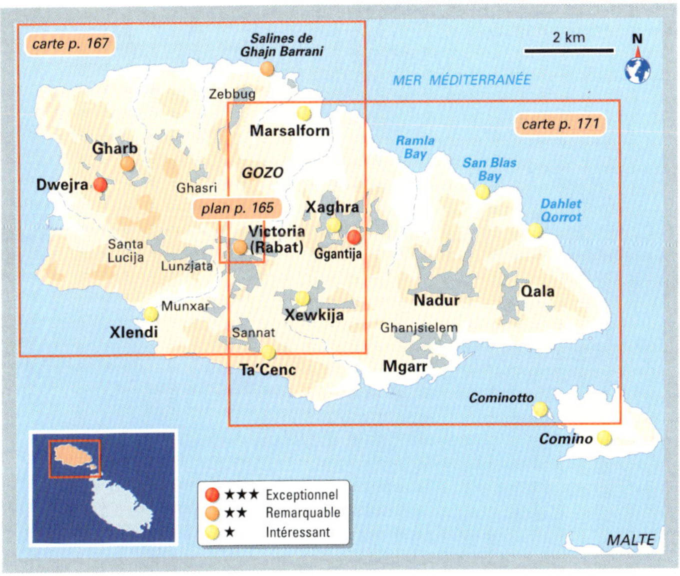

Gozo, c'est un peu le Mezzogiorno de Malte, qui regarde sa petite jumelle avec une condescendance de centre politique et économique. Gozo n'en a cure, bien au contraire, et rit sous cape, chaque week-end, en voyant débarquer les Maltais en quête de quiétude. Ici, on n'a pas sacrifié aux excès bétonnés du tourisme balnéaire, on ne s'est pas fabriqué de fausses plages en déversant des tonnes de sable, on n'a pas sacrifié son âme au diable du tourisme.

Car Gozo, c'est un peu l'âme de Malte. On y parle plus maltais, moins anglais, on veut bien être Gozo à l'italienne, mais on préfère être la Ghawdex – qui se prononce « aouhdeche » – du parler ancestral. L'ombre sicilienne est palpable, les densités humaines jamais affolantes et on célèbre des fêtes paroissiales qui font des mois d'été un carnaval sans fin. Voilà bel et bien un îlot en Méditerranée où il fait bon vivre de miel au parfum de garrigue et de tomates gorgées de soleil.

sommaire

© Sylvain Grandadam

Victoria (Rabat)★★

© J. Nicolas

Vue des remparts de sa citadelle, Victoria, c'est du baroque de Sicile greffé sur une casbah du Maghreb. Au premier plan, la basilique Saint-Georges.

> *De Xewkija, reprenez la route principale vers Victoria qui se trouve à 2 km.* ***Carnet d'adresses*** *p. 179.* ***Plan*** *p. 165.*

Vue du nord, la citadelle de Victoria perchée sur un plateau fait penser à celle de Mdina. Jusqu'en 1637, la population y était consignée durant la nuit pour sa propre sécurité: trop de corsaires barbaresques hantaient alors les côtes. En 1551, un raid sarrasin avait réduit en esclavage quelque 7 000 Gozitains ! Ce n'est qu'aux temps plus apaisés du XVIIIe s. que les gens purent quitter les murs et s'installer dans les faubourgs en contrebas, qui devinrent la prospère **Rabat**, rebaptisée en 1897 en l'honneur du 60e anniversaire de règne de la reine Victoria. Cette ville basse, grandie sans contrainte, donne à Victoria vue du sud une physionomie de casbah.

Pjazza Indipendenza

A1-2 Le cœur de Victoria est désormais cette place, qui s'étend à l'emplacement d'un forum du temps des Romains. On l'appelle encore It-Tokk, le « lieu de rendez-vous » : chaque jour s'y tient un **marché** de fruits, de légumes et de vêtements *(7 h-13 h, f. dim.)*. Son artère est **Triq ir-Repubblika AB1**, où se déroulent chaque **18 juillet**, fête de saint Georges, et chaque **15 août**, Assomption de la Vierge, des courses populaires de chevaux, d'ânes et de mulets. Près du **théâtre Astra B1** *(encadré p. 166)*, on remarque la tribune, édifiée au XVIIe s. pour assister à l'événement. Hors ces lieux et moments d'animation, la vie à Victoria est un long fleuve tranquille.

pratique

Arriver à Gozo

• **En ferry**. Des ferries circulent toutes les heures (fréquence moindre entre minuit et 4 h et l'hiver) entre **Cirkewwa** *(p. 157)* et Mgarr *(p. 174)*. Le service est aussi tributaire du temps en mer. Comptez 2 £M A/R par passager, 6,25 £M A/R pour la voiture et le chauffeur. Côté Malte, guichets ouv. t.l.j. 8 h 15-19 h 15 : le soir, on embarque sans billet, le règlement se faisant au retour à Gozo (guichets ouv. 24 h/24). L'embarquement des véhicules s'effectue par ordre d'arrivée, sans réservation. Traversée : 30 mn. Rens. : ☎ 21.56.16.22, 21.55.61.14, <www.gozochannel.com>.

• **En bus**. De La Valette, bus n° 45 et 48 (30 à 45 mn) pour Cirkewwa. De Mgarr, bus n° 25 pour Victoria.

• **En navette**. La plupart des hôtels de Gozo incluent ce service lors de la réservation.

• **En hélicoptère**. Service t.l.j. entre l'aéroport international de Malte et l'héliport de Xewkija, à Gozo. Comptez 27 £M A/R et 10 mn de vol. Rens. et rés. : **Air Malta** ☎ 01.58.18.64.05 (à Paris) ; ☎ 21.69.08.90 (à Malte) ☎ 21.55.93.43 (à Gozo), <www.airmalta.com>. •

La citadelle★★

> **A1** *En haut de Triq tal-Belt, qui démarre de Pjazza Indipendenza. Un forfait intéressant permet de visiter l'ensemble des musées.*

Elle occupe l'emplacement d'une citadelle médiévale, consolidée par les chevaliers lors de leur arrivée à Malte. En 1693, elle a connu le même triste destin que sa jumelle de Mdina : un tremblement de terre, qui endommagea une grande partie de ses édifices. Seuls ceux qui se trouvent à l'entrée de la place forte ont été relevés, avec l'aide de l'Unesco. Derrière la cathédrale s'étendent toujours les ruines abandonnées. Plus personne n'habite cette cité désertée.

La cathédrale★

> **AB1** *À l'entrée de la citadelle. Ouv. t.l.j. 9 h-16 h 30. Entrée payante.*

Elle ne devint cathédrale qu'en 1864, date de la création de l'évêché de Victoria. Auparavant, l'église avait rang de collégiale. Elle servit aussi à plusieurs reprises de cadre à l'investiture des grands maîtres.

Rythmée par des pilastres à chapiteaux corinthiens, sa **façade**★★ en impose, au fond de la piazetta qui s'ouvre à l'entrée de la citadelle. C'est Gafà *(voir p. 216)*, le grand architecte du baroque maltais, qui en conçut la mise en scène, entre 1697 et 1710. L'intérieur est bien plus sobre que celui des cathédrales de Malte : il y a ici moins d'or et de peintures. Même la coupole manque. À sa place, l'Italien Antonio Manuele da Messina a réalisé, en 1739, un **trompe-l'œil**★★ vertigineux d'habileté. On remarquera également les **pierres tombales** en marbre du sol aux décorations souvent macabres, ainsi que des œuvres de peintres maltais, comme Michele Busuttil ou Tommaso Madiona. Dans une chapelle à g. de l'entrée se trouve une impressionnante **statue de la Vierge**★, portée courageusement par les Gozitains lors de la procession du 15 août. Elle pèse, en effet, près de 400 kg.

Le musée de la Cathédrale★

> **AB1** *Triq il-Foso, en longeant la cathédrale. Ouv. t.l.j. 13 h 30-16 h 30. F. dim. et j.f. Entrée groupée avec la cathédrale.*

© J. Nicolas

La cathédrale de Victoria, encore un tour de l'art baroque : comment donner l'illusion du monumental sur une place de poche.

Il abrite une collection d'**objets religieux**, dont des ciboires en or et en argent et des vêtements liturgiques luxueusement brodés. Parmi les curiosités : les chaussons en velours du pape Pie VII, arrêté par Bonaparte, et un ivoire sculpté représentant Notre-Dame de Lourdes, offert par des chrétiens d'Inde du Sud. À l'étage, un impressionnant tableau du martyre de sainte Agathe *(encadré p. 116)*.

Le musée du Folklore*

> **A1** *Ouv. t.l.j. 9h-17h. F. Noël, Nouvel An et Ven. Saint. Entrée payante.*

Il occupe une maison à fenêtres géminées, rare rescapée du désastre du tremblement de terre. Ses collections sont riches, mais malheureusement sans commentaire (on en apprendra davantage en visitant le musée du Folklore de Gharb, *p. 169*). Au gré du dédale des salles et des patios, on découvre des outils agricoles, des ex-voto et des santons, des nasses, des costumes et de la dentelle, ainsi qu'un atelier de maréchal-ferrant.

À ne pas manquer, dans le recoin d'une vitrine : d'adorables meubles de poupée, taillés dans le calcaire à globigérines.

St James' Cavalier*

A1 Ce bastion occupe l'angle ouest des remparts. On y embrasse Gozo dans sa petite largeur. À g., près de la mer, c'est Marsalforn *(p. 167)*, au pied d'une butte sur laquelle un Christ étend les bras en croix, façon Rio de Janeiro. En face s'étend

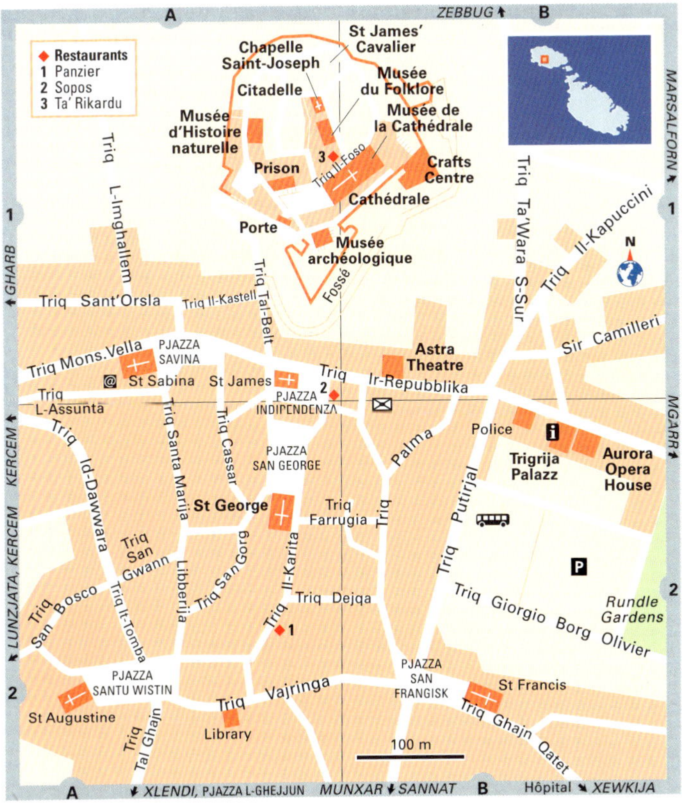

Victoria (Rabat)

Circuler à Gozo

- **En bus**. Les bus, gris à bande rouge, n'obéissent pas à des horaires réguliers et sont peu commodes. Ils partent et arrivent à Victoria. Ils ne fonctionnent pas les j.f., se font rares le dim. et le service s'arrête tôt l'hiver.
- **En taxi**. L'île compte deux stations de taxis : l'une à Victoria, à côté de la station des bus, et l'autre au port de Mgarr. Ils sont plus chers qu'à Malte.
- **En véhicule de location**. C'est la solution idéale. Si vous n'avez pas loué de voiture à Malte, vous trouverez des agences de location de voitures et scooters à Victoria *(p. 180)*, Mgarr et Marsalforn *(p. 178)*, Xaghra *(p. 181)*. Stations-service sur la route Mgarr-Victoria.
- **À bicyclette**. Attention, l'île est toute petite, mais les côtes y sont rudes, surtout quand le soleil cogne. Le VTT est le plus approprié. Agences de location à Victoria *(p. 180)*, Xaghra *(p. 180)* et Marsalforn *(p. 178)*.

Xaghra *(p. 172)*, reconnaissable à son moulin. À dr. s'élève la coupole géante de Xewkija *(p. 171)* sur le fond des côtes de Comino et Gozo.

La prison*

> **A1** *Longez le rempart pour revenir vers la place de la citadelle, que surplombe ce bâtiment. Entrée payante.*

Construite au milieu du XVIe s., elle est restée en usage jusqu'au début du XXe s. En débarrassant de leurs couches de chaux les murs de ses six cellules, en 1996, on a mis au jour de touchants **graffitis** tracés par les prisonniers : des croix et des soleils (!) et, gravés d'une main adroite, tous les modèles de galères.

société

Clochemerle

Victoria compte aujourd'hui deux théâtres, l'**Astra Theatre B1** et l'**Aurora Opera House B2**, tous deux sur Triq ir-Repubblika. Deux grandes salles pour 6 500 hab. ! Et pourquoi ? Pour des rivalités de fanfares. À peine celle de la paroisse Saint-Georges mettait-elle l'Astra en chantier, que le *kazin* de la cathédrale, son rival de toujours, réunissait des fonds pour édifier l'Aurora, plus grand, plus beau et capable, lui, d'accueillir un opéra. Faute de troupes, on y donne des bals et des films, mais pour chaque paroisse, l'honneur est sauf. Et le public est toujours bienvenu dans le bar de chaque club. •

Le Musée archéologique

> **A1** *En face de la prison, de l'autre côté de la place. Ouv. t.l.j. 9h-17h. F. Noël, Nouvel An et Ven. Saint. Entrée payante.*

Installé dans la **Casa Bondi**, un ancien palais du XVIIe s., il renferme des vestiges archéologiques provenant de toute l'île. Les plus intéressants se trouvent à l'étage (périodes punique et romaine). On y verra les restes d'un homme, découvert à Comino enterré sous deux demi-amphores (IIIe-Ve s.) – sans doute mort en mer, inhumé à la hâte –, une urne en verre de proportions imposantes (Ier-IIe s.) et une dalle, gravée d'une inscription en coufique, provenant d'une tombe musulmane du XIIe s.

Un petit creux ? Voir nos adresses de restaurants p. 179.

La ♥ ville basse★

A2 De Pjazza Indipendenza s'échappe une ruelle qui s'enfonce dans les plus vieux quartiers de Rabat. Elle longe l'**église Saint-Georges★**, un édifice restauré en 1818, après les dégâts du tremblement de terre, sur la construction d'origine, du XVIIe s. Outre les fresques récentes du dôme, réalisées par l'Italien Giambattista Conti au milieu du XXe s., on y remarquera, derrière l'autel, un *Saint Georges* peint par Mattia Preti ainsi qu'une statue du patron de l'île sculptée en 1841 dans un tronc d'arbre par Paolo Azzopardi.

En enfilant une à une les ruelles étroites, qu'animent quelques commerces, on débouche sur les terrasses des cafés de la **Pjazza Santu Wistin**.

Pjazza l-Ghejjun★

> **Hors pl. par A2** *À la sortie de Victoria, sur la route de Xlendi.* **Carte** *p. 167.*

C'est de cette place en contrebas que Victoria offre son visage de casbah maghrébine : des maisons-cubes en pierre et un horizon où la citadelle est gommée. Au XVIIe s., les chevaliers y firent installer deux **lavoirs★**. Des sources y coulent encore, sous les arches de pierre. Le plus beau est **L-Ghajn il-Kbira**, frappé d'armoiries et surmonté d'une statue de la Vierge.

♥ Lunzjata★

> **Hors pl. par A2** *Sortir de Victoria en suivant la direction Kercem. Contournez l'oratoire Don Bosco et descendez la rue qui termine en cul-de-sac.* **Carte** *p. 167.*

Au fond d'un vallon, des roseaux indiquent le tracé d'une rivière. Elle alimente de minuscules potagers, par des canalisations taillées dans la pierre. La jolie **porte Dar il-Lunzjata** en garde l'entrée. •

♥ L'ouest de Gozo★★★

L'ouest de l'île est le portrait symétrique de l'ouest de Malte : la côte y plonge en puissantes falaises, que n'entaillent que quelques bras de mer. Peu de paroisses se sont établies dans ce rude pays, qu'on nommait jadis « le désert » et qui n'excitait guère la convoitise des pirates barbaresques, en maraude jusqu'au XVIIe s. Ce Gozo sauvage est un joyau de l'archipel.

> ***Véhicule indispensable** : seules quelques localités sont desservies par des bus, mais toujours en étoile au départ de Victoria.*

Marsalforn★

> *À 3 km N de Victoria (bus n° 21), par une jolie route qui descend au milieu des vergers et des murets.* ***Carnet d'adresses** p. 176.*

Villégiature de week-end favorite des habitants de Victoria, ce petit port a des allures de station balnéaire miniature : une marina, des terrasses de café pour profiter de la mer et une poignée d'hôtels pour y séjourner. Côté baignade en revanche, on préférera la crique voisine de **Xwejni** *(p. 168)* : un ponton en béton et un carré de cailloux sont tout ce qui tient lieu de plage.

Côté mer, sur 2 km, les bassins de Ghajn Barrani travaillent les bleus du ciel comme des émaux cloisonnés.

Les ♥ salines de Ghajn Barrani★★

> *À 2 km O de Marsalforn, en suivant la route côtière.*

À l'entrée de la **crique de Xwejni** (plage de galets, mer peu profonde et fond rocheux), le paysage prend un tour surprenant. L'érosion y a feuilleté une roche calcaire ocrée et friable. Sur le quai rocheux naturel qui borde la mer, et sur près de 2 km, des dizaines de **salines** ont été creusées dans la pierre, en autant de miroirs pour le ciel bleu. Comment l'eau de mer est-elle remontée vers les bassins ? Apparent mystère qui n'en est pas un : on utilise tout simplement des pompes électriques, rangées, avec les stocks de sel, dans les entrepôts troglodytes de la falaise.

♥ Gharb★★

> *À 10 km S-O de Marsalforn, via Zebbug (3 km N-O de Victoria ; bus n° 1, 2 et 91) ; si vous ne craignez pas d'emprunter de mauvaises pistes, empruntez celle qui traverse le Wied i-Ghasri, passe le long des falaises en contrebas du phare Ta' Geordan et monte vers Gharb en suivant le Wied il-Mielah : l'itinéraire est splendide. Bus n° 2 et 91 de Victoria.* ***Carnet d'adresses*** *p. 176.*

Gharb (prononcer « Harb ») dort d'un sommeil profond : presque toutes ses belles maisons anciennes de calcaire blond ont été achetées par de riches étrangers, qui n'y viennent que le temps des vacances. On déambule dans ce village comme dans un décor d'un autre âge, sous les belles fenêtres closes des balcons du XVIIIe s.

L'église paroissiale★★

Bâtie en 1679, elle est dédiée à **Notre-Dame de la Visitation**. Pleine de grâce, elle dresse sa belle façade incurvée, toute de théâtralité baroque, entre deux campaniles élancés. Ajoutées à la fin du XVIIIe s., les allégories de la Foi, de l'Espérance et de la Charité encadrent son portail. L'intérieur est tout ornement de velours rouge, de peintures or et de stuc crème. Dans une des niches, un bel exemple de **monstrance**★ : une effigie de saint Clément repose, revêtue de son armure dans laquelle un hublot pratiqué à hauteur de la poitrine dévoile la relique de ses côtes.

Le ♥ musée du Folklore★★

> *Sur la place de l'église. Ouv. lun.-sam. 9h-16h, dim. 9h-13h. Entrée payante ☎ 21.56.19.29.*

Ce musée privé est bien plus instructif que celui de la citadelle de Victoria : des commentaires (en anglais) accompagnent les reconstitutions d'ateliers, qui étaient jadis toute l'économie gozitaine.

On y apprend tout sur les fours à pain *(encadré p. 181)*, les presses à huile et à vin, la fabrication des cierges, les charpentiers, les forgerons et les métiers ambulants.

La basilique Ta' Pinu★

> *À 1,5 km E de Gharb, par la route de Victoria, puis à g. Tenue décente exigée : les épaules et les jambes doivent être couvertes. De Gharb, vous pouvez aussi vous y rendre à pied, en empruntant Triq ta' Sidieri : beaux panoramas sur les cultures en contrebas.*

Cette basilique néo-romane est le Lourdes de Gozo. Elle fut élevée entre 1920 et 1931, à l'emplacement d'une petite chapelle du XVIe s., qu'un paysan, Filippino Gauci, surnommé Pinu, sauva de la destruction au XVIIe s.

En 1883, Karmni Grima, une femme du village tout proche de Gharb, et un ami, Francesco Portelli, entendirent la voix de la Vierge. À la suite de cet événement et d'une série de guérisons inexpliquées, la chapelle devint un lieu de pèlerinage si important qu'on y bâtit ce vaste édifice.

L'intérieur de la basilique est très épuré. Les sculptures champlevées qui courent aux chapiteaux des arcatures sont le seul ornement. Dans le déambulatoire, une **collection d'ex-voto★** atteste des pouvoirs de la Madone de Ta' Pinu : plâtres des opérations chirurgicales réussies, photos d'accidentés rescapés et vêtements de bébés espérés.

Sur la colline qui s'élève en face de la basilique, des groupes de statues matérialisent un **chemin de croix**.

♥ Dwejra★★★

> *À 2 km S-O de Gharb, via San Lawrenz.*

Tournez le dos à la côte (de vilains cabanons et une méchante chapelle rose bonbon) et regardez résolument vers le large : c'est bel et bien une baie qui s'ouvre, enchâssée dans de puissantes falaises. À main dr., l'érosion a ouvert une arche béante (**Azure Window**) sur la mer. À l'aplomb, une cheminée (**Blue Hole**) profonde de 25 m, communique par un tunnel naturel avec une mer intérieure (**Inland Sea**). Celle-ci s'est formée à l'issue de l'effondrement du plafond d'une vaste caverne. Des pêcheurs proposent d'en faire la visite en barque.

À main g., la **baie de Dwejra** (prononcer « Dweï-ra ») est une échancrure profonde, où vient parfois mouiller un yacht. Au bout d'une presqu'île constellée de salines

© Laurence Mouton

Côté terre, Ghajn Barrani est une falaise gréseuse que l'érosion façonne en bas-reliefs.

recette

L'herbe secrète des chevaliers

Ce ne sont pas des champignons hallucinogènes qui poussent sur le Fungus Rock, mais une herbe médicinale, connue sous le nom scientifique de *Cynomorium*. Au temps des chevaliers, on l'utilisait dans le traitement des dysenteries et des plaies. Mais on lui prêtait aussi des vertus aphrodisiaques. Une précieuse panacée en tout cas, puisque, en 1751, le grand maître Pinto interdit l'accès de Fungus Rock. Une tour surveille encore le rivage. Le *Cynomorium* était acheminé à cette tour par un câble et l'Ordre s'en réservait la récolte. On murmurait alors que l'herbe précieuse entrait dans la préparation de l'élixir de vie du grand maître, passionné d'alchimie. Vérité ou légende, celui-ci ne mourut en tout cas qu'à 90 ans et avec une solide réputation de... galanterie. ●

naturelles se dresse le rocher aux Champignons (**Fungus Rock**, *encadré ci-dessus*), dont les falaises semblent surgir de la mer.

Xlendi*

> *Revenez vers Victoria, à 7 km, et suivez l'indication «Xlendi» qui permet d'éviter le centre: le port est à 3 km au S-O de Victoria (bus n° 87 depuis Victoria).* ***Carnet d'adresses*** *p. 182.*

La route qui descend vers ce port suit la vallée de **Wied ix-Xlendi*** (prononcer « Chlen-di »), entre deux parois où ne poussent que des pierres. Xlendi en est la terminaison naturelle : un goulet de mer, entre deux falaises, l'une couverte de constructions, l'autre qui résiste de toute sa peau de pierre. Le fond de l'anse est le cœur de cette station estivale : un quai et quelques terrasses.

Taillé dans la falaise, un **escalier** monte du port et disparaît dans la roche pour conduire à une **grotte** qui donne sur la sortie de la baie. Il a été taillé à la fin du XIXe s. à l'initiative de Karolina Cauchi, une Gozitaine qui fonda le premier couvent de religieuses de l'île. Elle leur fit don de sa demeure de Xlendi, qui servit aux sœurs de maison de repos. L'escalier leur permettait d'accéder à la grotte où elles pouvaient se baigner à l'abri des regards.

Une **promenade** aménagée le long du petit bras de mer qui se faufile entre les rochers au sud permet de s'y baigner (fond rocheux).

●●● ***À voir tout près*** *: pour quitter Xlendi, empruntez la route qui grimpe sur le coteau en direction de Munxar : elle offre de beaux points de vue** sur les falaises et l'entrée de la baie. De Munxar, vous pouvez rejoindre Ta' Cenc, à 1,5 km S-E, et le début de l'itinéraire dans l'est de Gozo (p. 171).* ●

L'est de Gozo et Comino★★

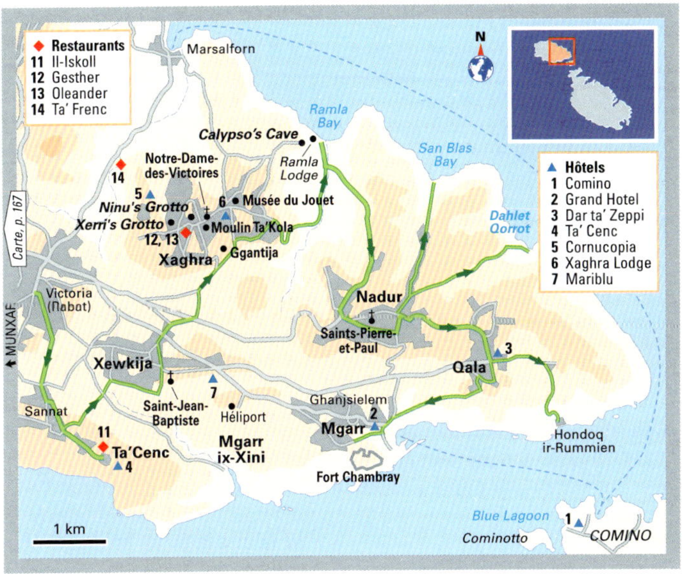

Toisé par les promontoires de Xaghra et de Nadur, vers lesquels se hausse la coupole géante de Xewkija, l'est de Gozo a accueilli le premier temple bâti au monde : Ggantija *(voir p. 46)*, qui semble regarder vers ses voisins de Malte. Et si les côtes de l'orient gozitain n'ont ni la beauté altière ni l'unité de celles de l'ouest, elles se montrent propices à la baignade dans de jolies criques abritées.

> ***Véhicule indispensable*** *: seules quelques localités sont desservies par des bus, mais toujours en étoile au départ de Victoria.*

♥ Ta' Cenc★

> *À 3 km S de Victoria (suivre Munxar, puis « Ta' Cenc Cliffs ») ; bus n° 50.* ***Carnet d'adresses*** *p. 179.*

À peine un hameau, Ta' Cenc est le rude plateau qui forme le rebord méridional de Gozo, où seule pousse une garrigue de fenouils et thyms sauvages. Une piste *(qui passe derrière l'hôtel Ta' Cenc)* borde une ligne de faille, qui semble vouloir séparer le plateau des terres de Gozo, même si la coupole de Xewkija, à l'horizon, paraît toute proche. Elle serpente à travers une poignée de *farmhouses* de rêve *(encadré p. 179)* et descend vers ♥ **Mgarr ix-Xini**★★ : un goulet de mer turquoise entre deux falaises, où la baignade est un délice. En face se dresse la presqu'île maltaise de Marfa *(p. 157)*.

Xewkija★

> *À 5 km N-E de Ta' Cenc.* ***Festa*** *le dim. qui suit le 24 juin, en l'honneur de saint Jean-Baptiste.* ***Hôtel*** *p. 182.*

Cette agglomération (prononcer « Chéou-ki-ya ») de 3 500 hab. est réputée pour sa vaste **église à coupole**★ dédiée à saint Jean-Baptiste *(f. 13 h-15 h)*. L'édifice, construit entre 1952 et 1972 grâce à l'aide bénévole des villageois – et aux fonds de ceux qui s'étaient expatriés en Australie –, obéit à un plan qui imite en grande partie celui de l'église de Mosta (p. 129). Son architecture, inspirée du style **baroque**, rappelle celle de Santa Maria della Salute à Venise. À l'intérieur, étonnamment dépouillé, on peut voir une peinture de Mattia Preti, des fonts baptismaux du XVIIe s. et une statue en bois réalisée en 1845 par Azzopardi.

♥ Ggantija★★★

> À 3 km N-E de Xewkija, à l'entrée de Xaghra (3 km N-E de Victoria ; bus n° 64 et 65). Ouv. lun.-sam. 8 h 30-16 h 30, dim. 8 h 30-14 h 30. F. j.f. Entrée payante.

Le bien-nommé « lieu des géants » (Ggantija, prononcer « Dji-gan-ti-ya ») est le plus impressionnant de tous les temples mégalithiques de Malte : les plus grandes de ses pierres se dressent à 6 m de haut et, fait exceptionnel dans l'implantation de ces édifices, l'ensemble domine les terres sur un promontoire. Connu depuis le XVIIIe s. (on remarque sur certaines pierres des graffitis de cette époque), le complexe cultuel ne fut véritablement mis au jour qu'à partir de 1827. Il comprend, ouvrant par une façade commune, deux temples du Néolithique datant du IVe millénaire av. J.-C. (3600 à 3000 av. J.-C.). Ce sont les plus anciens édifiés au monde. Inscrits au Patrimoine de l'humanité de l'Unesco en 1980, ils doivent aujourd'hui être préservés. De grands échafaudages soutiennent d'ailleurs l'édifice menacé par l'érosion.

Le mieux conservé des deux temples, le plus vaste aussi, est celui de g. Il comportait à l'origine cinq salles. En entrant, sur la g., on note la présence des boulets en pierre qui servirent au transport des dalles, dont certaines dépassent les 50 t. On y trouve aussi des restes d'autels en pierre, utilisés probablement lors des sacrifices d'animaux.

♥ Xaghra★

*> À 3 km N-E de Xewkija (3 km N-E de Victoria ; bus n° 64 et 65). Grande procession annuelle en costumes à l'occasion du **carnaval**, le 2e dim. de fév., et du Vendredi Saint. **Carnet d'adresses** p. 180.*

Posé sur un plateau à 135 m au-dessus de la baie de Marsalforn, Xaghra (prononcer « Cha-ra ») connaît une animation relative, grâce aux cafés et restaurants qui encadrent la place de son église paroissiale. Relative car pour le reste, c'est un gros bourg résidentiel, et plein de surprises.

Notre-Dame-des-Victoires★

Quoique baroque, la façade de l'église paroissiale est assez sobre en regard de l'intérieur : un doux mélange de néo-baroque (dorures, marbre blanc et polychromie du pavement) et d'art saint-sulpicien (peintures et sculptures de bénitier au style suave). Dans l'une des chapelles, saint Fortune, en costume de légionnaire, exhibe ses reliques à travers des monstrances, ménagées dans son thorax, ses pieds et ses mains.

Le moulin Ta' Kola★

> En empruntant Triq it-Tigrija, le long de l'église à dr., puis la 1re rue à dr. Ouv. lun.-sam. 8 h 30-16 h, dim. 8 h 30-15 h. Entrée payante ☎ 21.56.10.71.

Les moulins, autrefois très nombreux *(encadré ci-contre)*, ont été introduits par les chevaliers et construits sur le modèle de ceux de Majorque. Celui-ci, bien restauré (son mécanisme remonte à 1725), a été transformé en musée folklorique.

Le ♥ musée du Jouet « Pomskizillious »★

> 10 Triq Gnien Xibla (sur la route de Ramla Bay, fléché depuis l'église). Ouv. lun.-sam. 10 h-12 h, 15 h-18 h. Entrée payante ☎ 21.56.24.89.

« C'est pomskizilieux ! » se serait exclamé l'aquarelliste anglais Edward Lear (1812-1888), au spec-

économie

Quand tournaient les moulins

À tout seigneur, tout honneur : ce sont les chevaliers qui introduisirent ces mécanismes à Malte, sur le modèle de ceux qu'ils avaient fait construire à Rhodes. Auparavant, le grain était moulu à l'aide d'une meule rotative, entraînée par une mule. Ce système perdura jusqu'au début du XXe s. pour extraire la farine du maïs. Au XVIIe s., le grand maître Cottoner fit venir un ingénieur de Majorque pour améliorer les performances des moulins et en développer l'implantation. Sous la domination britannique, il n'était pas un village qui n'eût son moulin. De nos jours, ils ont quasiment disparu de l'horizon de Malte *(voir Zurrieq, p. 142)* et seuls quelques rares rescapés pointent le ciel de Gozo. ●

tacle des côtes gozitaines. Sous les auspices de cette épithète sortie d'une imagination de peintre, un couple britannique a ouvert au public sa collection de jouets anciens d'Europe, dont quelques-uns remontent à la fin du XVIIIe s.

Les grottes de Xaghra

En construisant leur maison, des particuliers ont découvert des cavernes. Une visite amusante, qui consiste à sonner à la porte pour descendre à la cave admirer stalactites et stalagmites, rebaptisées de petits noms avec plus ou moins de bonheur (*entrée payante* : ***Xerri's Grotto****, 31 I-Ghar ta'Xerri, suivre la direction de l'hôtel Cornucopia depuis la place;* ***Ninu's Grotto****, Triq Jannar, prendre à g. de l'église, puis encore à g.)*. Mais la palme de l'imagination revient à ce monsieur, qui voit dans sa grotte ni plus ni moins que le refuge d'Ulysse auprès de la nymphe Calypso (***Calypso's Cave****, à 2 km N-E en direction de Ramla Bay, accès fléché; ouv. t.l.j., entrée payante*).

●●● ***À voir tout près*** : *Marsalforn (p. 167), à 2 km N.*

Ramla Bay★★

> À 2 km N-O de Xaghra (6 km N-E de Victoria; bus n° 42).

Cette belle **plage de sable** (très fréquentée à la belle saison) fut celle du débarquement des Français en 1798 *(voir p. 212)*. Ce, malgré un muret de défense sous-marin, jeté à travers l'anse par les chevaliers. Lorsque la mer est tranquille, on distingue sa ligne claire. Il faut pour cela emprunter le chemin qui monte vers la Calypso's Cave – ou, de Xaghra, descendre en suivant la direction « Calypso's Cave », jusqu'au Ramla Lodge, un restaurant panoramique à l'abandon, posté au-dessus de la baie.

Nadur

> À 3 km S-E de Ramla Bay (5 km E de Victoria; bus n° 42 et 43). Grande procession annuelle en costumes à l'occasion du ***carnaval****, le 2e dim. de fév., et* ***festa*** *le dim. qui suit le 29 juin, en l'honneur des saints Pierre et Paul.*

Nadur, 4 300 hab., est la deuxième agglomération de Gozo. Son nom d'origine arabe signifie « sommet » : le bourg s'étire sur un plateau, à 150 m au-dessus du niveau de la mer. Si Xewkija *(p. 171)* est le village des Australiens, Nadur est celui des Américains : « America, my home, sweet home », « New York », lit-on sur les plaques des maisons des enfants du pays retournés au village. Conçue par l'architecte maltais Giuseppe Bonnici, l'**église paroissiale Saints-Pierre-et-Paul**★ (dont les statues ornent le parvis) date du XVIIIe s. L'intérieur est richement décoré.

Spectacle rare à Gozo du jour de sortie des troupeaux. Allez les moutons, maintenant, on rentre à la maison !

♥ San Blas Bay★ et Dahlet Qorrot★

> *À 2 km N-E de Nadur.*

Nadur commande l'accès à ces deux criques peu fréquentées. **San Blas** est une petite plage de sable, séparée de la crique rocheuse de Dahlet Qorrot par des calcaires coralliens. Au-dessus de l'anse de San Blas, un chemin dessert de charmants vergers et potagers, cultivés en terrasses au-dessus de la mer.

La crique de **Dahlet Qorrot** est peu propice aux bains de soleil. En revanche, en vous éloignant par un chemin qui court sur les falaises au sud-est, vous trouverez un minuscule bras de mer et un ♥ **quai rocheux naturel**, entaillé d'anciennes salines abandonnées, parfait pour la baignade.

♥ Qala

> *À 1 km E de Nadur.* ***Carnet d'adresses*** *p. 178.*

Des cafés sur la place de l'église et une poignée de vieilles maisons : Qala n'a rien que de très gozitain. Mais peut-être un peu plus qu'ailleurs : ici, on est à l'écart de tout passage et c'est tout ce qui fait l'atmosphère de Qala. On peut d'ailleurs y loger dans la meilleure adresse de Gozo. Seules les voitures qui descendent vers la plage de **Hondoq ir-Rummien** traversent l'agglomération. La plage, bétonnée, n'a aucun attrait ; la route, si : elle offre, de l'autre côté du détroit de Gozo, des **échappées**★★ sur les **falaises** et le **Blue Lagoon** de Comino *(p. 175)*.

Mgarr

> *À 2 km S-O de Qala. Port des ferries Malte-Gozo. Bus direct n° 25 pour Victoria.* ***Carnet d'adresses*** *p. 178.*

Mgarr (prononcer « Im-jar »), en maltais, c'est un port, un lieu de transit. Avant d'être celui des ferries, il fut le port principal de l'Ordre à Gozo au XVIe s. Dans sa rade en eau profonde mouillaient les bateaux qui faisaient commerce avec la Sicile. Pour héritage de cette époque, il conserve le **fort Chambray**, une véritable cité fortifiée, avec ses rues, son église et même un palais, le tout financé par les deniers personnels du chevalier français **Jacques-François de Chambray**. Il était destiné à protéger Gozo des attaques de corsaires mais de Chambray mourut prématurément en 1756 et l'ouvrage resta inachevé. Le projet était ambitieux ; celui des promoteurs immobiliers d'aujourd'hui est à sa mesure : depuis 1998, l'accès du fort est condamné pour cause d'aménagement d'un complexe touristique, qui ne verra sans doute jamais le jour.

Hormis ces considérations, Mgarr n'est pas ce que Gozo a de mieux à montrer.

histoire

L'ermite de Comino

En 1288, un homme dont la vie est en danger vient se réfugier à Comino. Il est né en Espagne, il a voyagé en Italie et en Grèce. Il est allé en Palestine à la recherche du fleuve Sambation au-delà duquel vivent, dit-on, les dix tribus perdues d'Israël. Auparavant menacé du bûcher par le pape, il fuit à présent le rabbin de Barcelone. Cet homme est juif, il s'appelle **Abraham ben Samuel Aboulafia** et c'est l'un des plus grands kabbalistes de son temps. Il prétend connaître le Nom sublime de Dieu et, par le mouvement des lettres du Nom, il accède à l'extase prophétique. Car il se dit prophète, même s'il avoue que durant quinze ans ses prophéties lui furent envoyées par les démons. Sur l'îlot de Comino, il écrit son grand ouvrage : le *Livre du Signe*. Puis soudain, sa trace disparaît, comme si, en haut d'une falaise, il avait trouvé l'entrée définitive de ses visions... Dans son livre ***Le Pendule de Foucault***, Umberto Eco relate l'histoire de ce prophète incompris. ●

Comino*

> Dans le détroit, entre Gozo et Malte. Visites en croisières organisées au départ de Marsalforn et Mgarr (p. 178) à Gozo, de Sliema (p. 108) à Malte : tour de l'île et baignade dans le Blue Lagoon. Petits bateaux à négocier au départ de Cirkewwa (p. 157), à Malte. L'unique hôtel de Comino assure un service de navettes avec Mgarr et Cirkewwa (gratuit pour les clients de l'hôtel, petite participation pour les non-résidents). Rens. au Comino Hotel ☎ 21.52.98.21. L'île est interdite aux voitures. ***Hôtel*** *p. 176.*

Quel que soit le trajet choisi pour relier Gozo, votre bateau passera au large de Comino, un îlot rocheux et sauvage fait pour les amateurs de plongée. Cet îlot de 2,6 km², où poussent quelques rares pins et mimosas, doit son nom au cumin, épice autrefois cultivée dans l'île. Il fut longtemps un repère de pirates barbaresques. Les chevaliers y élevèrent une tour de guet, la **tour Sainte-Marie** (1618), et un **fort** dont on peut voir les vestiges sur les falaises de l'île. La petite **chapelle de l'Annonciation** (XVIe s.) abrite une belle peinture de *La Vierge en fuite vers l'Égypte*.

Aujourd'hui, la population ne dépasse pas une dizaine de personnes, auxquelles s'ajoutent en saison les résidents de l'unique hôtel de l'île. Les voitures sont absentes de ce lieu sauvage, et les eaux remarquablement limpides, notamment dans le **Blue Lagoon*** qui sépare Comino du rocher de Cominotto, attirent de nombreux amateurs de plongée. ●

Carnet d'adresses

© Pawel Wysocki/Hémisphères Images

Géranium rose sur île de miel.

Comino

Carte Est p. 171. Visite p. 175.

Hôtel

▲▲▲▲ **Comino 1** ☎ 21.52.98.21, <www.cominohotels.com>. *95 ch.* Seul hôtel de l'île, il s'adresse avant tout aux amateurs de tourisme nautique. L'endroit idéal pour des vacances de lézard amphibie. Restaurant.

Gharb et San Lawrenz

Carte Ouest p. 167. Visite p. 168.

Restaurants

♦♦♦ **Salvina 13**, 21 Triq Frenc ta' l-Gharb, Gharb ☎ 21.55.25.05. *Ouv. lun.-mer. et ven.-dim. 12 h-14 h et 18 h-22 h.* Une cuisine classique et une belle carte de vins maltais à déguster en salle ou dans un joli patio-jardin.

♦♦♦ **Ta' Titas** ♥ **14**, place de l'église, San Lawrenz ☎ 21.56.50.99. *Ouv. t.l.j. 12 h 30-14 h 30 et 19 h-21 h 30. F. nov.-fév.* Présentation soignée, service attentionné et cuisine délicate, et toute la tranquillité d'une petite place peu fréquentée.

Shopping

• **Verrerie. Gozo Glass**, à l'entrée de Gharb, en venant de Victoria ☎ 21.56.19.74. *Ouv. t.l.j. 9 h-19 h.* On peut y acheter, tout juste refroidis, les verres multicolores que soufflent les artisans. **Ta' Dbiegi Crafts Village**, entre Gharb et San Lawrenz sur la route de Dwejra. *Ouv. lun.-sam. 9 h-17 h.* Souffleurs de verre, orfèvres, tisserands, dentellières et potiers : les artisans travaillent ici et vendent une production de qualité.

Marsalforn

Carte Ouest et visite p. 167.

Hôtels

▲▲▲▲ **Calypso 1**, sur le front de mer, côté est ☎ 21.56.20.00, <www.hotelcalypsogozo.com>. *100 ch. tout confort, dont 40 avec vue.* Une rénovation en 2004 a donné à cet ancien hôtel l'élégance annon-

budget

Hôtels. Pour une chambre double standard avec petit-déjeuner :

▲▲▲▲▲ Plus de 70 £M
▲▲▲▲ De 50 à 70 £M
▲▲▲ De 20 à 40 £M
▲▲ De 15 à 20 £M
▲ De 10 à 15 £M

Restaurants. Pour un plat du jour/menu :

♦♦♦♦ Plus de 12 £M
♦♦♦ De 8 à 12 £M
♦♦ De 5 à 8 £M
♦ De 3 à 5 £M ●

On appelle Fungus Rock (le rocher aux Champignons) cette falaise sculptée par la mer au large de la côte ouest de Gozo. Pas à cause de sa forme, mais parce qu'il y pousse une plante aux étranges pouvoirs (encadré p. 170).

cée par le hall : modernité épurée et matières naturelles. Terrasse avec piscine et solarium, bar et restaurant chic, terrain de squash et club de plongée.

▲▲ **Lantern** 2, Triq il-Mungbell (dans la rue du centre parallèle au front de mer) ☎ 21.56.23.65, <romx@vol.net.mt>. *15 ch. avec douches, certaines avec toilettes sur le palier*. Les chambres sont bien tenues et on y dort sous un Jésus. Restaurant au r.-d.-c.

▲▲ **Plajja** 5, 8 St Joseph St. (dans le centre, à 100 m en retrait du front de mer) ☎ 21.56.34.25. *19 ch. dont 11 avec vue*. L'accueil est très sympathique et les chambres impeccables et tout confort. Dommage que tout ça soit encagé derrière une façade en verre ! Vue sur la marina depuis le toit-terrasse.

▲ **Maria Giovanna Guesthouse** ♥ 4, 41 Triq il-Rabat (dans une ruelle, à 100 m en retrait du front de mer) ☎ 21.56.36.30, <bugejajoe@vol.net.mt>. *5 ch. dont 2 avec s.d.b. Pas de cartes de paiement*. De mignonnes chambrettes avec de jolis lits anciens en métal en haut d'un bel escalier en pierre. Les hôtes sont charmants, la confiture du petit déjeuner faite maison et on goûte même parfois à la dernière recette concoctée par la propriétaire avec les produits du marché de Victoria. Une adresse sur mesure pour des vacances familiales à Gozo. La famille loue aussi une *farmhouse* avec piscine à Ghasri (rens. <www.mol.net.mt/ta'maria>).

▲ **Marsalforn** 3, à l'angle de Triq il-Mungbell et Triq il-Rabat ☎ 21.55.61.47. *20 ch. avec s.d.b. Pas de cartes de paiement*. Les murs ont beau être en pierres chaulées, les chambres sont sans cachet, mais le rapport qualité/prix est intéressant.

Les numéros **en gris** renvoient aux cartes de Gozo Ouest (p. 167) et Est (p. 171).

Restaurants

♦♦♦ **Il-Kartell 11**, à l'extrémité du front de mer, côté ouest ☎ 21.55.69.18. *Ouv. lun.-dim. 12 h-15 h 30 et 18 h-22 h 30. F. mer. et oct.-mai.* Cuisine locale traditionnelle (délicieux raviolis maison) et poissons (carte illustrée, avec noms maltais, anglais et français) composent le menu. L'été, sa terrasse ne désemplit pas : rés. indispensable.

♦♦ **L'Aragosta ♥ 12**, sur le front de mer, côté ouest ☎ 21.56.24.73. *Ouv. t.l.j. 11 h-16 h et 18 h-1 h. F. mar. au dîner.* Des tables dehors et d'autres dedans, sous des natures mortes en coquillages. Pêche du jour et portion de frites maison ou gibier des garrigues gozitaines, le tout à prix doux.

Adresses utiles

● **Locations et croisières**. **Mayjo Tourist Services & Car Rental**, sur le front de mer, côté est ☎ 21.55.56.50. Location de voitures et scooters. Organise aussi des croisières autour de l'île et à Comino *(mai-sept. t.l.j. 10 h 30, oct.-avr. 3 fois/ sem.)*. **On Two Wheels**, à l'angle de Triq il-Mungbell et Triq il-Rabat ☎ 21.56.15.03. Location de deux-roues.

● **Plongée sous-marine**. **Atlantic Diving**, Triq il-Qolla ☎ 21.55.46.85, <www.digigate.net/atlantis/diving-starta.asp>. **Calypso Diving Centre**, dans l'hôtel du même nom ☎ 21.56.17.57, <www.calypsodivers.com>. **Gozo Aqua Sports**, Triq il-Rabat ☎ 21.56.30.37, <www.gozoaquasports.com>.

Mgarr

Carte Est p. 171. Visite p. 174.

ℹ Face à l'embarcadère ☎ 21.55.33.43. *Ouv. lun.-sam. 9 h-13 h et 13 h 30-17 h, dim. 9 h-12 h 30.*

Hôtel

▲▲▲▲▲ **Grand Hotel 2**, St Anthony St. (sur la rampe qui monte du port vers Ghajnsielem) ☎ 21.56.38.40, <www.grandhotelmalta.com>. *57 ch. (dont 25 avec vue).* Un établissement élégant et des chambres tout confort. Piscine en terrasse sur les hauts de Mgarr et clubs de plongée. Navettes gratuites pour Victoria et Ramla Bay pour les résidents.

Adresses utiles

● **Agences de location**. **Avis**, Republic St., Ghajnsielem ☎ 21.55.85.82. **Mgarr Rent-a-car**, 24 Triq ix-Xatt ☎ 21.55.60.98 ou 21.56.49.86.

● **Promenades en bateau**. Rens. auprès du **Tourist Services**. **Ozzi One Cruises** ☎ 21.55.83.43, <www.gozo.com/ozzi1/>. Croisière de 4 h 30, à bord de bateaux de 10 à 15 pers. Départ t.l.j. à hauteur du poste de police (mai-oct. uniquement).

● **Spectacle audiovisuel**. **Gozo Heritage**, sur la route de Victoria, face à la tour Santa Cilja édifiée par les chevaliers. Une fresque historique de Gozo multilingue et un magasin de souvenirs (bijoux et produits artisanaux). *Ouv. t.l.j. sf dim. et j.f. 8 h 45-16 h 45. Entrée payante* ☎ *21.56.12.80.*

Qala

Carte Est p. 171. Visite p. 174.

Chambres d'hôtes et restaurant

▲ **Dar ta' Zeppi ♥ 3**, à l'angle de la place et de la route de Hondoq ir-Rummien ☎ 21.55.50.51, <www.dartazeppi.com>. *Pas de cartes de paiement.* On peut s'y régaler à toute heure de généreuses tapas à prix doux et visiter l'exposition du moment à l'étage. Ce couple gozitano-flamand bourré d'idées a aussi aménagé le r.-d.-c. de la vieille

Les numéros **en gris** renvoient aux cartes de Gozo Ouest (p. 167) et Est (p. 171).

pratique

Des fermes converties en villas de rêve

Gozo, en particulier, s'est fait une spécialité de cette opération immobilière. On y restaure la ferme familiale du XVIIe-XVIIIe s. et on l'aménage à la mode des villas d'Italie, avec ou sans piscine, pour la louer à des Maltais ou des étrangers. Toutes ces ***farmhouses*** sont dans des sites superbes. Le seul hic, c'est que rien ne fédère ces initiatives et ne protège d'une éventuelle déconvenue. Celle-ci est toujours possible : les demeures, immenses, sont aménagées en plusieurs appartements et on ne peut savoir à l'avance avec qui on partagera le jardin ou la piscine. De fait, aucune brochure détaillée ne permet de choisir sa villégiature en toute quiétude. Pourtant, c'est la solution idéale de séjour à Gozo pour une famille ou un groupe d'amis. Et la plus économique *(voir p. 189)*. Alors, comment faire ? On peut consulter la brochure (payante), sérieuse mais sans illustration, éditée chaque année par l'Office de tourisme *(p. 186)*. On peut aussi se faire une idée, mais sans garantie, en consultant les propositions du site Internet de Gozo < www.gozo.com >. La vraie solution consiste à se rendre à Gozo, à tomber amoureux du parfum de ses garrigues et à revenir l'année suivante en ayant glané des adresses sur mesure, auprès des hôtels, des pensions et des restaurants : tous ont des propriétés à louer. ●

demeure familiale (un peu plus haut sur la place, sur la route de Victoria) en trois studios modernes, lumineux et décorés avec goût. Parfait pour un séjour en famille, d'autant qu'il y a une petite piscine pour barboter, dans la cour à l'arrière, et que le prix comprend le petit déjeuner.

Plongée sous-marine

Blue Waters Dive Cove, Triq Kuncizzjoni ☎ 21.56.56.26, <www.divebluewaters.com>.

Ta' Cenc

Carte Est et visite p. 171

Hôtel

▲▲▲▲▲ **Ta' Cenc** 4 ☎ 21.55.68.19, < www.vjborg.com >. *83 ch.* Cet ensemble luxueux de bungalows construits dans la pierre de taille locale allie la tranquillité et la beauté du cadre aux installations les plus modernes. Piscine, tennis, plage privée, etc. Bon restaurant italien. À défaut de s'offrir le luxe d'une telle villégiature, on peut profiter des équipements de son extraordinaire ♥ **spa** new age (divers forfaits pour les non-résidents).

Restaurant

▲▲ **Il-Iskoll** 11, 26, Triq Skerla (à l'entrée de la route d'accès au Ta' Cenc) ☎ 21.55.75.68. *Ouv. mar.-sam. au dîner, dim. déjeuner et dîner.* Poissons et pâtes maison dans la cour ou la salle climatisée.

Victoria (Rabat)

Plan p. 165. Visite p. 162.

ℹ Tigrija Palazz (au r.-d.-c. de cette galerie marchande, qui donne sur Triq ir-Repubblika) **B2** ☎ 21.56.14.19. *Ouv. lun.-sam. 9 h-12 h 30 et 13 h-17 h, dim. 9 h-12 h 30.*

Les numéros **en gris** renvoient au plan p. 165.

Restaurants

♦♦♦ **Panzier** 1, Triq il-Karita **A2** ☎ 21.55.99.79. *F. nov.-déc.* Dans un cadre ancien et agréable, ce restaurant sert une bonne cuisine, sicilienne comme le patron.

♦ **Sopos 2**, Pjazza Indipendenza **A1-2**. *Ouv. t.l.j. 8h-minuit. Pas de cartes de paiement.* Une belle carte de vins du monde et des plats locaux à prix doux. À goûter au frais à l'intérieur sur une table bistrot, ou enfoncé dans des sofas, ou encore sous les parasols du toit-terrasse.

♦ **Ta' Rikardu 3**, dans la citadelle, en face du musée de la Cathédrale **AB1** ☎ 21.55.59.53. *Ouv. t.l.j. 10h-18h.* On y goûte au vin de M. Zammit, viticulteur gozitain, en dégustant de copieuses assiettes de fromage, d'olives et de tomates accompagnées de pain. Le tout sans façon, dans une ancienne maison de la citadelle.

Shopping

• **Artisanat**. **Crafts Centre**, dans la citadelle **B1** (accès fléché à partir du Musée archéologique). *Ouv. t.l.j., 1er oct.-15 juin 8h-16h45, 16 juin-30 sept. 8h-16h15.* Vente-exposition de verres soufflés, poteries, tissages et dentelles.

• **Spécialités culinaires**. Miel, fromage frais, fromage au poivre, tomates séchées, nougat, olives et câpres : tout se trouve sur le marché de **Pjazza Indipendenza** et dans les épiceries qui cantonnent la place **AB1**. Également chez **Ta' Rikardu 3 AB1**, dans la citadelle *(ci-dessus).*

Spectacles

Gozo 360°, Triq tal-Belt **A1** ☎ 21.55.99.55. *Ouv. t.l.j. 10h30-15h30. F. à 13h dim. et j.f.* Film sur Gozo, à voir s'il pleut ou s'il fait trop chaud *(air cond.).*

Adresses utiles

• **Agences de location**. **Mayjo Tourist Services**, Triq Fortunato Mizzi (prolongement est de Triq ir-Repubblika) ☎ 21.55.66.78. **AEL Car Rentals**, Triq Fortunato Mizzi **hors pl. par B2** ☎ 21.56.66.71.

• **Banque**. **Bank of Valletta**, 102 Triq ir-Repubblika **B1**. *Ouv. 16 juin-30 sept. lun.-jeu. 8h-13h15, ven. 8h-15h30 et sam. 8h15-11h30 ; 1er oct.-15 juin lun. 8h30-13h15, mar.-jeu. 8h-13h15, ven. 8h30-15h30 et sam. 8h30-11h30. F. dim. et j.f.* **Distributeur automatique** (également au 90 au Triq ir-Repubblika **B2**).

• **Compagnie aérienne**. **Air Malta**, 13 Pjazza Indipendenza **A1-2** ☎ 21.55.93.41, <www.airmalta.com.mt>. *Ouv. lun.-ven. 8h30-17h30.*

• **Gare routière**. Terminal des bus sur Triq Putirjal **B2**, à l'est de la ville.

• **Hôpital**. **Gozo General Hospital**, Triq Ghajn Qatet **hors pl. par B2** ☎ 21.56.16.00.

• **Internet**. **Internet Soft Ltd.**, 44 Triq L-Assunta **A1** ☎ 21.55.87.64. *Ouv. lun.-ven. 9h 19h, sam. 9h-14h.*

• **Librairies**. Pour des plans, de la documentation et des cartes postales, les deux plus importantes sont l'une sur Triq ir-Repubblika, près de la Bank of Valletta **B1**, l'autre, en face de la gare routière **B2**. *Ouv. lun.-ven. 7h30-19h, sam. 9h-15h.*

• **Police**. Triq ir-Repubblika **B2** ☎ 21.56.20.40.

• **Poste**. 129 Triq ir-Repubblika **B2** ☎ 21.55.64.35. *Ouv. lun.-ven. 8h15-16h30, sam. 8h15-12h30.*

• **Postes d'essence**. Sur Triq ir-Repubblika, aux deux sorties de la ville (24 h/24, règlement par machine, cartes ou espèces).

Xaghra

Carte Est p. 171. Visite p. 172.

ℹ <www.xaghraparish.org>.

Hôtels

▲▲▲ **Cornucopia ♥ 5**, 10 Gnien Imrik St. ☎ 21.55.64.86, <www.vjborg.com/cornucopia>. *83 ch.* Posée sur le rebord du plateau de Xaghra, c'est une ancienne demeure, qui a grandi par ajouts de cours et

gastronomie

Comme du bon pain

Et Dieu sait si celui de Gozo est bon : une juste mesure entre mie et croustillant. Jadis, avant qu'elle ne devienne station balnéaire, on s'en allait cuire le pain à Marsalforn, la baie des Fours. De nos jours, il ne subsiste plus dans l'île qu'un seul de ces fours en pierre où, quand le pain a doré, on peut apporter son gratin de pommes de terre ou son ragoût à mijoter. Une tradition est demeurée inchangée : les fours ne fonctionnent pas le dimanche. Le jour du Seigneur à Gozo, c'est le pain rassis de la veille que l'on mange.

Tal-Furnar, 136 Triq Gnien Xibla (en face du musée du Jouet), Xaghra ☎ 21.55.63.72. Ouv. lun.-sam. 7 h-18 h. ●

d'ailes qu'encadrent des bougainvillées géantes. Le directeur, italien et francophone, est aux petits soins et il y règne une ambiance familiale. Les chambres sont très confortables et la table est bonne. Piscine et jardin. Propose aussi des locations en studio, villa et *farmhouse* dans le village.

▲▲ **Xaghra Lodge 6**, Dun Gorg Preca St. ☎ 21.56.23.62. Le très volubile propriétaire a aménagé cette pension à la mode britannique : chaque chambre, très cosy, a son nécessaire pour le *tea time*. En prime, un hall d'entrée à la maltaise, un pub à l'anglaise, un restaurant japonisant (également, un restaurant chinois attenant), un jardin et une piscine.

Restaurants

♦♦♦♦ **Ta' Frenc 14**, Triq Ghajn Damma (sur la route Victoria-Marsalforn, en contrebas de Xaghra) ☎ 21.55.38.88. *Ouv. t.l.j. 12 h-14 h et 19 h-22 h. F. mar. en hiver.* Une adresse très chic dont on savoure les plats au jardin en été, sous les voûtes en pierre du XIVe s. en hiver. À côté de quelques spécialités locales (raviolis fourrés au foie de lapin), une carte de cuisine bourgeoise belgo-anglo-italienne réussie, mais riche.

♦♦♦ **Oleander ♥ 13**, sur la place de l'église ☎ 21.55.72.30. *Ouv. mar.-dim. 12 h-15 h et 19 h-22 h.* L'établissement tient les promesses de sa carte alléchante : on fond dès les *antipasti* de bœuf séché aux copeaux de parmesan. Résolument gozitaine, la cuisine épouse parfaitement le vin, qui est de Malte.

♦ **Gesther ♥ 12**, Vjal it-18 ta' Settembru (en direction de la route Mgarr-Victoria) ☎ 21.55.66.21. *Ouv. lun.-sam. 12 h-14 h. Pas de cartes de paiement.* Mieux vaut réserver pour s'assurer une table dans ce petit bistrot où Lily et Guza servent une vraie cuisine locale. Ambiance familiale et addition minimale.

Balades à cheval et en calèche

Muscat's Stables ♥, 15 Shaft St. ☎ 21.55.92.29, <mamuscat@maltanet.net>. Victor Muscat aime ses chevaux : deux Hongrois qui tirent les calèches et un trotteur français. Tour de l'île en calèche avec pique nique, promenade dans Xaghra, balades à cheval ou à dos de poney. Une merveilleuse manière de découvrir l'île.

Adresses utiles

- **Agence de location**. Mario's Rent-A-Car, 70 Triq Mannar ☎ 21.55.72.42. Location de voitures, jeeps, scooters et vélos.
- **Poste d'essence**. Sur la place de l'église paroissiale.

Les numéros **en gris** renvoient aux cartes de Gozo Ouest (p. 167) et Est (p. 171).

© Off ce du tourisme de Malte

Amateurs de plongée, bienvenue à Gozo, où se trouvent de magnifiques sites naturels à explorer, parmi lesquels Blue Hole.

Xewkija

Carte Est et visite p. 171.

Hôtel

▲▲ **Mariblu 7**, Mgarr Rd ☎ 21.55.13.15. Bien que cet établissement ne paye pas de mine, il y règne une ambiance sympathique. Bonne cuisine. École de plongée **Frankie's Holiday** (< www.digigate.net/frankie/indexuk.htm >) et voilier de 23 m, le *Barbarossa*.

Xlendi

Carte Ouest p. 167. Visite p. 170.

Hôtels

▲▲▲▲ **San Andrea 6**, Triq San Simon (fait un angle avec le port) ☎ 21.56.55.55, < www.hotelsanandrea.com >. *28 ch. dont 3 avec vue sur la baie.* Les chambres, bien équipées, ne sont pas bien grandes, mais l'hôtel lui-même est bien conçu : bar en terrasse avec des fauteuils profonds, bon restaurant *(voir ci-dessous)* et service attentionné.

▲▲ **Serena Beach Club 7**, Triq Punici ☎ 21.55.37.19, < www.serena.com.mt >. *60 ch. et studios, dont la moitié avec vue sur la baie.* Dominant la baie de Xlendi, cet établissement fonctionne en formule location (chambres équipées avec coin cuisine et salon) mais avec les services d'un hôtel (draps et serviettes renouvelés t.l.j., restaurant). Piscine avec solarium et ascenseur pour descendre directement sur le port.

Restaurants

La concurrence est rude le long du port ! Menus et prix sont assez interchangeables et le service est inégal. À de rares exceptions près, mieux vaut y prendre un verre ou un repas léger et s'éloigner vers l'intérieur ou sur les hauteurs pour de vraies bonnes adresses.

♦♦♦♦ **It-Tmun** ♥ **18**, Mount Carmel St. (fléché depuis le port) ☎ 21.56.62.76. *Ouv. mer.-lun. 12 h-15 h et 18 h-22 h 30. F. mer. et 15 fév.-15 mars.* Une terrasse dans une ruelle au calme au pied de la falaise non bâtie, et une vraie bonne adresse gastronomique, réputée des Gozitains pour ne travailler qu'avec les produits de saison. Madame est le chef et prépare les poissons à la perfection, Monsieur est le sommelier et vous conseillera sur le choix du vin. Service attentionné.

♦♦♦ **Paradise 19**, Mount Carmel St. (face à It-Tmun) ☎ 21.55.68.78. *F. lun. Ouv. seulement le w.-e. l'hiver.* Les nostalgiques du King se recueilleront devant les murs tapissés de souvenirs d'Elvis Presley avant de choisir un poisson ou des fruits de mer à prix raisonnables. Les pâtes sont moins recommandables.

♦♦♦ **Il-Terrazzo** ♥ **17**, au-dessus de la promenade aménagée ☎ 21.55.02.48. *Ouv. t.l.j. 10 h-minuit.* Cette terrasse bénéficie du plus bel emplacement de Xlendi : d'ici on voit le soleil descendre sur les falaises de la baie. Mais le patron ne se contente pas de cet avantage : les poissons du jour sont remarquablement préparés et servis en portions généreuses.

♦♦ **Churchill 15**, sur le port, coté g. ☎ 21.55.56.14. *Ouv. t.l.j. 11 h 30-23 h.* Une honnête carte et des assiettes bien garnies, juste au-dessus du petit port. Poisson, pizza et pasta.

♦♦ **Il-Kenur 16**, sur la route de Victoria, côté dr. ☎ 21.55.15.83. *Ouv. ven.-mer. 12 h-15 h et 18 h-22 h 30. F. jeu.* Plus que pour la carte, assez banale, on ira pour le cadre : la terrasse donne sur les escarpements du Wied ix-Xlendi, magnifiquement éclairés quand vient la nuit. Soirées spéciales pizza les w.-e.

♦♦ **Zafiro 20**, sur le port, côté g. ☎ 21.56.55.55. *Ouv. t.l.j. 11 h 30-23 h.* Cuisine méditerranéenne chic sur la terrasse de l'hôtel San Andrea. On peut s'y régaler à prix doux avec la carte des *antipasti*, détonnants et renouvelés chaque jour.

Plongée sous-marine

Moby Dives, Triq il-Gostra ☎ 21.55.16.16. **St Andrew's Divers Cove**, Triq San Simon (en face de l'hôtel San Andrea) ☎ 21.55.13.01. Un club de plongée très sérieux. Accueil francophone possible.

Vie nocturne

● **Discothèques**. Les deux seules discothèques de Gozo sont voisines, sur la route Xlendi-Victoria (ouv. les w.-e., juin-oct.) : **La Grotta** et **Paradiso**. ●

pratique

© Doug Scott/Hoa Qui

Organiser son voyage

© Sylvain Grandadam

À bord des bus, la parole est divine.

S'informer

Informations touristiques

● **En France**. **Office du tourisme de Malte**, 9, cité Trévise, 75009 Paris ☎ 01.48.00.03.79, fax 01.48.00.04.41, <info@visitemalte.com>. *Ouv. lun.-ven. 10 h-17 h.*

● **En Belgique**. **Office du tourisme de Malte**, 65, rue Belliard, 1040 Bruxelles ☎ (032) 22.80.06.04, fax (032) 22.80.07.12, <info@malta.be>.

● **En Suisse**. **Fremdenverkehrsamt Malta**, Sumatrastrasse 25, 8023 Zurich ☎ (041) 13.50.39.83, fax (041) 13.50.39.84, <switzerland@urlaubmalta.com>.

Pages précédentes :* *un vieil autobus de marque américaine dont le capot s'orne d'un sigle conquérant.

● **Pour le Canada**. **Malta Tourist Office**, 300, Lanidex Plaza Parsippany, New Jersey 07054 USA ☎ (01) 973.884.08.99, fax (01) 425.795.34.25, <office.us@visitmalta.com>.

Librairies de voyage

● **À Paris**. **L'Astrolabe**, 46, rue de Provence, 75009 ☎ 01.42.85.42.95. **L'Harmattan**, 16, rue des Écoles, 75005 ☎ 01.40.46.79.11, <www.editions-harmattan.fr>. **Institut géographique national (IGN)**, 107, rue de La Boétie, 75008 ☎ 01.43.98.80.00, <www.ign.fr>. **Itinéraires**, 60, rue Saint-Honoré, 75001 ☎ 01.42.36.12.63, <www.itineraires.com>. **Ulysse**, 26, rue Saint-Louis-en-l'Île, 75004 ☎ 01.43.25.17.35, <www.ulysse.fr>. **Voyageurs du Monde**, 55, rue Sainte-Anne, 75002 ☎ 01.42.86.16.00, <www.vdm.com>.

● **En Province**. **Bordeaux** : **La Rose des Vents**, 40, rue Sainte-Colombe, 33000 ☎ 05.56.79.73.27. **Caen** : **Hémisphères**, 15, rue des Croisiers, 14008 Caen ☎ 02.31.86.67.26. **Lyon** : **Raconte-moi la Terre**, 38, rue Thomassin, 69002 ☎ 04.78.92.60.22, < www.raconte-moi.com >. **Marseille** : **Librairie de la Bourse Frézet**, 8, rue Paradis, 13001 ☎ 04.91.33.63.06. **Montpellier** : **Les Cinq Continents**, 20, rue Jacques-Cœur, 34000 ☎ 04.67.66.46.70. **Nantes** : **Géothèque**, 14, rue Néricault-

Destouches
☎ 02.40.47.40.68.
Strasbourg : Géorama, 20-22, rue du Fossé-des-Tanneurs, 67000 ☎ 03.88.75.01.95.
Toulouse : Ombres blanches Voyages, 48-50, rue Gambetta, 31000 ☎ 05.34.45.53.38, < www.ombres-blanches.fr >.
Tours : Géothèque, 6, rue Michelet, 37000 ☎ 02.47.05.23.56.

● **En Belgique**.
Anticyclone des Açores, 34, rue Fossé-aux-Loups, 1000 Bruxelles ☎ (02) 217.52.46.
Peuples et Continents, 17/19, galerie Ravenstein, 1000 Bruxelles ☎ (02) 511.27.75.

● **En Suisse**.
Travel Bookshop, 20, Rindermarkt, 8001 Zurich ☎ (01) 252.38.83, <www.travelbookshop.com>.

Malte en ligne

● **En français**.
<**www.visitmalta.com**>. Le site de l'office du tourisme de Malte est une mine d'informations. Informations touristiques également sur <**www.multimania.com/malte**> et < **www.ambafrance.org.mt**>, le site de l'ambassade de France La Valette. <**www.orderofmalta.org**> et <**www.ordredesaintjean.asso.fr**> pour tout savoir sur l'ordre de Malte hier et aujourd'hui. <**www.heritagemalta.org**> offre des fiches détaillées sur les musées et sites historiques. Informations économiques et sociales sur <**www.missioneco.org**>, le site de la mission économique de l'ambassade de France.

● **En anglais**.
<**www.searchmalta.com**> et <**aboutmalta.com**> offrent un répertoire des sites maltais ; <**www.travel2malta.com**> est un guide pratique doublé d'un carnet d'adresses ; <**www.starwebmalta.com**> fait office d'annuaire ; <**www.gozo.com**> donne toutes les informations sur Gozo, y compris transports et manifestations. Sur <**www.maltagozo.com**>, les Maltais de Toronto ont mis en ligne de nombreux renseignements sur leurs îles d'origine.

Quand partir ?

Malte promet un ensoleillement quasi constant tout au long de l'année.

● **Le printemps (avr.-juin)**. C'est sans nul doute la saison privilégiée pour visiter l'archipel : le soleil brille en permanence, les températures sont modérées et une flore variée émaille la campagne. En terme de fréquentation touristique, c'est la moyenne saison.

● **L'été (juil.-sept.)**. Le climat devient très chaud et sec, surtout quand soufflent des rafales soudaines de sirocco, venues d'Afrique, qui dessèchent désagréablement l'atmosphère. Des brises marines rafraîchissent parfois le littoral.
Dès la mi-juin, les Maltais entament le calendrier des ***festi*** *(p. 25)* : processions, fanfares et feux d'artifice en l'honneur du saint patron de chaque village.
Côté tourisme, c'est la haute saison : les hôtels

s'informer

Malte en France

Association française des membres de l'ordre de Malte, 92, rue du Ranelagh, 75016 Paris ☎ 01.45.20.08.50. **Œuvres hospitalières françaises de l'ordre de Malte** (même adresse) ☎ 01.45.20.80.20.

Association France-Malte, 60, rue de la Chapelle, 75018 Paris ☎ 01.42.40.44.27.

Association Les Amis de Malte, 22, av. de Buros, 64000 Pau ☎ 05.59.84.32.88.

Cercle culturel Les Amis de Malte du Languedoc-Roussillon, 32, rue Saint-Cléophas, 34000 Montpellier ☎ 02.67.41.02.54.

Pour des informations économiques et politiques, **Centre de documentation du CFCE**, 10, av. d'Iéna, 75016 Paris ☎ 01.40.73.30.00. ●

températures

Mois	Max.	Min.	Température de la mer	Heures d'ensoleillement
Janv.	15	9	14	5h30
Fév.	15	9	13	6h
Mars	16	10	14	7h15
Avr.	18	12	15	8h30
Mai	23	15	17	10h
Juin	27	19	21	11h30
Juil.	30	21	24	12h15
Août	30	22	26	11h40
Sept.	27	20	24	9h
Oct.	23	17	22	7h20
Nov.	20	14	19	6h50
Déc.	16	11	16	5h20

sont complets et les prix au plus haut. Il est nécessaire de réserver son vol pour l'archipel plusieurs mois à l'avance.

● **L'automne (oct.)**. Quelques pluies sporadiques après les orages de septembre rafraîchissent la température, qui reste très agréable jusqu'en novembre. Retour aux tarifs hôteliers de la moyenne saison.

● **L'hiver (nov.-mars)**. Les températures oscillent entre 7 °C et 17 °C. Le ciel est au beau fixe, mais attention aux vents violents *(majjistral, tramuntana, grigal)* qui sont glacés lorsqu'ils arrivent du continent. De déc. à janv., la mer en colère offre un spectacle splendide depuis les falaises gozitaines. En cette basse saison touristique, les hôtels se vident et les prix dégringolent, sauf durant les fêtes de fin d'année, où il devient indispensable de réserver.

Calendrier des fêtes : voir p. 95.

Voyage individuel

Malte n'est pas une destination difficile, surtout si vous pratiquez l'anglais. Les courtes distances facilitent les visites. Le plus simple est de se baser à La Valette et de rayonner en bus. La location d'un véhicule ouvre toutes les possibilités en matière de lieu d'hébergement.

En avion

C'est le moyen le plus rapide pour se rendre à Malte : 2h30 de vol séparent Paris de l'aéroport de Luqa, à 15 mn de La Valette.

Plusieurs agences et organismes de voyages proposent toute l'année des **vols charters** à destination de Malte. Ils sont rapidement complets lors de la haute saison touristique, et il est nécessaire de s'y prendre bien à l'avance.

Air Malta (<www.airmalta.com>) et **Alitalia** (<www.alitalia.it>) proposent toute l'année des vols réguliers depuis l'Europe continentale.

● **Depuis la France**. **Air Malta**, 3, rue Scribe, 75009 Paris ☎ 01.58.18.64.05. L'hiver, 4 vols directs hebdomadaires depuis Paris-Orly, 1 vol depuis Lyon. L'été, départs quotidiens depuis Paris, 2 vols hebdomadaires depuis Lyon et Marseille. **Alitalia**, 69, bd Haussmann, 75008 Paris ☎ 01.44.94.44.00. Départs depuis de nombreuses villes de province *via* Milan ou Rome.

● **Depuis la Belgique**. **Air Malta**, 1, rue des Augustins, 1000 Bruxelles ☎ (02) 513.86.08. Vols directs depuis Bruxelles. **Alitalia**, 2-4, rue Capitaine-Crespel, 1050 Bruxelles ☎ (02) 551.11.22. Vols *via* Milan ou Rome.

● **Depuis la Suisse**. **Air Malta**, 2-723 Terminal B, 8058 Zurich Airport ☎ (043) 816 3012/3/5. Vols directs depuis Zurich et Genève. **Alitalia**, 29, route de Pré-Bois, 1215 Genève ☎ 0.848.848.016. Vols directs depuis Zurich.

En bateau

Les plaisanciers profiteront des équipements des ports de Malte et de Gozo *(p. 201)*.

Des compagnies de car-ferries assurent des liaisons régulières avec l'**Italie continentale** (Gênes, 23 h, Naples, 15 h ou 1 jour 1/2 *via* Tunis, et Reggio de Calabre, 15 h) et la **Sicile** (Pozzalo, 1 h 30, Catane, 3 h). L'office du tourisme de Malte *(p. 186)* pourra vous renseigner sur les jours de traversée et les tarifs.

Euro-Mer, 5, quai de Sauvages CS 10024, 34078 Montpellier Cedex 3 ☎ 04.67.65.67.30, <www.euromer.net>.

Grimaldi Group, 19 Zachary St., La Valette, Malte ☎ (00.356) 21.22.09.40.

Sea Malta, Flagstone Wharf, Marsa, Malte ☎ (00.356) 21.23.22.30.

SMS Travel & Tourism, 27 Birkirkara Hill, St Julian's, Malte ☎ (00.356) 21.32.06.20, < www.sms.com.mt/ maresi.htm>.

Virtu Ferries, 3, Princess Elisabeth Terrace, Ta'Xbiex, Malte ☎ (00.356) 21.31.88.54, <www.virtuferries.com>.

En voiture

L'opération est envisageable, mais fastidieuse. Il faut gagner l'Italie continentale ou la Sicile, puis embarquer le véhicule sur les ferries qui font la liaison avec Malte. Et ne pas oublier, à l'arrivée, que la conduite s'effectue à gauche ! Renseignez-vous auprès de l'ambassade de Malte *(p. 192)* sur les papiers à produire pour votre véhicule.

Hébergement

● **Hôtels.** Pendant la haute saison (été et fêtes de fin d'année), il est indispensable de réserver au moins deux mois à l'avance.
Pour les établissements de catégorie supérieure, vous obtiendrez les meilleurs tarifs auprès des voyagistes *(p. 190)*. Consultez aussi directement les sites des hôtels de nos carnets d'adresses pour connaître les offres promotionnelles.
Le site de l'office de tourisme tient à jour un répertoire complet avec fiches descriptives et coordonnées : <www.visitmalta.com>.
Utile également, la **Centrale de réservation Resotel**, <www.hotel infomalta.com> (en anglais).

● **Auberge de jeunesse et logements chez l'habitant. FUAJ**, 27, rue Pajol, 75018 Paris ☎ 01.44.89.87.27, <www.fuaj.org>.
La Fédération des auberges de jeunesse travaille en liaison avec son homologue maltais, le **NSTS (National Student Travel Service**, 220 St Paul's St. ☎ (00.356) 21.24.49.83, <www.nsts.org>).
Une **auberge de jeunesse** se trouve à Sliema *(Hibernia, p. 107)*.
Pour le **logement chez l'habitant**, consultez également les organismes de séjour linguistique *(p. 191)* – hormis pour l'été.

● **Location de studios et villas.** La **campagne** maltaise est pleine de **vieilles fermes** et de maisons de pierre qui trouvent une nouvelle destinée dans le tourisme *(encadré p. 179)*. Restaurées, souvent dotées d'une piscine, aménagées avec le confort moderne, ces ***farmhouses*** louées à la semaine ou au mois peuvent se révéler, surtout en petit groupe,

pratique

Bonnes affaires sur Internet

Comparez offres promotionnelles, tarifs dernière minute et forfaits avion + hôtel de ces spécialistes du voyage à prix cassé avec ceux des voyagistes *(p. 190)* et des compagnies aériennes *(p. 188)*.

Anyway ☎ 0.892.893.892, <www.anyway.com>.

Bourse des vols ☎ 0.892.888.949, <www.bourse-des-vols.com>

Ebookers ☎ 01.45.08.00.60, <www.ebookers.com/fr>.

Go Voyages ☎ 0.892.237.070, <www.govoyages.com>.

Last Minute ☎ 0.892.705.000, <www.lastminute.com>. ●

une formule intéressante. À titre indicatif, il en coûte entre 25 et 50 £M (57,50 à 115 €) la nuit (base 4 pers.). Comptez 15 à 35 £M (34,50 à 80,50 €) pour un studio ou un appartement.

Vous pouvez vous reporter à la liste du site Internet de l'office de tourisme, qui en répertorie quelque 150, ou vous adresser aux voyagistes spécialistes de ce service :

Donatello ☎ 01.44.58.30.81, <www.donatello.tm.fr>.

TCH Voyages ☎ 01.34.25.44.44, <www.tch-voyage.fr>.

Villas du Monde – Club Trianon ☎ 01.42.86.15.15, <www.villasdumonde.fr>, 255, rue Saint-Honoré, 75001 Paris.

Voyages & Visages de la Terre ☎ 01.42.92.09.20, <www.vvitalie.com>, 4, rue de la Paix, 75002 Paris.

Location de voitures

Les compagnies internationales disposent toutes d'un comptoir à l'aéroport de Luqa *(p. 99)*, ce qui permet de prendre possession de son véhicule dès l'arrivée. Toutes acceptent les réservations à l'avance, parfois couplées avec l'achat du billet d'avion et l'hébergement. Consultez leur site Internet et votre agence de voyages pour comparer les prix. Il est possible aussi de louer sur place auprès d'agences locales.

Avis ☎ 0.820.05.05.05, <www.avis.fr>.
Europcar ☎ 0.825.352.352, <www.europcar.fr>.
Hertz ☎ 01.41.91.95.25, <www.hertz.fr>.

Voyage organisé

De nombreux voyagistes ont inscrit Malte à leur programme, du simple vol au voyage organisé. La formule avion + hôtel (voire + location de voiture) est la plus répandue et la plus adaptée au petit archipel. En revanche, les circuits et excursions proposés ne sont ni d'une grande variété, ni d'une grande originalité. Mieux vaut, en la matière, se tourner vers les spécialistes du voyage culturel.

Accor Vacances ☎ 0.825.855.855, <www.accor.com>. Propriétaire d'un superbe hôtel à La Valette, la chaine propose des forfaits week-ends.

ATC-Routes du Monde ☎ 01.46.07.56.65, <www.atc-routesdu monde.com>. Circuit découverte d'une semaine en pension complète.

Croisitour Voyages ☎ 04.91.14.20.30, <www.croisitour.com>. Séjours et circuit.

Directours ☎ 01.45.62.62.62, <www.directours.fr>. Une douzaine d'offres de séjours dans une sélection d'hôtels de luxe.

Donatello ☎ 01.44.58.30.81, <www.donatello.tm.fr>. Des formules variées, du séjour en liberté au tout compris avec excursions, en passant par des locations de studios ou de villas.

Euro-Pauli ☎ 01.58.64.50.00, ☎ 03.89.78.11.78, <www.pauli.fr>. Circuit découverte d'une semaine en pension complète.

Fram ☎ 01.42.86.55.55, <www.fram.fr>. Week-ends ou séjours d'une semaine dans un large choix d'hôtels, propositions d'excursions et location de voitures.

Îles du monde ☎ 01.43.26.68.68, <www.ilesdumonde.fr>. Des séjours dans les meilleurs établissements de l'archipel.

Jet Tours ☎ 0.820.815.000, <www.jettours.com>. Séjours balnéaires.

Méditrad ☎ 01.42.68.05.50, <www.meditrad.com>. Un circuit découverte d'une semaine, en pension complète, et un choix de séjours à l'hôtel.

Merilia ☎ 01.56.68.12.00, <www.merilia.com>. Ce spécialiste des îles de la Méditerranée propose une belle sélection de séjours, du week-end à la semaine.

Nouvelles Frontières ☎ 0.825.000.825, <www. nouvelles-frontieres.fr>. Séjours et forfaits excursion pour des week-ends et davantage.

TCH Voyages ☎ 01.34.25.44.44, <www.tch-voyage.fr>. Outre les formules proposées par les concurrents, on trouvera auprès de TCH locations, chambres chez l'habitant, stages de plongée et séjours linguistiques.

Voyageurs du Monde ☎ 01.42.86.17.20, <www.vdm.com>. Privilégie le court séjour dans des établissements de grand confort.

Circuits culturels

Ces agences proposent des circuits culturels d'une semaine à Malte et Gozo avec un guide-conférencier spécialiste de la destination.

Arts & Vie ☎ 01.40.43.20.21, <www.artsvie.asso.fr>. Un beau circuit historique avec un départ programmé pour les festivités de la Semaine sainte et un autre, version randonnée facile.

Clio ☎ 01.53.68.82.82, <www.clio.fr>. Tout sur l'histoire de l'archipel avec des conférenciers chevronnés.

Intermèdes ☎ 01.45.61.90.90, <www.intermedes.com>. Un circuit de découverte.

La Procure Terre entière ☎ 01.44.39.03.03, <www.lpte.com>. Tout Malte en 7 jours.

Croisières

Entrée théâtrale dans la grande rade de La Valette, avec l'escale à Malte proposée par quelques croisiéristes.

Costa Croisières ☎ 0.810.211.212, <www.costacroisieres.fr>. Croisière combinée avec la Sicile et les Baléares.

MSC Croisières ☎ 01.48.04.76.20 ou 0.800.50.65.00, <www.msccruises.com>. Trois grandes croisières méditerranéennes font escale à Malte : Égypte, Chypre, Turquie et Grèce (11 nuits à bord), Tunisie, Baléares, France (7 nuits) et Crète, Égypte et Libye (11 nuits).

Star Clippers ☎ 01.39.21.10.98, <www.starclippers.com>. Combiné avec la Sicile et les Éoliennes.

Séjours linguistiques

Ils s'adressent aux jeunes en majorité, mais plusieurs organismes proposent des stages d'anglais professionnel pour adultes *(voir p. 22)*. La plupart se déroulent à Sliema et St Julian's.

Action Séjours ☎ 01.45.30.91.91, <www.action-sejours.com>. Stages linguistiques et sportifs et hébergement en famille.

Aubert Ermisse Tours ☎ 02.47.37.54.47, <www.aubert-ermisse.com>. Anglais et plongée au programme pour les 16-19 ans.

Cahier de Voyages ☎ 03.82.59.31.15, <www.cahier-de-voyages.com>. L'anglais à travers un circuit-découverte.

Cap Monde ☎ 01.30.82.15.15, <www.capmonde.fr>. Cours intensifs et logement à l'hôtel pour les 13-17 ans.

Comptoir des Horizons ☎ 04.79.33.22.12, <www.comptoirdeshorizons.com>. Stages d'anglais, découverte culturelle et pratique sportive pour ados et pour adultes.

Effective ☎ 05.57.77.44.88, <www.effective-edu.com>. Une gamme très complète de cours et services, y compris pour les plus de 45 ans.

Études et découvertes internationales ☎ 05.55.12.11.00, <www.edilangues.com>. Anglais général, commercial et préparation aux examens de Cambridge.

Eurocentres ☎ 01.40.46.72.12, <www.eurocentres.com>. Stages en institut, hébergement en famille d'accueil ou résidence universitaire

Executive Language Services ☎ 01.44.54.58.88, <www.els-france.com>. Immersion dans la langue pour tous les âges et les métiers.

SILC (Séjours internationaux linguistiques et culturels) ☎ 0.825.161.300. <www.silc.fr>. Séjours en famille pour les 15-18 ans. Cours d'anglais le matin, activités sportives et culturelles l'après-midi.

Séjours plongée

● **Se renseigner**. Contactez la **Fédération française FFESSM**, 84, quai Rive-Neuve, 13284 Marseille Cedex 07 ☎ 04.91.33.99.31, <www.ffessm.fr> *(voir p. 202)*.

● **Voyagistes spécialisés**.

AMV Plongées ☎ 05.62.47.41.10, <amv-voyages.fr.>.

Spots d'Évasion ☎ 02.40.35.22.00, <www.spots-evasion.com>.

Ultramarina ☎ 02.40.89.34.44, <www.ultramarina.com>.

Séjours randonnée

L'archipel confetti se prête à l'exploration pédestre, dont ces deux voyagistes se sont fait une spécialité (encadrement par des guides expérimentés, fiches techniques détaillées avec niveau de difficulté par journée).

Chemins du Sud ☎ 04.90.09.06.06, <www.cheminsdusud.com>.

Montagne Évasion ☎ 03.29.63.17.50, <www.montagne-evasion.com>.

Monnaie

Malte prépare son passage à l'euro pour 2008. D'ici là, elle conserve sa **livre maltaise** (£M), dont la valeur tourne autour de 2,30 €. Elle se divise en 100 cents. Vous trouverez des billets de 2, 5, 10 et 20 livres et des pièces de 1 livre et de 1, 2, 5, 10, 25 et 50 cents.

Cartes bancaires

Les cartes bancaires internationales (Visa, American Express, MasterCard, Cirrus et Maestro) permettent le retrait aux distributeurs automatiques des banques. La vie à Malte n'est pas bon marché : pensez à vérifier le plafonnement de vos retraits avant de partir. Les hôtels et la plupart des restaurants et magasins acceptent ce mode de règlement.

● **En carte de perte ou de vol de carte bancaire** : avant le départ, procurez-vous auprès de votre agence le numéro à composer pour faire immédiatement **opposition depuis l'étranger**. Notez-le dans vos tablettes, ainsi que le numéro de votre carte bancaire (mais surtout pas le code confidentiel !).

Service groupé d'opposition ☎ (33) 892.705.705. **Carte Bleue Visa** ☎ en PCV : (1) 410. 581.99.94, <www.visa.com>. **American Express** ☎ (33) 1.47.77.72.00, <www24.americanexpress.com/ France>. **Eurocard/ MasterCard** ☎ (33) 1.45.67.84.84, <www.eurocardmastercard.tm.fr>. **Diners Club** ☎ (33) 1.49.06.17.79, <www.dinersclub.fr>.

Chèques de voyage

Ils sont facilement négociables auprès des banques et de nombreux hôtels, mais veillez alors à vous munir d'un passeport. Leur taux de change est légèrement inférieur à celui des devises.

Formalités

Papiers

● Pour les ressortissants français, seuls sont nécessaires la **carte d'identité ou le passeport en cours de validité** (les passeports périmés depuis moins de 5 ans sont acceptés). Pour les séjours supérieurs à 3 mois, renseignez-vous auprès de l'ambassade de Malte *(coordonnées ci-dessous)*. **Les enfants** mineurs voyageant avec leurs parents doivent figurer sur le passeport de leurs parents ou être possesseurs de leur propre carte d'identité. S'ils voyagent seuls, ils doivent être munis d'une carte d'identité ou d'un passeport et d'une autorisation parentale de sortie de territoire.

● **Permis de conduire**. Le permis de conduire national suffit pour louer une voiture, à condition d'être âgé de 25 ans (ou de 21 ans si vous êtes muni d'une assurance tous risques).

● **Carte d'étudiant**. La carte d'étudiant ISIC permet de bénéficier de nombreuses réductions et gratuités.

Ambassades et consulats

● **Sur Internet**. <www.gov.mt> (en anglais).

● **En France**. Ambassade **de Malte**, 92, av. des Champs-Élysées, 75008 Paris ☎ 01.56.59.75.90.

● **En Belgique**. **Ambassade et consulat**, 65-67, rue Belliard, 1040 Bruxelles ☎ (032) 23.43.01.95.

● **En Suisse**. **Mission permanente de Malte au bureau européen de l'ONU**, 26, parc Château-Banquet, 1202 Genève ☎ (022) 901.05.80.

● **Pour le Canada**. **Ambassade de Malte**, 2017 Connecticut Ave., N.W., Washington D.C., 20008, États-Unis ☎ (202) 46.23.611/612.

Assurance

Certaines compagnies de cartes bancaires proposent une assurance maladie-accident et rapatriement, ainsi qu'une assurance contre le vol. Vous pouvez souscrire en outre une assurance annulation auprès des voyagistes (*p. 190*).

Douane

Les prescriptions douanières sont celles en vigueur dans les pays de l'Union européenne. Rens. : **Centre de renseignements des douanes**, 84, rue d'Hauteville, 75498 Paris Cedex 10 ☎ 0.825.308.263, <www.douane.gouv.fr>. L'exportation d'antiquités et d'objets d'art de plus de 50 ans nécessite l'obtention d'une licence à l'exportation, délivrée par le **Département des musées**, 138 Melita St., La Valette ☎ (00.356) 21.25.18.74.

Animaux

La demande d'autorisation doit être effectuée 6 semaines

budget

La vie à Malte n'est pas bon marché, à de rares exceptions près. Attention aux prix ronds en livre maltaise qui donnent l'illusion d'être modiques : 1 livre, c'est déjà 2,30 €. À titre indicatif, voici les prix relevés en 2004 :

● **Hébergement**. Nos fourchettes de prix correspondent aux tarifs basse et haute saisons, qui varient du simple au double. Les tarifs de la moyenne saison (avr. à juin et le mois d'oct.) sont légèrement inférieurs à ceux de la haute saison touristique. Sur la base d'une **chambre double avec petit déjeuner** : ▲▲▲▲▲ Plus de 50 £M (115 €). ▲▲▲▲ De 30 à 50 £M (70 à 115 €). ▲▲▲ De 20 à 30 £M (47 à 70 €). ▲▲ De 12 à 20 £M (28 à 47 €). ▲ Moins de 12 £M (28 €).

● **Restauration. Pour un plat du jour/menu** : ♦♦♦♦ Plus de 12 £M (28 €). ♦♦♦ De 8 à 12 £M (19 à 28 €). ♦♦ De 5 à 8 £M (12 à 19 €). ♦ De 3 à 5 £M (7 à 12 €). Cette catégorie vaut aussi pour les salons de thé et bars à vin avec possibilité de restauration. **Vin au verre** : à partir de 0,30 £M (0,70 €) ; **à la bouteille** : à partir de 4 £M (10 €)

● **Transports. Bus** : 0,15 à 0,18 £M (0,35 à 0,40 €). **Taxi** : 7 £M/h (16,35 €). **Location de voiture** : 10 £M/jour (25 €), kilométrage illimité. **Essence sans plomb** : 1,40 £M/gallon (0,70 €/l).

● **Divers**. Droit d'entrée des **sites** et **musées** nationaux : 1 £M (2,30 €). **Accès Internet** (cabines et cybercafés) : 1,80 £M/h (4,20 €).●

avant le voyage. Rens. auprès des services vétérinaires du **Ministry for Food, Agriculture and Fisheries** au ☎ (00.356) 23.99.68 ou sur le site <www.gov.mt>, rubrique « Ministries and departments ».

Précautions sanitaires

Il existe désormais un accord sanitaire entre les pays de l'Union européenne et Malte : demander la carte européenne d'assurance maladie auprès de la Sécurité sociale.

● **Vaccinations**. Aucun vaccin n'est exigé.

● **Médicaments**. Si vous suivez un traitement médical, prévoyez d'emporter vos médicaments en fonction de la durée de votre séjour. Pour le reste, les pharmacies maltaises sont parfaitement aprovisionnées. Une **crème solaire** avec un bon indice de protection est indispensable.

Faire sa valise

● **Cartes et plans**. Vous en trouverez d'excellents sur place, dans les librairies de La Valette *(p. 100)*.

● **Matériel photo et vidéo**. Si vous utilisez un appareil photo argentique, faites provision de pellicules, car elles sont plus chères à Malte, et privilégiez les sensibilités inférieures à 100 ASA pour contrer la forte luminosité en extérieur. Pensez à emporter un **adaptateur de prise électrique** pour recharger les batteries de votre appareil numérique et de votre vidéo caméra : à Malte, on utilise des prises anglaises à trois plots.

● **Vêtements. En été** : des vêtements légers en coton et tout ce qui protège du soleil : l'archipel compte peu d'endroits ombragés (chapeau, casquette légère, foulard et lunettes). **En hiver et en demi-saison** : une bonne veste coupe-vent et un imperméable léger pour la journée et un lainage pour le soir. **Toute l'année** : un pull et un foulard si vous craignez la climatisation. Certains hôtels et restaurants exigent une **tenue correcte au dîner**. Mesdames, emportez le haut de votre **maillot de bain** : sur les **plages publiques** de Malte la prude, le monokini est interdit et peut entraîner une amende. Au rayon **chaussures** : mocassins confortables pour les visites en ville, sandales ou tongs en été et pour la plage, chaussures de sport confortables pour randonner sur les terrains rocheux et les sentiers caillouteux.

● **Équipements sportifs**. Vous en trouverez à louer dans les centres balnéaires de Malte et Gozo, mais vous pouvez emporter **masque et tuba** pour pratiquer la plongée *(voir p. 202)*.

● **Et aussi**. Un **dictionnaire franco-anglais** s'avèrera pratique pour comprendre les textes explicatifs sur les sites et dans les musées. ●

De A à Z, les clés d'un bon séjour

© Pawel Wysocki/Hémisphères Images

Malte est un grand village.

Arrivée

En avion

●●● *Voir aussi «Accès» à La Valette, p. 99.*

● **L'aéroport international de Malte** se trouve près du village de Luqa, à 6 km S-O de La Valette. Dans le hall des arrivées, vous trouverez des **bureaux de change** *(ouv. t.l.j.)*, les comptoirs des compagnies de **locations de voitures** *(p. 99)* et une antenne de l'**office de tourisme** (utile en haute saison, pour réserver la visite de l'**hypogée de Hal Saflieni**, *p. 146)*.

● **Liaison par autobus.** Pour La Valette uniquement (bus n° 8).

● **Taxis.** Un comptoir, situé dans le hall d'arrivée, permet de prérégler la course.

En bateau

● **Pour ceux qui ont pris le ferry** et qui arrivent d'Italie, l'arrivée a lieu sur le quai Pinto, à Floriana (*plan p. 89* **B2**).

● **Les plaisanciers** pourront mouiller dans la **marina de Msida du port de Marsamxett** (700 postes de mouillage pouvant accueillir des bateaux de 18 m), dans le **port de Portomaso à St Julian's** ou dans la **marina de Mgarr à Gozo**. Les quais de Ta'Xbiex peuvent accueillir de plus gros voiliers. **Rens. : Royal Malta Yacht Club,** Manoel Island ☎ (00.356) 21.33.31.09. **Malta Maritime Authority,** Maritime House, Lascaris Warf, La Valette ☎ (00.356) 21.25.03.60.

Change

Guichets automatiques

Vous trouverez des automates pour le retrait d'espèces avec une carte bancaire *(ATM, ouv. 24 h/24)* à l'aéroport, La Valette, Marsalforn, Marsascala, Rabat, St Julian's, Sliema et Victoria.

Banques et bureaux de change

Ils acceptent cartes bancaires, chèques de voyage et espèces. Les principaux se trouvent à La Valette, Rabat et Victoria. Reportez-vous aux carnets d'adresses pour les horaires des banques, très variables.

Autres

La plupart des hôtels et quelques magasins touristiques vous dépanneront, mais leur commission rend la transaction sans intérêt. À La Valette, des guichets automatiques permettent aussi de changer directement des devises en espèces à des taux peu ntéressants.

Au départ

S'il vous reste des livres, vous les changerez sans problème aux guichets de l'aéroport. Mais sachez que tous sont situés dans le terminal des arrivées et qu'on ne peut plus changer une fois passé le guichet d'émigration.

Courrier

Les **services postaux** sont sûrs et efficaces. Comptez 4 à 5 jours pour une lettre (20 g) ou une carte postale, et 16 cents, à destination d'un pays européen. En dehors des bureaux de poste, vous pouvez vous procurer des timbres dans les hôtels, les boutiques de souvenirs et les marchands de journaux. Les boîtes aux lettres sont des cylindres rouges à la mode britannique.

Enfants

●●● *Voir aussi encadré p. 197.*

Malte est une destination idéale pour un voyage en famille. Elle ravira aussi bien les forts en thème passionnés d'histoire que les fous de baignades et de châteaux de sable. **Prudence néanmoins sur les plages** non surveillées et dans les criques rocheuses, où la baignade peut être dangereuse, et vigilance absolue vis-à-vis du soleil. **Parcs à thèmes** et **spectacles audiovisuels** permettent une approche très ludique de la longue histoire maltaise.

Côté hébergement, la location est certes la plus avantageuse, mais de nombreux établissements hôteliers proposent des réductions, voire des gratuités pour les enfants de moins de 12 ans. Avec les formules des hôtels-clubs et des villages de vacances *(p. 196)*, les petits disposeront d'une large gamme d'activités sportives, conçues spécialement pour eux.

Fêtes et jours fériés

Jours chômés (Public holidays)

Durant ces jours fériés, bureaux, musées et monuments ainsi que la plupart des commerces sont fermés.

1er janv. : jour de l'An.

10 fév. : naufrage de saint Paul.

19 mars : Saint-Joseph.

31 mars : jour de la Liberté.

mars/avr. (date variable) : Vendredi Saint.

1er mai : fête du Travail.

7 juin : fête nationale.

29 juin : Saints-Pierre-et-Paul (l'Imnarja).

15 août : Assomption (Santa Marija).

8 sept. : Notre-Dame-des-Victoires.

21 sept. : fête de l'Indépendance.

8 déc. : Immaculée Conception.

13 déc. : jour de la République.

25 déc. : Noël.

Principales manifestations

●●● *Voir aussi p. 25.*

Célébrées depuis des siècles, les fêtes

à savoir

Comparatif des taux de change

Pour un cours officiel de 1 £M = 2,37 €, la transaction s'effectuait, en 2004, à :

1 £M = 2,37 € lors des règlements par carte bancaire (commissions bancaires non comprises).

1 £M = 2,45 € au distributeur automatique (ATM) et dans les banques.

1 £M = 2,50 € au changeur automatique de billets.

1 £M = 2,56 € dans les hôtels et magasins touristiques. ●

religieuses *(festi)* sont une des grandes traditions de l'archipel. De juin à sept. surtout, les villages de Malte et plus encore de Gozo se pavoisent de couleurs et rivalisent pour fêter leur saint patron. Une semaine de préparatifs qui se clôt le dimanche qui suit le jour du saint honoré.

Fév. : naufrage de saint Paul, le **10**, avec procession de la statue de saint Paul le Naufragé à La Valette. Le **carnaval** *(voir p. 26)* dure trois jours et trois nuits (avant le Carême, à La Valette et Nadur).

Mars : le **19**, Rabat fête saint Joseph ; le **31**, fête de la Liberté, les Maltais célèbrent le départ des derniers Anglais, le 31 mars 1979, en organisant une régate dans Grand Harbour.

Mars-avr. : les fêtes de **Pâques** débutent la veille du Vendredi Saint, où une table est dressée dans chaque église pour commémorer la Cène. Processions notables à Cospicua et Vittoriosa (14-16 avr. 2006, 6-8 avr. 2007, 21-23 mars 2008).

Juin : fête nationale le **7**, avec cérémonies commémorant les émeutes du 7 juin 1919 à La Valette. Saints-Pierre-et-Paul le **29** : Imnarja à Buskett Gardens et *festa* à Nadur.

15 août : Assomption (Victoria, Mosta et Attard).

8 sept. : Notre-Dame-des-Victoires (La Valette, Senglea, Naxxar, Mellieha et Xaghra).

Mi-oct. : du haut des remparts de La Valette, départ de **la Middle Sea Race**, une régate couvrant un circuit de 1 000 km.

Déc. : le **8**, Cospicua et Qala fêtent l'Immaculée Conception ; le **13**, fête de la République avec, en particulier, des courses de chevaux à Marsa ; le **25**, Noël est fêté dans la plus pure tradition religieuse.

Hébergement

●●● *Pour les tarifs, voir encadré p. 193. Pour les réservations, voir p. 189.*

Locations, pensions, villages de vacances, appart-hôtels, etc. : il existe de nombreuses formules pour tous les budgets. Attention, les prix varient du simple au double entre la basse saison (nov. à mi-avr.) et la haute saison (juin à sept. et fêtes de fin d'année). Nous n'avons retenu aucun hôtel dans le secteur, dit balnéaire, de Buggiba et Qawra où seul le béton tient lieu de plage.

Hôtels

● **Catégories et prix**. Pour une chambre double avec salle de bains et petit déjeuner compris, la fourchette s'étend de 30 à plus de 100 €. Presque tous les établissements, même parmi les catégories moyennes, possèdent une piscine et l'air conditionné. Le service est presque toujours excellent, le personnel maltais faisant preuve de gentillesse et de sérieux pour résoudre vos problèmes éventuels.

● **Le grand chic** (▲▲▲▲▲ et ▲▲▲▲) : on compte sur les doigts d'une main les anciens palaces de charme, mais il existe de nombreux établissements créés par les grandes chaînes hôtelières internationales. Vous n'aurez aucune surprise avec ces établissements, dont le standing est comparable à celui des hôtels européens de même catégorie.

● **Le bon confort** (▲▲▲) : c'est ce que propose une majorité d'établissements. Principale caractéristique, des chambres de taille plus réduite.

● **Le moindre prix** (▲▲ et ▲) : il réserve parfois d'excellentes surprises, comme des pensions familiales à l'accueil chaleureux et de petits hôtels au calme. Le plus souvent, le confort est très simple et le cadre fonctionnel, voire désuet.

Hôtels-clubs, appart-hôtels et villages de vacances

Ces établissements proposent un compromis entre la location (appartements, studios, bungalows avec coin cuisine) et les services d'un hôtel (ménage quotidien, changement de la literie et des serviettes de toilette, restauration, etc.). Ils bénéficient en général de nombreux **équipements** sportifs, de loisirs et d'aires de jeux pour les enfants.

hébergement

Louer une ferme convertie en villa de rêve, dans un site superbe de Gozo ? Reportez-vous à l'encadré p. 179 ou consultez le site <www.gozo.com>. ●

idées

Malte des enfants

Popeye Village, à Anchor Bay, offre de nombreuses attractions *(p. 156)*. À La Valette, les chevaliers de l'Ordre reprennent vie dans le cadre du spectacle audiovisuel **The Great Siege of Malta & The Knights of Saint-John** *(p. 104)* ou de la grande parade en costume *in guardia* organisée au fort Saint-Elme *(p. 86)*. Une aventure à prolonger avec la visite du **musée de l'Armurerie** *(p. 71)*, de l'hôpital des Chevaliers à La Valette *(p. 86)*, et du **Musée maritime** de Vittoriosa *(p. 92)*. Dans les **catacombes** de Rabat *(p. 120)*, l'**hypogée de Hal Saflieni** *(p. 146)* ou la **prison de la citadelle** de Victoria à Gozo *(p. 165)*. Malte se fait mystérieuse et ravira même les plus petits. N'hésitez pas à les emmener dans ces remarquables musées consacrés aux traditions de l'archipel que sont le **Limestone Heritage** de Siggiewi *(p. 138)*, ou, à Gozo, le **musée du Folklore** de Gharb *(p. 168)* et le **moulin Ta' Kola** de Xaghra *(p. 172)*. •

Locations

Hôtels et particuliers disposent tous d'un parc immobilier pour la location, qui va du studio à la villa de charme, en passant par la vieille ferme réhabilitée dont Gozo s'est fait une spécialité *(voir encadré p. 179)*. *Pour les réservations et les prix, voir p. 189.*

Logement chez l'habitant

Voilà un domaine où Malte n'a guère hérité de la présence anglaise : la formule du ***bed and breakfast*** est une rareté, hormis dans le cadre des séjours linguistiques.

Auberges de jeunesse

Il existe une seule auberge affiliée (Hostelling International) sur l'archipel.
Elle se trouve à **Sliema** *(Hibernia, p. 107)*, et c'est à La Valette que vous trouverez la NSTS (National Student Travel Service), l'organisme qui la gère *(p. 189)*.

Camping

Malte ne possède aucun terrain de camping aménagé et le camping sauvage est interdit.

Heure locale et horaires

Aucun décalage par rapport à la France, la Belgique et la Suisse, ni en hiver, ni en été.

● **Les banques** : ouv. du lun. au ven. de 8 h à 12 h 30 et le sam. de 8 h 30 à 11 h 30, du 16 juin au 30 sept. ; de 8 h 30 à 12 h 30 et le sam. jusqu'à midi, du 1er oct. au 15 juin. F. le dim. et les j.f.

● **Les magasins** : ouv. du lun. au sam. de 9 h à 19 h, avec une interruption de 12 h à 15 h pour le déjeuner et la sieste (interruption de 12 h à 16 h 30 à Gozo). F. le dim. et les j.f.

● **Les marchés** de La Valette et Victoria ont lieu t.l.j. jusqu'à 13 h, sf le dim.

● **Les restaurants** servent le déjeuner de 12 h à 14 h 30 et le dîner de 18 h à 22 h 30.

● **Les bars** ouvrent de 9 h à minuit ou 1 h du matin.

● **La poste centrale** de La Valette fonctionne du lun. au ven. de 8 h 15 à 16 h 30. Le sam., les bureaux ferment à 12 h ou 12 h 30.
La plupart des villes et villages de l'archipel disposent de bureaux de poste.

● **Les pharmacies** : ouv. de 8 h 30 à 13 h et de 15 h à 19 h ; le dim., ouv. selon le principe d'un tour de garde de 9 h à 12 h 30 à Malte et de 7 h 30 à 11 h à Gozo (liste des pharmacies de garde dans l'édition du dimanche des journaux locaux).

● **Les musées nationaux** de Malte et Gozo ouvrent t.l.j. de 9 h à 17 h et ne ferment qu'à l'occasion de Noël, du Nouvel An et du Vendredi Saint.

● **Les églises** : il est possible en général d'y pénétrer entre 7 h et 10 h et 17 h et 19 h.

toponymie

Noms des rues : anglais ou maltais ?

© Pawel Wysocki/Hémisphères Images

Il y a encore quelques années, les villes possédaient des plaques de rue bilingues : le nom des rues y était indiqué en maltais et en anglais. Aujourd'hui, beaucoup de noms anglais ont disparu. Ne soyez donc pas étonné de trouver dans nos plans de villes une partie dont la toponymie est en anglais (La Valette) et l'autre dont la toponymie est en maltais (Vittoriosa et Senglea, Rabat, Mdina et Victoria). Les Maltais eux-mêmes utilisent les deux appellations pour une même adresse. •

Informations touristiques

• **L'office du tourisme**. L'office du tourisme à Malte possède des agences (ℹ) à Malte et à Gozo. Vous pourrez vous y procurer cartes et brochures, le calendrier des manifestations en cours et réserver la visite de l'**hypogée de Hal Saflieni** (*p. 146* : attention, la réservation est indispensable et il faut la prévoir au moins une semaine à l'avance durant la saison touristique).

• **Cartes et plans**. On trouve facilement des cartes de l'archipel, des plans de La Valette et des principales villes dans les librairies et les magasins de souvenirs. Pour les randonneurs, il existe des cartes plus précises et des guides spécialisés *(p. 100)*.

• **Spectacles, manifestations, bonnes adresses**. *Kultura 21*, le supplément du dimanche du *Times of Malta*, donne les événements de la semaine et de nombreuses brèves culturelles. À l'office de tourisme et dans certains hôtels et restaurants, vous vous procurerez gracieusement ***Where Malta*** (< www.lighthouse.com.mt >), un magazine trimestriel qui comprend les principales manifestations et cite les tables en vogue, ainsi que le mensuel ***Malta & Gozo Day by Day***, <www.mta.com.mt>.

Si vous voyagez avec la compagnie Air Malta, vous trouverez de nombreuses informations dans son magazine ***Malta this Month***.

Internet

Non seulement vous trouverez sans problème des **cybercafés** à La Valette, Sliema, St Julian's et Victoria, mais certaines des cabines téléphoniques très british de Malte sont équipées d'accès au Web, y compris sur les places de village (env. 1,80 £M/h, règlement à l'aide des télécartes vendues en librairie). Enfin, la plupart des hôtels disposent d'ordinateurs reliés à la Toile.

Langue

••• *Voir aussi p. 218.*

Le maltais est une langue hermétique à nos oreilles, mais tout le monde parle ici l'anglais, parfois avec un fort accent. Par tradition, les Maltais s'expriment aussi parfaitement en italien. Le français est parfois compris, mais très rarement parlé.

Médias

● **Journaux**.
La presse est bilingue. À côté des **journaux en maltais**, il existe de nombreuses **revues et quotidiens en anglais** dont le très complet ***The Times of Malta***. Son édition du dimanche, ainsi que celle de ***The Malta Independent*** livrent informations culturelles (principales manifestations) et pratiques (météo, cours de la livre maltaise). L'hebdomadaire ***Malta Today*** donne le programme des événements de la semaine. Avec un ou deux jours de retard, on trouve des quotidiens français à La Valette *(p. 100)*.

● **Radio et télévision**.
Les médias audiovisuels sont sous le contrôle de la Malta Broadcasting Authority, qui diffuse la plupart des chaînes italiennes ainsi que **TVM**, la chaîne maltaise, une combinaison d'informations locales et d'émissions anglaises ou américaines. Malte reçoit les chaînes anglaises, européennes et américaines du réseau câblé. Enfin, il est facile de capter les radios italiennes, la BBC ou encore les deux stations nationales, **Radio Malta 1** (sur 999 kHz en ondes moyennes) et **Radio Malta 2** (sur 93,7 FM). Sur 101.8 FM, des informations en anglais sont diffusées régulièrement.

Plages

Contre toute attente, ce n'est pas le point fort de Malte, du moins si vous rêvez de longues plages de sable. Il n'y en a que trois dignes de ce nom pour tout l'archipel (Ghadira, Ramla Bay et Ghajn Tuffieha) : c'est bien peu pour loger les Maltais et les estivants. En revanche, il y a sur les **côtes rocheuses de Malte et de Gozo** d'innombrables criques à découvrir, idéales pour plonger avec masque et tuba, et des anses aux beaux couchers de soleil pour nager au crépuscule. La plupart d'entre elles sont accessibles par bus et après une courte marche. Sur les plages les plus importantes, vous trouverez des bars, des marchands de fruits ou des snacks ouverts durant la saison. La température de l'eau (19°-26° C) permet de se baigner de juin à nov.

Poids et mesures

En principe, le **système décimal**, adopté en 1972, est utilisé partout, de même que le **système métrique**, qui est enseigné à l'école. Reste que vous pourrez parfois être confronté à des personnes plus âgées qui se référeront encore aux anciennes unités de mesure britanniques (comme pour le tissu, par exemple, qui se mesure au yard), voire à des unités de poids et mesures proprement maltaises, qui subsistent encore parfois à la campagne.

Pourboire

S'il est toujours bienvenu, le pourboire n'a rien d'obligatoire et s'applique de la même manière et dans les mêmes lieux qu'en France. Dans les **hôtels** et les **restaurants**, le service est automatiquement inclus dans la note, mais vous pourrez laisser un pourboire proportionnel à votre satisfaction (de l'ordre de 10 %). Dans certaines agglomérations, des **gardiens de parking** improvisés se chargeront de surveiller ou de vous aider à garer votre véhicule, ce qui peut s'avérer fort utile compte tenu de l'affluence à certaines heures de la journée : 20 ou 30 cents seront alors tout à fait justifiés. Il est d'usage de donner aux taxis jusqu'à 10 % du montant de la course, aux porteurs 10 à 15 cents par bagage porté.

pratique

Cm	**Inches**
1	0,394
2,54	1
Mètres	**Yards**
1	1,094
0,914	1
Mètres	**Feet**
1	3,28
0,3048	1
Km	**Miles**
1	0,621
1,609	1
Kg	**Pounds**
1	2,205
0,453	1
Litres	**Gallons**
1	0,22
4,54	1

Restauration

●●● *Voir aussi p. 44.*

Catégories et prix

On trouve dans tout l'archipel des pizzerias, fish & chips et bars-restaurants pour se restaurer à 7 € environ. À l'autre bout de la gamme de prix, il en coûte 30 € et davantage pour une table fine. Dans la moyenne gamme, pâtes, pizzas et salades sont des valeurs sûres. Hormis quelques restaurants réputés, la cuisine maltaise est très internationale, plus roborative que gastronomique, servie en portions généreuses, mais faible sur les accompagnements (frites et légumes bouillis, invariablement). À Malte et Gozo, des bars à vins proposent une alternative plaisante avec leur choix d'assiettes de dégustation.

Boissons

L'eau du robinet est potable, mais conserve une légère salinité, peu agréable dans le thé et le **café**. Si vous aimez celui-ci à l'italienne, précisez que vous désirez un expresso, ou vous aurez droit à une version à l'anglaise, très allongée. La **bière** de fabrication locale est douce et bon marché. La plus populaire est une blonde commercialisée sous la marque **Cisk**. Spécialité locale, le ***kinnie*** est une boisson gazeuse au goût amer réalisée à partir d'oranges et de plantes. On trouve partout des **eaux minérales** en provenance d'Italie. La carte des vins est d'une grande variété, avec d'excellents crus du monde entier. Sachez que les **vins** dits maltais proviennent en général de raisins importés d'Italie et vinifiés à Malte par les sociétés Marsovin, Meridiana et Delicata *(voir p. 16)*. Le résultat est goulayant et bon marché.

Services

De nombreux restaurants laissent tout au long des repas une musique de fond – le plus souvent de vieux airs américains et des standards internationaux. Un bon nombre de restaurants sont climatisés, et la note inclut le service et une taxe gouvernementale, ce qui ne vous empêche pas de laisser un pourboire selon votre appréciation. En général, le déjeuner est servi entre 12 h et 14 h 30 et le dîner entre 18 h et 22 h, voire 22 h 30.

Santé

Les pharmacies sont signalées par l'enseigne ***Chemist, Pharmacy*** ou ***Spizeria*** et sont organisées par tour de garde le dimanche matin. Malte et Gozo sont chacune équipées d'un hôpital ultramoderne *(adresses p. 99 et 180)*.

Prenez garde au soleil, implacable en été. Exposez-vous progressivement, vous serez de toute façon hâlé au bout de quelques jours. Les moustiques sont l'autre fléau estival : emportez un répulsif.

Sécurité

Malte est incontestablement un pays sans problème et l'île la plus sûre de la Méditerranée. Vous pourrez vous promener à n'importe quelle heure du jour ou de la nuit dans les rues des villes maltaises.

Sports et loisirs

Hormis à La Valette, la majorité des hôtels de l'archipel possèdent leur propre piscine et nombreux sont ceux qui proposent diverses activités sportives. Vous trouverez dans les villes côtières des clubs et des organismes pour pratiquer de nombreux sports nautiques en toute sécurité. L'office de tourisme centralise les adresses des clubs agréés.

La pêche

Aucun permis n'est exigé pour embarquer avec un marin maltais ou gozitain.

La plongée

●●● *Voir aussi p. 202.*

Malte est à juste titre réputée pour ses sites de plongée. Les îles offrent aux débutants comme aux plongeurs confirmés d'excellentes conditions de pratique et la température de l'eau permet de plonger toute l'année. Il existe une **trentaine d'écoles agréées**. Les participants aux cours n'ont besoin d'aucun permis officiel, mais doivent prouver qu'ils sont en bonne forme physique. Un test médical peut être proposé par l'école. Leurs moniteurs confirmés vous feront passer les diplômes Cmas et Padi et vous emmèneront en toute sécurité. Car si les marées sont quasi inexistantes, les courants sont assez fréquents. **Pour plonger en indépendant**, vous devez pouvoir produire le Cmas/2 – diplôme de plongeur confirmé – et le permis local, appelé Carte C. Il s'obtient auprès du ministère de la Santé publique, sur présentation d'un certificat médical, de deux photos d'identité et d'une somme très modique.

● **En cas d'accident**. Le **caisson de décompression** à unité hyperbare se trouve à l'hôpital St Luke de Guardamangia *(p. 99)*. En cas d'incident, les **équipes médicales** peuvent être contactées au ☎ 21.23.47.65 ou 21.23.47.66 ou encore en composant le numéro des urgences, le ☎ 196.

● **Renseignements.** Pour connaître la liste des écoles de plongée agréées, consultez le site de l'office de tourisme, ou contactez l'association maltaise qui les fédère : **Professional Diving School Association** (PDSA), 1 Msida Court, Msida ☎ (00.356) 21.33.64.41, <www.digigate.net/divers>. La bible du plongeur est le *Maltese Islands, Diving Guide*, de Ned Middleton, aux éditions Millerguich. Des brochures sont également à disposition auprès des écoles et de l'office de tourisme.

La planche à voile et le ski nautique

Mellieha Bay et **St Paul's Bay** en sont les sites privilégiés. La plupart des hôtels de bord de mer louent du matériel et proposent des cours. Il n'y a pas de marées et les courants forts sont rares.

La voile

Excepté quelques jours d'orage l'hiver, les vents dominants autorisent une navigation idéale. Le mistral (nord-est) et le sirocco du Sud, plus humide, procurent la force nécessaire pour voguer à la voile. La côte présente de nombreuses criques rocheuses et baies reculées, inaccessibles depuis la terre et parfaites pour le mouillage. Les écoles de voile proposent une gamme de cours allant du week-end d'initiation aux stages pour adultes et enfants, en passant par les entraînements, qualifications et courses réservés aux marins confirmés. Les entraîneurs des clubs et des écoles sont qualifiés et sont des marins expérimentés. Les **régates** ont lieu d'avr. à nov.

Les marins expérimentés pourront affréter sur place un voilier pour un ou plusieurs jours. Il est possible, par exemple, de rejoindre la Sicile et l'île italienne de Pantelleria, ou les Éoliennes.

● **Rens. sur les régates et le mouillage. Royal Malta Yacht Club**, Manoel Island ☎ (356) 21.33.31.09. **Malta Maritime Authority**, Maritime House, Lascaris Warf, La Valette ☎ (356) 21.25.03.60.

La randonnée

L'ouest et le nord de Malte et toute l'île de Gozo s'y prêtent admirablement. L'archipel est quadrillé de sentiers et de chemins ruraux et les distances sont courtes. Prévoyez des chaussures de marche légères mais solides car les chemins sont caillouteux. Attention aux **coups de soleil**, emportez un chapeau et de l'eau. Se munir d'une bonne carte : les balises sont inexistantes, mal entretenues ou vandalisées. Maltais et Gozitains vous renseigneront volontiers sur votre chemin. Toutefois, ils sont assez pointilleux sur la **propriété privée**, qu'il vaut mieux respecter et que désigne l'inscription RTO *(ristrato)*, peinte sur les rochers ou sur des panneaux, dans les zones d'exploitation agricole.

On trouve sur place dans les librairies, à La Valette *(p. 100)* et Victoria, des **cartes détaillées** et d'excellents **topo-guides** pour préparer une randonnée : ***Map of the Maltese Islands***, RMF Publishing and Surveyx Ltd., 2002 et *Malta Countryside Walks* (une douzaine de titres couvrant les deux îles).

L'équitation

Plusieurs écoles existent, notamment a Marsa, Golden Bay, Mellieha ou St Paul's Bay ; leurs coordonnées sont disponibles dans les hôtels.

Les jeux de balle

À 4 km au S de la Valette, le **Marsa Sports Club** dispose de l'unique parcours de **golf** de l'île (18 trous, <www.maltagolf.org>), de 18 courts de **tennis**, de 5 salles de **squash**, d'un terrain de **cricket**, de plusieurs **terrains de football** et d'une piscine d'eau de mer pour le **water polo**. Rens. ☎ (00.356) 21.23.38.51.

Plonger dans la grande bleue

© Office du tourisme de Malte

L'archipel est un paradis pour les plongeurs : des sites naturels exceptionnels, une mer à la température douce toute l'année, d'innombrables variétés végétales et animales, et même quelques épaves d'avions ou de navires.

Exceptionnellement lumineux et poissonneux, les fonds marins de Malte et Gozo forment un des meilleurs secteurs de plongée en Méditerranée. On évolue dans une eau dont la température moyenne est de 23 °C en été et entre 13 °C et 15 °C de décembre à mars. Près de 30 sites officiellement répertoriés composent cette géographie sous-marine, qui va de grottes sous-marines labyrinthiques à des récifs et des épaves du temps de guerre. Chaque année en novembre, s'ouvre à Malte le Blue Dolphin, une compétition photographique internationale qui réunit les meilleurs photographes sous-marins d'Europe.

Une flore lumineuse dans une eau cristalline

Les eaux maltaises comptent parmi les plus limpides et les plus claires du monde. La visibilité est excellente, même à plus de 30 m de profondeur. Chaque sortie est la promesse d'une rencontre... parfois tropicale : un poisson perroquet, des bancs de mérous, plusieurs variétés de grondins, des rascasses, des pieuvres, des calmars, des rougets barbets... Le but du jeu consiste à se faufiler dans les grottes, les brèches et les crevasses, pour y photographier la flore lumineuse et luxuriante.

À Malte

Marfa Point : cavernes et tunnels à travers les rochers, entre 15 et 30 m de profondeur.

Cirkewwa Arch : de nombreuses variétés de poissons évoluent autour de cette arche naturelle.

L-Ahrax Point : un précipice spectaculaire et une intense vie sous-marine.

St Paul's Islands : de multiples espèces s'ébattent au pied d'un mur sous-marin qui descend à 34 m de profondeur.

HMS Maori : une épave datant de 1942, à 15 m de profondeur, dans le port de Marsamxett.

Carolita Barge : un navire échoué en 1942 près de l'île Manoel qu'habitent des pieuvres.

Bienheim Bomber : l'épave, en parfait état, d'un avion, à 800 m de la côte et 42 m de profondeur.

Delimara Point : une faune colorée peuple ses nombreuses cavernes.

Wied iz-Zurrieq : une vallée sous-marine et un labyrinthe de caves à différentes profondeurs.

Ghar Lapsi : une plongée peu profonde mais avec de nombreuses grottes.

Anchor Bay : innombrables grottes et fonds d'une grande diversité.

À Gozo

Xlendi Caves : un bon site pour débuter.

Xlendi Reef : de nombreuses espèces de poissons vivent autour de la pointe rocheuse de la baie qui se prolonge sous l'eau.

Fungus Rock : une faille spectaculaire sous un rocher et une descente possible jusqu'à 45 m.

Crocodile Rock and Coral Caves : éponges et coraux tapissent de magnifiques cavernes.

The Blue Hole and the Chimney : une féerie d'arches et de cheminées sous-marines, à 8 ou 10 m de profondeur.

San Dimitri Point : une lumière surnaturelle baigne les blocs géants qui se sont détachés de la falaise.

Ghasri Valley : anémones et mollusques rares habitent une gorge étroite qui pénètre dans la terre sur environ 500 m.

Billinqshsurst Cave : un tunnel et une grotte spectaculaires.

Regga Point : le récif descend jusqu'à 60 m et abrite plusieurs grottes.

Double Arch Reef : deux arches successives taillées dans la paroi rocheuse.

Xaft L-Ahmar : à faible profondeur, on observe néanmoins des bancs de mulets, des brèmes de mer, des pieuvres et des seiches.

Fessei Rock : une colonne de roche abrupte et verticale surgit à fleur d'eau et la descente atteind jusqu'à 50 m. ●

© Office du tourisme de Malte

© Office du tourisme de Malte

© Office du tourisme de Malte

spectacles

Entre oct. et mai, vous pourrez assister à des spectacles de théâtre ou de danse, à des concerts donnés au théâtre Manoel *(coordonnées p. 104)*. Durant la saison estivale, un théâtre de verdure est organisé dans les San Anton Gardens. ●

Téléphone

Vous pourrez téléphoner à l'étranger depuis une **cabine** ou l'un des **bureaux Maltacom** de St Julian's Bay, Triq San Gorg à Paceville 25 % moins cher entre 21 h et 8 h du matin ainsi que le dim.

Les **cabines téléphoniques** sont très nombreuses. Elles fonctionnent avec des cartes Maltacom de 2 (40 unités), 3 (60 unités) ou 5 £M (100 unités) que l'on se procure dans les librairies.

© Pawel Wysocki/Hémisphères Images

À l'exception de quelques criques isolées, les îles bénéficient du réseau pour les **portables**.

● **Téléphoner vers et de Malte. De l'étranger à Malte** : composez le 00 (international) puis le 356 (Malte), puis le numéro de votre correspondant.

De Malte à l'étranger : 00 (international) + indicatif du pays (France : 33 ; Belgique : 32 ; Suisse : 41) + le numéro de votre correspondant (sans le 0 initial).

Toilettes

Vous trouverez des toilettes publiques aux entrées des parcs et jardins ainsi que sur les places des villes et villages. D'une **grande propreté**, elles sont bien entretenues et souvent préférables à celles des cafés, qui laissent parfois à désirer. N'oubliez pas de laisser quelques cents au préposé.

Transports

Bus

C'est une solution excellente et modique à condition d'être basé à La Valette, d'où on peut rayonner dans toute l'île. Ailleurs, il est nécessaire de changer et cela devient un casse-tête. L'été, un **service express** est mis en place, reliant les stations touristiques principales à **Sliema**, **Marsaxlokk**, **Mdina** et **Vittoriosa**. À **Gozo**, le problème est inverse : tous les bus partent de Victoria, la capitale... dépourvue de point d'hébergement. De plus, leur fréquence y est modeste, transformant la journée d'excursion en attentes répétées en plein soleil. Conclusion : la location d'une voiture, voire d'un scooter, est plus judicieuse partout en dehors de La Valette.

● **Mode d'emploi.** Les chauffeurs – qui sont souvent les propriétaires de leur engin – ont une conduite sportive ; l'état des amortisseurs est inégal. L'**achat des tickets** se fait auprès du chauffeur. Demandez à votre voisin de banquette où et quand **demander l'arrêt** (en tirant sur une corde au plafond ou en appuyant sur un bouton) : les arrêts de bus ne sont pas toujours matérialisés, en dehors du panneau circulaire « bus stop » sur fond bleu, et n'ont jamais de dénomination. N'oubliez pas de vous renseigner sur la fréquence et l'horaire du dernier bus, surtout dans les endroits isolés. Dans les villes et villages, le **terminus des bus** se trouve généralement sur ou à proximité de la place de l'église. À Malte, tous les bus partent et reviennent du terminal de la place de **Triton's Fontain**, au pied de City Gate. S'il n'y a personne au bureau de renseignements, demandez aux passants : les bus sont un moyen de transport très populaire et chacun connaît leur réseau comme sa poche. Les numéros de ligne sont indiqués à l'avant des véhicules, sur le pare-brise.

● **Fréquence et prix.** La fréquence varie, selon les moments de la journée, de 30 à 45 mn. La durée moyenne d'un trajet en bus à Malte est de 20 à 30 mn au départ de **Bugibba** et de **Sliema**. Comptez 50 cents pour les lignes directes et les bus de nuit. Par ailleurs, vous pouvez acheter des forfaits pour 1, 3, 5 ou 7 jours (de 1,50 à 5,50 £M – de 3,50 à 13 €).

Taxi

Il y en a pléthore, surtout à l'aéroport, et munis d'un compteur. Ils sont blancs avec une plaque d'immatriculation rouge, et vous pouvez les prendre en leur faisant signe, à l'inverse des **taxis privés**, de couleur noire, qu'il faut réserver par téléphone. Dans le cadre d'une excursion, il est préférable de s'entendre sur le prix. C'est un moyen de transport utile mais cher : comptez entre 10 et 12 £M (23 et 28 €) pour faire La Valette-Marfa et près de 5 £M (12 €) pour rejoindre La Valette depuis l'aéroport.

Toute contestation ou plainte peut être adressée à la **Public Transport Authority** ☎ (00.356) 21.43 84 75

Voiture

Si vous êtes à l'aise avec la conduite à gauche, la location de voiture est la solution qui offre le plus de liberté et de souplesse. Outre les compagnies internationales de location, vous trouverez dans tous les lieux de villégiature des agences pour louer une voiture ou un scooter, ou d'ailleurs tout autre service touristique (taxi, plongée, excursion, etc.). Les bonnes adresses varient d'une année à l'autre et exigent les mêmes règles de prudence de bon aloi : comparer les prix et vérifier l'état des véhicules – freins surtout – proposés. Sachez que pour une mobylette comme pour une voiture, il faut présenter le permis de conduire, la carte d'identité, voire le passeport.

● **Conduite et parking.** La conduite maltaise peut être réellement éprouvante, d'autant que la petite taille de l'archipel ne pousse pas pour autant les automobilistes à réduire leur vitesse malgré les limitations : 65 km/h sur route et 40 km/h en agglomération. Les routes principales ne sont pas en très bon état, quant aux routes secondaires, ce sont des chemins vicinaux défoncés et si étroits qu'ils n'autorisent guère le croisement. Ces simples conseils ne doivent pas effrayer un chauffeur expérimenté. Dans La Vallette, les villes et les villages de Malte, les sens uniques sont un casse-tete. Mieux vaut laisser son véhicule garé aux abords de l'agglomération, d'autant qu'il est impossible, ou interdit en dehors des parkings payants, de se garer dans le centre. La remarque vaut également pour Victoria, la capitale de Gozo.

● **Essence.** Gardez l'œil sur la jauge : les postes à essence sont peu nombreux, pensez à faire le plein régulièrement. *Ouv. lun.-ven. 7h (19h en été), sam. 7h-15h. F. dim. et j.f.* Certains sont équipés de machines pour régler 24h/24 par carte ou en espèces.

● **En cas d'accident.** Appelez la police au ☎ 191 ou le 196 pour une ambulance. Si l'accident est sérieux, les conducteurs doivent rester présents auprès de leurs véhicules jusqu'à l'arrivée et le constat de la police. Les compagnies d'assurance exigent ce rapport de police.

Vélo

Avis aux cyclistes voyageurs et aux loueurs de vélo : l'archipel de Malte est petit certes mais les côtes sont rudes, notamment pour descendre et remonter des bords de mer. Et le soleil peut être redoutable, même sur les pentes !

Urgences

● **Ambulances** ☎ 196.

● **Hôpitaux**. À **Malte**, St Luke's Hospital, Gwardamangia ☎ 21.24.12.51. À **Gozo**, General Hospital, Triq Ghajn Qatet, Victoria ☎ 21.56.16.00.

● **Police** ☎ 191.

● **Pompiers** ☎ 199.

● **Renseignements** ☎ 190.

Voltage

Le courant électrique est de **240 volts**. À l'exception des prises pour rasoir, de standard international, les prises sont de type anglais, à 2 barettes verticales surmontée d'une barette neutre. Prévoir un **adaptateur** car les hôtels n'en disposent pas toujours et les commerces n'en vendent pas. ●

repères

© Pawel Wysocki/Hémisphères Images

Les dates qui ont fait Malte

© Office du tourisme de Malte

Le Grand Siège (1565) est le grand tournant de l'histoire de Malte.

À Malte

V^e^ millénaire – IIIe s. av. J.-C. De l'ère des temples à l'âge des comptoirs

Vers 5000 av. J.-C. Mises au jour dans la **grotte de Ghar Dalam** *(p. 150)* en 1865, les plus anciennes traces de la présence humaine dans l'archipel remontent à cette époque. Les premiers hommes de Malte cultivent l'orge, le blé et des lentilles et vivent soit dans des grottes (Ghar Dalam), soit dans des établissements de plein air (Skorba, *p. 128*). Éleveurs de moutons, de chèvres, de vaches et de cochons, ils fabriquent une poterie dont le décor imprimé dans l'argile fraîche s'apparente à celui des établissements néolithiques du centre et de l'ouest de la Méditerranée. La présence de matières premières telles que l'ocre et l'obsidienne, inexistantes à Malte, atteste des **échanges avec la Sicile**.

Vers 4000 av. J.-C. De nouveaux types de **poterie** sont mis au jour sur le site de **Zebbug**. Leurs motifs gravés ou peints en rouge – parmi lesquels des personnages stylisés – s'apparentent à ceux du début de l'âge du cuivre en Sicile. Au cours du IVe millénaire, les hommes de Malte creusent dans la roche des **sépultures collectives**. Ce mode d'inhumation marque la **fin de la première société préhistorique** de Malte, sans doute en relation avec l'arrivée de nouvelles vagues d'immigrants.

Pages précédentes : dans la chapelle de France de la cathédrale Saint-Jean, gisant de Louis-Charles d'Orléans.

Dans le monde

Vers 8000 av. J.-C. Navigation et échanges attestés dans le monde méditerranéen.

Vers 4000 av. J.-C. Civilisation sumérienne (de Babylone). Dolmens en Bretagne.

3600-3100 av. J.-C. Les **poteries de Mgarr**, avec leur beau décor de courbes et d'entrelacs, se prolongent dans la **phase de Ggantija** *(p. 172)*, une civilisation de bâtisseurs qui se caractérise par une architecture colossale, inventive et techniquement avancée *(voir p. 46)*.

3000-2500 av. J.-C. L'**hypogée de Hal Saflieni** *(p. 146)* marque l'apogée de l'architecture funéraire souterraine, tandis que **Tarxien** *(p. 147)* témoigne du développement des **mégalithes**. Ces constructions géantes s'accompagnent de la réalisation d'effigies humaines, modelées ou taillées, dont la plus petite mesure 4 mm, la plus grande 2,75 m. La poterie, répétitive, entre, elle, dans une phase de déclin.

Vers 2500 av. J.-C. La civilisation des **bâtisseurs de temples s'évanouit brusquement** à cette époque. À l'ère pacifique des temples succèdent les temps tourmentés de l'**âge du bronze**. De nouveaux arrivants introduisent l'usage de cet alliage; ils se font incinérer et inhumer dans des urnes, avec leurs poignards et leurs haches. Le style de leurs poteries s'apparente à celui en vigueur à la même époque au sud de l'Italie, en Sicile, dans les îles Lipari et en Grèce occidentale.

Vers 1500 av. J.-C. Les populations quittent les rivages pour s'établir sur les hauteurs des coteaux calcaires. Le rempart édifié sur le site de **Borg in-Nadur** *(p. 151)* et les murs protégeant les grottes de **Bahrija** témoignent d'un souci de défense.

VIIIe-Ve s. av. J.-C. Mettant à profit leur expérience du commerce en Méditerranée des produits de luxe venus d'Orient, les **Phéniciens de Tyr** tirent parti des rades bien abritées de l'archipel. Si la nature de leur implantation – colonie ou simple comptoir? – demeure incertaine, des vestiges découverts près de Rabat *(p. 119)* attestent de leur contrôle de Malte au VIIe s. À la même époque, les **Grecs** colonisent l'est de la Sicile et se placent très vite en rivaux des Phéniciens. À Malte, ils fondent une colonie à l'emplacement de **Mdina** *(p. 112)*, où ils adoptent un régime démocratique de type athénien.

IVe-IIIe s. av. J.-C. Reprenant à son compte l'héritage phénicien, **Carthage** arrache Malte aux Grecs de Sicile. Les Carthaginois créent des ateliers de réparation de navires et développent artisanat et commerce autour du lin, de l'huile, de l'olive, du caroubier et de la poterie d'argile.

3600-2500 av. J.-C.
Invention de l'écriture en Mésopotamie (3500 av. J.-C.). Premières pyramides d'Égypte (2600 av. J.-C.).

2500-1500 av. J. C.
Âge du bronze (v. 2000 av. J.-C.). Ensemble mégalithique de Stonehenge (2300 av. J.-C.).

1400-1200 av. J.-C.
Rayonnement de la civilisation mycénienne en Méditerranée.

814 av. J.-C.
Des colons phéniciens fondent Carthage.

Vers 600 av. J.-C.
Fondation de Marseille par les Grecs de Phocée.

IIIe s. av. J.-C.- XIe s. apr. J.-C.
Des premiers chrétiens à la domination arabe

218 av. J.-C. La garnison carthaginoise tombe aux mains de Rome, au cours de la **2e guerre punique**. La colonisation s'effectue en douceur. Une cité

219. Début de la deuxième guerre punique.

s'élève à l'emplacement de la future Mdina *(encadré p. 120)* ; de luxueuses villas apparaissent.

58 (ou 60) apr. J.-C. Un navire en provenance de Palestine fait naufrage près des côtes. À son bord se trouve l'**apôtre Paul**, qui doit être jugé à Rome *(voir p. 122)*. Cette date marque pour l'Église maltaise le **début de la christianisation** de l'archipel. Le mouvement s'accompagne d'une latinisation des Maltais qui jusque-là s'exprimaient sans doute dans une langue phénicienne. L'archipel jouit d'une période de grande prospérité qui se poursuit jusqu'au IVe s.

533. Après avoir été tour à tour livrée aux Vandales, puis aux Ostrogoths, durant la longue phase obscure qui succède à la chute de l'Empire romain au Ve s., Malte passe sous la coupe des **Byzantins**.

870. La dynastie tunisienne des **Aghlabides** s'empare de l'archipel. La domination islamique s'étend alors à l'Afrique du Nord, à Gibraltar, à la Sicile et à l'Espagne. Malte est un atout majeur pour la maîtrise de la Méditerranée face aux chrétiens de l'Empire byzantin. S'ils n'ont guère laissé de témoignages matériels, les deux siècles de domination arabe sont déterminants : la **population s'arabise** – la langue parlée de nos jours est restée basée sur l'arabe maghrébin – ; une partie se convertit à l'islam, parfois pour échapper à l'esclavage. Malte est une des plaques tournantes de ce trafic, organisé en Méditerranée par les navigateurs islamisés durant les IXe-Xe s.

146. Destruction de Carthage ; Rome devient la 1re puissance méditerranéenne.

476. Chute de l'empire romain d'Occident.

637. Les Byzantins évacuent la Palestine ; début de l'expansion musulmane.

992. Essor de la puissance commerciale de Venise et Amalfi.

XIe s. – 1re moitié du XVIe s. Dans l'orbite sicilienne

1090. Les **Normands de Sicile** profitent de la désunion des musulmans et de leurs luttes contre les Byzantins pour incorporer Malte à leurs possessions italiennes, coupant la route maritime entre les États arabes de l'Est et ceux de l'Ouest. L'archipel devient la « **passerelle outre-mer** » des pèlerins et des croisés, sans que cela entraîne le départ des Arabes qui s'y sont fixés. Jusqu'au XIIIe s., chrétiens, juifs et musulmans vivent en bonne intelligence.

1130. Intégrant la **Sicile** érigée en royaume, Malte partage pendant quatre siècles le sort des Siciliens et des Italiens du Sud. Elle se rechristianise (l'archipel relèvera du diocèse de Palerme jusqu'en 1831) ; l'**italien** devient la langue de la noblesse et du négoce. L'architecture de cette période est qualifiée de **siculo-normande**.

1194. Malte épouse toujours le destin de la Sicile, successivement aux mains de l'empereur germanique **Frédéric II** et de la monarchie française de **Charles d'Anjou** imposée par le pape (1266). À l'issue de la révolte anti-française des Vêpres siciliennes en 1282, l'archipel entre dans la zone

1090. Recul de la domination arabe avec la conquête de Malte par les Normands de Sicile et celle de Tolède par le roi Alphonse VI de Castille (1085).

1270. Huitième et dernière croisade.

1282. Insurrection des Vêpres siciliennes : le royaume de Sicile tombe aux mains des rois d'Aragon.

d'influence du **royaume d'Aragon**, puis sous son gouvernement en 1409.

1479. Malte, avec les Deux-Siciles, revient aux **rois catholiques d'Espagne**. Gouverné de loin par la couronne espagnole, le fief maltais est octroyé à des seigneurs féodaux, qui tirent bien plus avantage des bénéfices de la piraterie que des maigres ressources locales. L'approvisionnement de Malte est d'ailleurs un souci constant, que tente de régler l'**Universita'**, un conseil chargé de répartir dans la population les céréales achetées à la Sicile et l'Italie, et de contrebalancer par des lois les excès des seigneurs locaux. La population se concentre dans les deux seules cités maltaises : **Città Nobile** *(p. 112)*, l'ancienne Mdina des Arabes, et **Borgo**, le Bourg, future Vittoriosa des chevaliers de l'Ordre *(p. 90)*.

1453. Prise de Constantinople par les Ottomans ; fin de l'Empire byzantin.

1480. La France acquiert, avec la Provence, les droits du roi René héritier des Anjou sur Naples, Chypre et le royaume de Jérusalem. Début des guerres d'Italie.

XVIe-XVIIIe s.
L'Ordre à Malte

Voir aussi p. 36.

1530. La donation de Malte, par **Charles Quint**, roi d'Espagne et de Sicile, aux chevaliers de l'ordre hospitalier de **Saint-Jean de Jérusalem** pour contrer la forte poussée des Turcs ottomans dans le bassin méditerranéen, sépare son destin de celui de la Sicile.

1565. Après avoir perdu **Tripoli** en 1551, l'Ordre sort finalement vainqueur du **Grand Siège des Turcs** au bout de quatre mois *(encadré p. 39)*. Une victoire que toute la Chrétienté célèbre comme la reprise du pouvoir de l'Occident en Méditerranée.

1566. Début de la construction de **La Valette**, nouvelle capitale de l'Ordre, qui se dote d'un système de défense *(voir p. 82)* dont les travaux se poursuivent jusqu'au début du XVIIIe s. En mer règne la « **course** » entre les galères de l'Ordre et les navires turcs et barbaresques. Malte devient l'**école navale** de la France et de l'Europe. Les meilleurs marins de l'ordre de Malte (Tourville, Suffren, de Grasse) sont à la tête de la flotte française.

1765. Le **roi de France** instaure sur Malte un protectorat de fait. L'archipel est le grand relais du commerce français en Méditerranée, la France fournissant à l'Ordre plus de la moitié des revenus et les trois quarts des navires entrés dans son port. Cependant, les exactions des chevaliers exacerbent la tension avec les Maltais. L'instabilité réveille les ambitions de **Naples**, qui fait valoir ses droits sur l'archipel, de l'**Angleterre**, qui envoie régulièrement ses navires mouiller dans les rades de La Valette, et de la **Russie**, qui, après avoir étendu son influence dans les Balkans aux dépens de l'Empire ottoman, cherche à s'implanter en Méditerranée.

1517. Les Ottomans conquièrent l'Égypte et établissent leur suzeraineté sur La Mecque et l'Arabie.

1526. Bataille de Mohacs, victoire des Ottomans sur les Hongrois. La Réforme affaiblit l'Empire germanique.

1571. Victoire de la Sainte Ligue sur la flotte turque à Lépante. Arrêt de l'expansion ottomane.

1598. Mort de Philippe II d'Espagne. Fin de l'hégémonie navale espagnole en Méditerranée. Entrée en scène des Anglais et Hollandais qui disputent aux Français et aux Vénitiens le commerce du Levant.

Fin du XVIIIe s. – 1re moitié du XXe s. Du passage de la cocarde française à la colonie britannique

1789. Le grand maître français **Emmanuel de Rohan-Polduc** invoque le caractère de souveraineté de l'Ordre pour se tenir à l'écart de la Révolution et tenter de sauver les biens et les domaines français, source précieuse de revenus. En 1791, l'Ordre finance en partie la **fuite de Louis XVI**. En représailles, l'Assemblée législative vote l'annexion à la Nation des biens des chevaliers en 1792. En élisant à leur tête l'Allemand **Ferdinand de Hompesch** en 1797, les chevaliers essaient en vain d'obtenir l'appui de l'Autriche.

1798. Les Français envoient **Bonaparte** à la tête de 300 navires. Le général s'empare de Malte le 12 juin grâce à la trahison du grand maître Hompesch et au refus de combattre d'une partie des chevaliers et des Maltais. Durant son séjour, Bonaparte dote l'île d'une **nouvelle Constitution** et réorganise ses finances. Une semaine plus tard, il fait route vers l'Égypte, emportant avec lui le trésor de l'Ordre et laissant à Malte une garnison de 4 000 hommes, commandée par Vaubois. Réquisitions et mesures anti-cléricales des Français provoquent le **soulèvement des Maltais**.

1800. Harcelée par la population et affamée par le blocus des navires anglais, la garnison française capitule le 5 sept., après deux ans de siège.

1802. Le **traité d'Amiens** entre France et Angleterre restitue Malte à l'ordre de Saint-Jean de Jérusalem. Mais les Maltais, qui ont constitué un gouvernement provisoire, ne veulent plus de l'autorité du grand maître. Ils appellent la couronne britannique à établir sa souveraineté sur l'île à condition de respecter leur Constitution et de maintenir la religion catholique romaine. Malte connaît une période de prospérité et fait office d'entrepôt de marchandises durant le **blocus contre l'Europe napoléonienne**.

1814. Le **traité de Paris** ratifie le contrat entre Malte et la Grande-Bretagne. Frappé par la **peste** (1813-1815), puis par le choléra (1837), le pays s'enfonce dans le marasme économique.

1869. L'ouverture du **canal de Suez** fait de La Valette, nœud des navigations à vapeur, l'escale de la **route de l'Extrême-Orient**. C'est la reprise économique : principale base militaire anglaise en Méditerranée, au détriment de Gibraltar, Malte est aussi un des premiers ports charbonniers du monde.

1880. La **querelle linguistique** entre partisans de l'italien et défenseurs de l'anglais *(encadré p. 21)* marque le pas des revendications nationalistes,

1660. L'Angleterre acquiert Tanger.

1699. Traité de Karlowitz. La Turquie démembrée est rejetée sur les Balkans ; la Russie atteint la mer Noire.

1713. Colonisation anglaise de Gibraltar.

1713-1714. Traités d'Utrecht et de Rastadt. L'empereur d'Autriche reçoit le Milanais, Naples et la Sardaigne. Reprise de l'offensive contre les Turcs.

1770. Catherine II de Russie détruit la flotte turque à Tschesmé (Asie Mineure) ; le sultan ouvre les détroits aux bateaux de commerce russes.

1798. Début de la campagne française d'Égypte.

1800. Bonaparte devient Premier Consul.

1814. Le congrès de Vienne redessine la carte de l'Europe.

1825-1835. Essor des ports de Barcelone, Marseille et Gênes.

1830. Intervention française à Alger.

1878. L'Angleterre acquiert l'île de Chypre qui lui permet de surveiller l'Égypte et complète la chaîne des places britanniques en Méditerranée.

malgré les concessions politiques accordées aux Maltais par l'Angleterre.

1919. Au lendemain de la Grande Guerre, la récession économique qui touche toute la Méditerranée ravive le ressentiment contre l'**occupation anglaise**. Le **7 juin**, le drapeau britannique est brûlé à La Valette ; les Anglais répliquent en envoyant la troupe contre les émeutiers. Ils concèdent une nouvelle Constitution accordant plus d'autonomie aux Maltais en 1921, mais la suspendent en 1930 face à l'agitation nationaliste, soutenue par l'Italie fasciste.

1934. Le **maltais** est reconnu comme **langue officielle**. Mais avec l'entrée en guerre de l'Italie, les problèmes d'ordre militaire prennent le pas sur toute autre question. Renouant avec son rôle de place forte de la Méditerranée, l'île s'apprête à subir le troisième siège de son histoire. Sir William G. Dobbie, le gouverneur, renforce les fortifications, organise la défense antiaérienne et prépare les abris, installés jusque dans les grottes funéraires néolithiques et les catacombes. Pendant deux ans, en 1940-1942, Malte subit **2 500 attaques aériennes** italiennes, puis allemandes, qui font 5 000 victimes civiles.

1942. Le recul de Rommel après El-Alamein en nov. et le débarquement allié en Afrique du Nord apportent une bouffée d'oxygène à l'archipel qui sort peu à peu de son isolement. En récompense de son héroïsme, Malte reçoit du roi d'Angleterre la **George Cross** qui figure depuis sur son drapeau.

2e moitié du XXe s. à nos jours
De l'indépendance à l'Europe

1947. En reconnaissance de son rôle dans la guerre, l'Angleterre accorde à Malte un ***self-government***, statut intermédiaire entre celui de membre du Commonwealth et celui de territoire de la Couronne. La mesure satisfait les travaillistes alors au pouvoir, pas les nationalistes qui rêvent de décolonisation. Lorsque, conduits par **Gorg Borg Olivier**, ils remportent les élections de 1962, ils exigent de l'Angleterre qu'elle reconnaisse la pleine indépendance du pays.

1964. Le **21 septembre** à minuit, Malte est indépendante. Elle reste cependant au sein du Commonwealth, la reine d'Angleterre étant représentée sur place par un gouverneur général.

1974. Arrivé au pouvoir en 1971, le **Parti travailliste** conduit par **Dom Mintoff** parachève l'**indépendance**. Les derniers liens institutionnels avec Londres sont rompus avec l'adoption par le Parlement, le 13 décembre 1974, d'une **Constitution**

1887. Londres forme une « Ligue méditerranéenne » regroupant l'Italie, l'Espagne et le Royaume-Uni pour le maintien du *statu quo*. Isolée, la France doit renoncer à ses desseins méditerranéens.

1912. Occupation italienne de la Libye et protectorat français au Maroc.

1922. En contraignant la Grande-Bretagne à reconnaître son indépendance nominale, l'Égypte marque la première victoire du nationalisme arabe en Méditerranée.

1948. Création de l'État d'Israël.

1957. Traité de Rome, fondateur de la Communauté économique européenne.

1959. Découverte de gisements pétroliers en Libye.

1969. Le colonel Khadafi renverse le régime du roi Idris en Libye.

1973. Conférence des Non-Alignés à Alger.

1974. Accords de Camp David.

1975. Début de la guerre du Liban.

républicaine. La base britannique est entièrement évacuée en mars 1979. Membre du Mouvement des Non-Alignés, Malte se rapproche des pays communistes, puis des pays arabes et surtout de la Libye, tandis que Dom Mintoff s'engage dans une dangereuse dérive autoritaire.

1984. À l'issue d'une escalade de la violence, marquée par de grandes grèves des enseignants et des médecins, **Dom Mintoff démissionne**.

1987. Les élections portent le **Parti nationaliste d'Eddie Fenech Adami** au pouvoir. Sans rompre avec la politique de neutralité engagée par ses prédécesseurs, il oriente le pays vers l'économie de marché.

1989. L'**ordre de Malte** est de nouveau reconnu par le gouvernement qui reçoit officiellement une délégation de 400 chevaliers en oct.

1992. Réélu en fév., **Eddie Fenech Adami** entame des négociations en vue de l'adhésion de Malte à l'**Union européenne**. Dans ce cadre, il introduit une TVA conforme à la législation européenne mais entraînant une hausse des prix très mal reçue par la population.

1996. Les Maltais expriment leur mécontentement aux élections d'oct. en portant au pouvoir le **Parti travailliste**. Le nouveau chef du gouvernement, **Alfred Santz**, économiste et francophone, gèle la demande d'adhésion à l'Union européenne, supprime la TVA, retire Malte du programme de partenariat avec l'Otan et rétablit ses relations avec la Libye.

1998. Les élections de sept. ramènent **Eddie Fenech Adami** au pouvoir. Les négociations avec l'Union européenne reprennent en 2000 *(encadré p. 31)*.

2001. Visite du pape **Jean-Paul II** à Malte.

2004. Malte intègre l'**Union européenne**, aux côtés de pays tels que Chypre, la Pologne et la République tchèque. •

1986. Bombardement de Tripoli par l'aviation américaine.

1993. Ouverture du Marché unique européen. Siège de Sarajevo.

1994. Signature des accords du GATT.

1995. Conférence de Barcelone sur les relations euro-méditerranéennes.

2000. Guerre au Kosovo.

2004. L'Europe compte 25 membres.

Les maîtres et leurs artistes

Durant les trois siècles de leur présence à Malte, les grands maîtres de l'Ordre invitent nombre d'artistes, italiens surtout, à prendre le chemin de l'archipel *(voir p. 40)*. Ils convient aussi les meilleurs ingénieurs militaires à superviser l'évolution des fortifications *(voir p. 82)*, souci constant de l'Ordre durant tout son règne. Voici, chronologiquement, les principaux artistes, étrangers et maltais, qui mirent leurs talents au service des grands maîtres (les dates indiquées sont celles de l'exercice du magistère).

© Office du tourisme de Malte

Philippe Villiers de l'Isle-Adam, premier grand maître à Malte.

XVIe s.

Les grands maîtres

Philippe Villiers de l'Isle-Adam (1521-1534, Français)

Pierino de Ponte (1534-1535, Italien)

Didier de Saint-Jaille (1535-1536, Français)

Juan de Homedes (1536-1553, Espagnol)

Claude de la Sengle (1553-1557, Français)

Jean Parisot de La Valette (1557-1568, Français)

Pietro del Monte (1568-1572, Italien)

Jean L'Evesque de La Cassière (1572-1581, Français)

Hugues Loubenx de Verdalle (1581-1595, Français)

Martin Garzez (1595-1601, Espagnol)

Les artistes

Francesco Laparelli (1521-1570). Cet ingénieur architecte italien est mandaté par le pape Pie IV pour construire La Valette. Il conçoit la ville nouvelle sur le plan d'un castrum romain, doublé d'un système de fortifications dont le fort Saint-Elme est la clef de voûte *(p. 86)*. Il quitte Malte en 1570.

Girolamu Cassar (1520-1586). Élève de l'ingénieur militaire maltais Evangelista della Menga et de Laparelli, il poursuit l'œuvre de ce dernier à La Valette. Il emprunte au maniérisme romain les lignes des auberges *(p. 77)* et du palais des Grands Maîtres *(p. 69)*. La plus importante de ses réalisations est l'église conventuelle *(p. 63)*, dédiée au saint patron de l'Ordre, saint Jean-Baptiste, et dont les travaux débutent en 1573.

Matteo Perez d'Aleccio (1547-1600). Élève de Michel-Ange – il collabora au plafond de la chapelle Sixtine –, il est chargé de décorer la salle du Grand Conseil, dans le palais des Grands Maîtres *(p. 70)*. De 1576 à 1581, il orne la frise et le plafond d'une fresque illustrant les principaux épisodes du Grand Siège.

XVIIe s.

Les grands maîtres

Alof de Wignacourt (1601-1622, Français)

Luis Mendez de Vasconcellos (1622-1623, Français)

Antoine de Paule (1623-1636, Français)

Jean-Paul de Lascaris-Castellar (1636-1657, Français)

Martin de Redin (1657-1660, Espagnol)

Annet de Clermont de Chattes Gessant (1660, Français)

Rafael Cottoner (1660-1663, Espagnol)

Nicolas Cottoner (1663-1680, Espagnol)

Gregorio Carafa (1680-1690, Italien)

Adrien de Wignacourt (1690-1697, Français)

Ramon Perellos y Roccaful (1697-1720, Espagnol)

Les artistes

Michelangelo Merisi, dit Le Caravage (1573-1610). Le peintre lombard est au faîte de sa gloire lorsqu'il est invité par Alof de Wignacourt en 1607 à venir travailler à Malte. Pourtant, il fuit Rome, où il a été condamné à mort à la suite d'un duel. Le grand maître met à sa disposition un atelier et des serviteurs, et le fait chevalier de grâce. En 15 mois, Le Caravage réalise cinq toiles, dont un *Saint Jérôme (encadré p. 68)*, un superbe portrait d'Alof de Wignacourt, aujourd'hui conservé au musée du Louvre, et surtout *La Décollation de saint Jean-Baptiste (p. 67)*, son chef-d'œuvre de l'époque. Ombrageux et tourmenté, l'artiste est mêlé à une nouvelle querelle. Radié de l'ordre de Malte, il quitte l'île et regagne l'Italie, où il meurt en 1610, dans des circonstances restées non élucidées. Encensée par ses contemporains, son œuvre a connu ensuite l'oubli pour n'être finalement redécouverte qu'au début du XXe s. Aujourd'hui, un peu moins d'une centaine de peintures lui sont attribuées, une vingtaine d'autres sont considérées comme incertaines et plus de 70 sont perdues.

Alessandro Algardi, dit l'Algarde (1595-1654). Contemporain du Bernin, ce sculpteur bolonais s'exprime dans des compositions plus classicisantes, fidèles aux modèles antiques.

Mattia Preti (1613-1699). Le peintre calabrais est invité par les frères Rafael et Nicolas Cottoner à décorer la voûte de Saint-Jean, à laquelle il travaille entre 1662 et 1667 *(encadré p. 64)*. Influencé par l'œuvre du Caravage, il a connu Rubens et a retenu de l'école vénitienne le rôle primordial de la couleur. Il manifeste un goût prononcé pour les grandes compositions et sa rapidité d'exécution lui vaut le surnom de Fra' Presto. Mattia Preti finit par s'installer définitivement à Malte, où il exécute nombre de fresques, de retables et de scènes religieuses pour des églises de l'île. Le musée des Beaux-Arts consacre une salle entière à son œuvre *(p. 79)*, empreinte d'une émotion proche de l'exaltation mystique.

Lorenzo Gafà (1630-1710). Cet architecte maltais est l'homme des dômes de l'archipel. Son chef-d'œuvre est celui de la cathédrale Saint-Paul de Mdina *(p. 117)*, achevée en 1702. Il exerce d'abord ses talents pour la petite paroisse de Zabbar où il parachève l'œuvre de Tommaso Dingli en élevant la coupole de Notre-Dame-des-Grâces *(p. 148)* en 1675. Malte lui doit encore l'église Saint-Laurent *(p. 92)* de Vittoriosa, de 1691, Saint-Nicolas de Siggiewi *(p. 137)*, consacrée en 1693, Sainte-Catherine de Zejtun *(p. 149*, 1692), la chapelle Sarria de Floriana *(p. 89)* et la cathédrale de Victoria (Rabat, *p. 163)*. Cette dernière est le seul édifice qu'il ne coiffa pas d'une coupole : à la place, un dôme peint en trompe l'œil par Antonio Manuele da Messina.

Giuseppe Mazzuoli (1644-1725). Ce sculpteur italien, élève du Bernin, est l'auteur de deux grandes compositions baroques en marbre pour l'église conventuelle : *Le Baptême du Christ* et le tombeau du grand maître Ramon Perellos y Roccaful *(p. 66)*.

Don Carlos de Grunenberg. Ingénieur militaire au service de la couronne d'Espagne en Sicile, il est invité à Malte en 1681 pour faire le point sur les fortifications. Il contribue au remaniement des principaux forts : Ricasoli *(p. 94)*, Saint-Elme *(p. 86)* et Saint-Ange *(p. 93)*.

XVIIIe s.

Les grands maîtres

Marc Antonio Zondadari
(1720-1722, Italien)

Antonio Manoel de Vilhena
(1722-1736, Portugais)

Raymond Despuig
(1736-1741, Espagnol)

Manoel Pinto de Fonseca
(1741-1773, Portugais)

Francisco Ximenes de Texada
(1773-1775, Espagnol)

Emmanuel de Rohan-Polduc
(1775-1797, Français)

Ferdinand de Hompesch
(1797-1798, Allemand)

Les artistes

François-Charles de Mondion (1683-1743). Formé par Vauban et recommandé par Louis XIV, cet ingénieur français arrive à Malte en 1714, en compagnie de ses compatriotes Jacop de Puigirand de Tigné et Philippe de Vendôme. Fait chevalier de grâce de la langue de France, il devient le protégé du grand maître Vilhena qui lui confie d'ambitieux projets : la construction du fort Manoel *(p. 87)* sur un îlot de Marsamxett, l'urbanisme de la cité-tampon de Floriana *(p. 88)*, la restauration de la cité de Mdina *(p. 112)*, ravagée par le tremblement de terre de 1693, et la construction d'ouvrages de défense, bases des futures Victoria Lines *(p. 124)*. Mondion meurt prématurément en 1743, à l'âge de 50 ans.

Antoine de Favray (1706-1798). Formé auprès de l'Académie de France à Rome, le peintre français arrive à Malte au moment où le très extravagant Manoel Pinto de Fonseca est nommé à la tête de l'Ordre. Rompu à l'art des courtisans, De Favray obtient la faveur du grand maître et se constitue un réseau influent parmi les chevaliers, même s'il n'a que rang de servant d'armes au sein de la langue de France. En 1761, il quitte Malte pour Constantinople, où il travaille pour l'ambassadeur de France. Il revient à Malte dix ans plus tard et y demeure jusqu'à sa mort, poursuivant sa carrière de peintre courtisan en peignant les portraits flatteurs des grands maîtres (Ximenes, Rohan-Polduc, et Hompesch, *p. 70*), des chevaliers et de la noblesse.

Stefano Ittar (v. 1730-1790). Avant de travailler pour l'Ordre à partir de 1783, cet architecte toscan s'illustra dans la reconstruction de Catane, détruite, comme Mdina, par le tremblement de terre de 1693. Il est l'auteur des plans de la bibliothèque de La Valette, qui ne fut achevée qu'après sa mort, en 1796. •

Quelques mots de maltais

Certes l'anglais est largement répandu, mais l'exercice du malti devient obligatoire dès lors qu'on demande son chemin pour telle ou telle localité. Or, s'il s'écrit avec l'alphabet latin, il obéit à des règles de prononciation bien particulières. Pour vous faciliter la tâche, nous avons indiqué au fil du guide la prononciation approximative des noms de lieux les moins évidents.

Prononciation du maltais

Les indications « barré » ou « pointé » (comme un i) font référence à des consonnes particulières à l'alphabet maltais, et qui figurent sur les plaques de rues ou les panneaux à l'entrée des villes. Nous n'avons pas retenu ces graphies dans le guide pour vous faciliter l'approche d'une lecture déjà difficile.

Aj .... *ail*
C .... *k*
c (pointé) . *tch* (comme dans tchèque)
g .... *g* (comme dans gare)
g (pointé) . . *dj* (comme dans *djellaba*)
gh .... muet, ne se prononce pas
h .... muet, ne se prononce pas
h (barré) .... *h* aspiré prononcé
j .... *y* (comme dans yeux)
q ..... ne se prononce pas en initiale
. et marque un coup de glotte en finale
u .... *ou*
x .... *ch*
z .... *ts*
z (pointé) . . . prononcé entre le *s* et le *z*
w *ou*

Les expressions courantes

Français	Maltais	Phonétique approximative
oui	*iva*	iva
non	*e*	lé
bonjour	*bongu*	bonnjou
bonsoir	*bonswa*	bonsoua
au revoir	*sahha*	saha
pardon	*skuzi*	skouzi
s'il vous plaît	*jekk joghgbok*	yek yodje bok
merci	*grazzi*	grazzi
à votre santé	*aviva*	aviva
où se trouve...	*fejn hu...*	feign ou...
combien	*kemm*	kemm
droite	*lemin*	lémine
gauche	*xellug*	chelloug
tout droit	*dritt l'quddiem*	dritt loudiem
je ne comprends pas	*ma nifimx*	ma nifimch
comment dit-on...	*kif tjhid...*	kif taïd...
comment vais-je à...	*kif immur...*	kif imour
à quelle heure ferme...	*fi x'hin jaghlaq...*	fichine yala

Les chiffres

un	*wiehed*	vi-hed
deux	*tnejn*	tneïne
trois	*tlieta*	tlita
quatre	*erbgha*	erba
cinq	*hamsa*	hamsa
six	*sitta*	sitta
sept	*sebgha*	seba
huit	*tmienja*	tmen-nya
neuf	*disgha*	disa
dix	*ghaxra*	ach-ra

Les toponymes

triq	**rue**	tri
marsa	**port**	marsa
ramla	**plage**	ramla
ghajn	**source**	ayn
qala	**anse**	ala
wied	**vallée**	vid
torri	**tour**	torri
bahar	**mer**	bahar
blata	**rocher**	blata
gebel	**colline rocheuse**	djebel
ghadir	**étang**	adir
ghar	**caverne**	ar
hal	**village**	hal
kbir	**grand**	kebir
nadhur	**promontoire**	nadour
ta'	**de** (d'appartenance)	ta
xaghra	**plateau**	chara
zghir	**petit**	zeïr

Pour une initiation plus complète : *Parlons maltais* et *Dictionnaire français-maltais*, Cutayar J., L'Harmattan, 1999 et 2000.

Livres, disques et films

© Pawel Wysocki/Hémisphères Images

À Mdina, l'ancienne capitale surnommée la Cité du silence.

Art et histoire

BERNARDIE N., ***Malte: parfum d'Europe, souffle d'Afrique***, « Îles et archipels », Institut de géographie et d'études régionales, Talence, 1999. Étude universitaire très spécialisée.

BRAUDEL F., ***La Méditerranée***, Flammarion, « Champs », 1986. La somme incontournable de l'historien.

JOHNSTON S. et GALIMARD-FLAVIGNY B., ***Malte***, Citadelles & Mazenod, Hachette, 2001. Une promenade historique autour des monuments de Malte accompagnée de superbes photos.

L'ordre de Malte

Le grand spécialiste de l'histoire de l'Ordre à Malte est un Français, Alain Blondy, professeur à la Sorbonne. Ses ouvrages et articles sont une aubaine pour le lecteur francophone qui s'intéresse à cette période:

Articles « ***Grand Maître de l'Ordre de Malte, Malte, Malte (caravanes, marine), Rhodes*** », in *Dictionnaire d'histoire maritime*, sous la dir. de VERGÉ-FRANCESCHI M., Robert Laffont, « Bouquins, 2002.

L'Ordre de Malte au XVIIIe siècle. Des dernières splendeurs à la ruine, Bibliothèque d'histoire de la Méditerranée, éd. Bouchène, 2002.

Le Commerce des oranges entre Malte et la France au XVIIIe siècle, éd. Bouchène, 2003.

DE LUPPÉ DU GARRANÉ J. B., ***Mémoires d'un chevalier de Malte au XVIIe s.***, éd. Paris-Méditerranée 2001. Ces Mémoires, éditées en 1865, retracent un siècle (le XVIIe) de l'histoire de l'Ordre du point de vue d'un de ses chevaliers.

De Rhodes à Malte (collectif), Somogy, 2004. Biographie illustrée du grand maître Villiers de l'Isle-Adam.

DESPORTES C., ***Malte, la grande défaite de Soliman le Magnifique, 1565***, éd. Perrin, 1999. Un récit très documenté du Grand Siège.

GALIMARD-FLAVIGNY B., ***Les Chevaliers de Malte: des hommes de fer et de foi***, Découvertes Gallimard, 1998. Bien illustré, clair et complet. Une initiation agréable et fiable à l'histoire de l'Ordre jusqu'à nos jours.

JARDIN P., ***Chevaliers de Malte***, éd. Perrin, 2002. L'histoire de l'Ordre et de ses ambiguïtés, de sa fondation à nos jours.

PETIET C., ***Le Bailli de Forbin, lieutenant général des galères – Un chevalier de Malte dans la marine de Louis XIII***, éd. Fernand Lanore, 2003. La carrière d'un Provençal de l'Ordre à la flotte royale française, à l'heure de la lutte contre l'hégémonie espagnole en Méditerranée.

PETIET C., ***Le Roi et le grand maître. L'Ordre de Malte et la France au XVIIe s.***, éd. Paris-Méditerranée,

2002. Comment se nouèrent les liens entre l'Ordre et la France du Roi Soleil.

PEYREFITTE R., ***Chevaliers de Malte***, Flammarion, 1998 (rééd.). La vision personnelle et documentée d'un homme de lettres sur l'ordre de Malte.

WISMES A. de, ***Les Chevaliers de Malte***, éd. France-Empire, 1998. Étude historique très bien documentée.

Jeunesse

PEYRET M., LE PRINCE X.-B., ***L'Épée de Malte***, Téqui Carrik, 2001. Un bon roman documentaire.

PARINGAUX S., GALIMARD-FLAVIGNY B., de TONQUÉDEC A., ***L'Ordre de Malte : les chevaliers de l'humanitaire***, Nouvelle Arche de Noé, « Raconte-moi... », 2000. L'histoire de l'Ordre racontée aux enfants.

Romans et récits

À défaut de découvrir la littérature maltaise, pas encore traduite en français, des récits inspirés par Malte :

DUMAS A., ***Joseph Balsamo***, Robert Laffont, « Bouquins », 2001. L'histoire de ce grand aventurier du XVIIIe s. qui se faisait appeler comte de Cagliostro *(encadré p. 75)*, racontée par le maître du roman historique.

ECO U., ***Le Pendule de Foucault***, Livre de poche, 2004. L'auteur du *Nom de la Rose* fait un détour par Comino, où vécut Samuel Aboulafia, kabbaliste espagnol du XIIIe s. *(encadré p. 75)*.

FERNANDEZ D., ***La Course à l'abîme***, Grasset, 2003. Biographie romancée de la vie tumultueuse du peintre Le Caravage.

HAMMETT D., ***Le Faucon de Malte***, Gallimard, « Folio », 1999. Le livre qui inspira pas moins de quatre films au cinéma américain *(voir p. 24)*.

MALTE M. et FRAIZE J., ***Le Vrai Con maltais*** (Le Poulpe n° 9), éd. Six pieds sous terre, 2002 (rééd.). Quand le faucon maltais revient entre les mains du privé Gabriel.

RILKE R. M., ***Les Carnets de Malte Laurids Brigge***, Flammarion, « GF », 1995. Réflexions sur l'art et la violence du monde par un double du poète.

SAUDRAY N., ***Dieu est-il un gentilhomme***, Le Seuil, 1986, et ***Chevalerie du soir***, Le Seuil, 1987. L'Ordre est la toile de fond de ces romans historiques.

SCHROEDER H.-C. et LAFFONT G., ***L'Illusion de Malte***, éd. J. Picollec, 2000. Un thriller politico-financier.

Beaux livres

PLASSMANN W. ET GRONAU E., ***Malte***, Vilo, 1996. Un ouvrage qui réunit histoire, géographie et civilisations oubliées pour faire resurgir les vestiges du passé maltais.

WILMES J., ***Malte***, Hermé, « Partance Monde », 2000. Un bel ouvrage illustré sur l'archipel.

Discographie

Ballades et joutes chantées de Malte, SALIBAT J. et PARNIS E., « Inédits », Auvidis Distribution, 1992. Poèmes chantés accompagnés par des guitares, et proches de certaines valses lentes que l'on trouve dans le sud de l'Italie.

Filmographie

Si le décor naturel de Malte sert de toile de fond à de nombreux films d'aventures *(encadré p. 34)*, l'archipel a inspiré peu de cinéastes, en dehors de la mythologie hollywoodienne autour du *Faucon de Malte* de Dashiell Hammett *(voir p. 24)*.

FESCOURT H., ***La Maison du Maltais***, 1926. Première version de l'histoire d'amour d'un Maltais et d'une Tunisienne d'après le roman de Jean Vignaud, suivie de celle, moins romantique, de Pierre Chenal, en 1938. •

Index

Blue Lagoon : nom de lieu
La Valette *Jean Parisot de* : nom de personne
GLOBIGÉRINES : mot-clé

Les folios en **gras** renvoient aux rubriques les plus détaillées.
Les folios en ***gras italique*** renvoient aux carnets d'adresses.

VIDEO GUIDES

DECOUVRIR le monde

DVD GUIDES

Le voyage commence chez vous

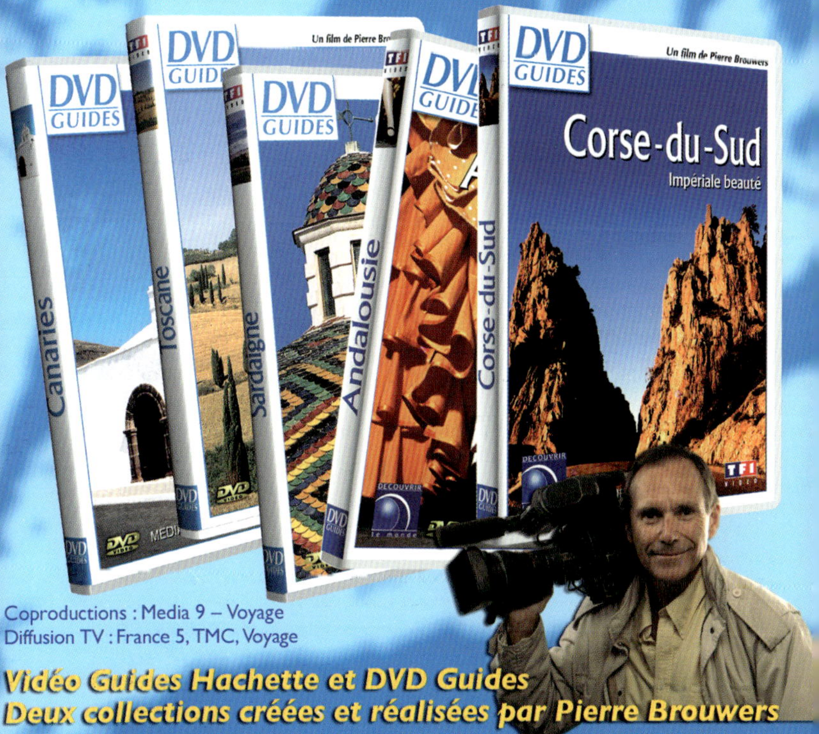

Coproductions : Media 9 – Voyage
Diffusion TV : France 5, TMC, Voyage

Vidéo Guides Hachette et DVD Guides
Deux collections créées et réalisées par Pierre Brouwers

- AFRIQUE DU SUD
- ANDALOUSIE
- ANTILLES FRANÇAISES
- ARGENTINE
- AUSTRALIE
- AUTRICHE
- BALI
- BANGKOK
- BRESIL
- CAMBODGE
- CANADA
- CANARIES
- CHATEAUX DE LOIRE
- CHILI • ILE DE PAQUES
- CHINE
  – Pékin, Shanghai, Canton
  – La route de la soie
- CORSE-DU-SUD
- HAUTE-CORSE
- COSTA RICA
- CRETE
- ECOSSE
- EGYPTE, Vivre avec l'histoire
- L'EGYPTE PHARAONIQUE
- EMIRATS ARABES UNIS
- EQUATEUR • GALAPAGOS
- FINLANDE
- FLORIDE
- ATTRACTIONS EN FLORIDE
- FRANCE D'OUTRE-MER
- GRANDES ANTILLES
- GRECE, Athènes et les îles
- GRECE CONTINENTALE
- GUADELOUPE
- GUATEMALA
- GUYANE
- ILES DE LA GUADELOUPE
- INDE DU NORD
- IRLANDE
- ISLANDE
- JORDANIE
- KENYA
- LAOS
- LONDRES
- LOS ANGELES
- LOUISIANE
- MADAGASCAR
- MALDIVES
- MAROC
- MARTINIQUE
- MASSACHUSETTS
- MAURICE
- MEXIQUE
- LE MONT-SAINT-MICHEL ET SA BAIE
- NICARAGUA
- OUEST CANADIEN
- PARCS NATIONAUX DU FAR WEST :
  – Du Yellowstone à Canyonlands
  – De Monument Valley au Grand Canyon
- PÉROU
- PETITES ANTILLES NORD
- PETITES ANTILLES SUD
- PHILIPPINES
- PLONGÉE SOUS-MARINE EN POLYNÉSIE FRANÇAISE
- LE QUÉBEC
- REPUBLIQUE DOMINICAINE
- REUNION :
  – Au cœur du grand spectacle
  – Passion d'île
- SAINT-BARTHELEMY
- SAINT-MARTIN
- SAN FRANCISCO
- SARDAIGNE
- SENEGAL
- SEYCHELLES
- TAHITI ET LES ARCHIPELS DE POLYNESIE FRANÇAISE
- TANZANIE
- TEXAS • NOUVEAU-MEXIQUE
- THAÏLANDE
- TOSCANE
- TUNISIE
- TURQUIE
- USA CÔTE OUEST ET FAR WEST
- VIETNAM :
  – Du Tonkin à la Cochinchine
  – Quand un dragon s'éveille

MEDIA 9
Tél. : 01 42 12 95 73

EN VENTE PARTOUT ET SUR INTERNET
decouvrir-le-monde.com

TF1 VIDEO

Imprimé en France par IME - 25110 Baume-les-Dames
Dépôt légal : 55989 - 05/2005 - Collection n° 25 - Édition n° 01
ISBN 2012400132
24/0013/3

À nos Lecteurs...

Ces pages vous appartiennent. Notez-y vos remarques, vos impressions de voyage, vos découvertes personnelles, vos bonnes adresses. Et ne manquez pas de nous en informer à votre retour. Nous accordons la plus grande attention au courrier de nos lecteurs.

Carnet de voyage

HACHETTE Tourisme
Guides Évasion – Courrier des lecteurs
43, quai de Grenelle – 75905 PARIS Cedex 15
evasion@hachette-livre.fr